KB269170

미당 시의
인물 원형 계보

미당 시의 인물 원형 계보

안현심

지식과교양

‘진 시노다 볼린’(Jean Shinoda Bolen, M.D.)의 저서 『우리 속에 있는 여신들』과 『우리 속에 있는 남신들』을 만난 것은 대학원 석사 1학기 시절이었다. 석·박사과정 통합 발표 수업에서 볼린의 두 저서가 필자에게 배당된 것이다. 책을 읽어가는 동안 지적인 충족과 함께 신세계를 탐색해가는 신비감은 연구자를 매료시키기에 충분하였다. 지금까지의 ‘앎’이라는 것이 얼마나 가벼운 것이었는가 하는 깨달음과 함께 인문학에 대한 관심이 너울처럼 밀려왔다. 그러한 만남이 인물의 원형을 통해 서정주의 시세계를 천착하도록 이끈 것이다.

볼린의 두 저서가 우리나라에 소개된 것은 1994년이다. 그녀는 일본계 미국인으로서 정신의학자이자 융 정신분석가이다. 정신의학자 입장에서 여성이 나아갈 길을 제시하고자 『우리 속에 있는 여신들』(1984)을 펴냈는데, 그에 대한 호응과 함께 남성 독자들의 요구가 일자, 『우리 속에 있는 남신들』(1989)도 집필하였다. 그녀는 그리스 신들의 원형을 인간의 유형에 대입하여 분석하는 한편, 특정한 원형의 결점을 보완해줄 수 있는 원형이 무엇인가를 밝히는 데도 관심을 기울였다.

결혼과 아이의 양육에 큰 가치를 두는 여성이 있는가 하면, 독립과 성취를 중요하게 여기는 여성이 있다. 세심한 것에 주의를 쏟으며 외향적·논리적이던 여성이 다른 곳에서는 내성적이며 가정적인 여성으로 바뀌어 있기도 하다. 감정적으로 격렬한 남성이 있는가 하면 냉랭한 남성이 있고, 정신적으로 예민한 남성이 있는가 하면 몸을 쓰는 것을 좋아하는 남성도 있다. 이처럼 다양하게 재현되는 행동 양식을 통해 그들에게 내재한 성향을 분석하고, 그러한 성향이 지닌 결점을 보완해가는 과정이 두 저서에서 개진되고 있다.

그리스 신화는 가부장제사회문화의 권력을 구현하기도 하고, 질투와 애증이 교차하는 인간의 삶의 모습을 적나라하게 재현해주고 있다. 신화에 등장하는 주요 신들의 성향을 분석하면 다음과 같다.

아르테미스는 사냥과 달의 여신으로서 독립적이고 성취 지향적인 여성을 의인화하며, 아테나는 지혜와 수공의 여신으로서 가슴보다는 머리로 사는 논리적인 여성을 의인화하고 있다. 헤스티아는 화로의 여신으로 홀로 있는 데서 편안함을 찾으며, 헤라는 결혼을 제일의 목표로 삼기 때문에 전문가 또는 어머니의 역할은 부차적으로 여기는 여성의 원형이다. 데메테르는 곡식의 여신, 모성애의 여신으로서 육체적·정신적으로 자신의 아이에게 지주 노릇하려는 욕구가 강하며, 아프로디테는 사랑과 미의 여신이자 아름다움·성욕·관능을 관장하는 '연금술'의 여신이다.

남신을 대표하는 제우스는 하늘과 땅의 통치자이자 올림포스 신들의 왕으로 가부장제사회문화의 지배 원형이다. 포세이돈은 바다의 남신이자 대지를 흔드는 자로서 의식의 깨달음과는 분리되는 감정과 본능의 세계를 의인화하고 있다. 하데스는 저승의 남신, 영혼의 세계, 집단무의식의 세계를 대표하며, 꿈을 통해서만 보일 뿐 뚜렷하지 않아 사람들이 두려워하는 비인간적인 원형의 세계를 관장하고 있다. 헤파이스토스는 대장간의 남신이자 절름발이로 올림포스 신들 가운데 유일한 노동자인 반면, 디오니소스는 술과 황홀경의 남신으로서 신비주의자, 방랑자로서 인식되었다.

서정주의 초기 작품에는 여성인물과 3인칭 인물들이 주로 등장하다가 후기로 갈수록 시적 화자로서의 '나'가 빈번하게 등장한다. 시인이 작품의 인물을 통해 세계관을 구현한다고 할 때, 인물의 원형을 통해 정신세계를 파악하고자 하는 이 연구는 긍정적인 성과를 얻으리라 믿는다. 지금까지 소설의 등장인물을 통해 작품세계를 연구한 사례는 많으나 시에 등장하는 인물을 분석하여 시세계를 천착한 연구는 찾아보기 어렵다. 따라서 시기별로 활성화되는 인물의 원형을 분석함으로써 내면세계의 변모 과정을 천착하려는 이 연구는 흥미롭고 의미 있는 작업이 될 것이다.

이 연구는 볼린의 원형이론을 근간으로 삼지만, 세계의 모든 신화에도 빚을 많이 지었음을 밝힌다. 그리고 졸저『서정주 후기시의 상상력』(서정시학, 2011)과 연구사 검토 부분, 디오니소스와 하데스 원형을 천착한 부분에서 논지가 일부 겹치고 있음도 밝힌다.

끝으로 이 책을 쓰는 데 실마리를 제공해주신 정효구 교수님과 자유로운 연구의 장을 마련해주신 신익호 교수님께 고마움의 절을 올리며, 동문수학한 연구자들과 학문을 사랑하고 삶을 사랑하는 모든 이들에게 책을 바친다.

2013년 5월 한남대 교정에서
안현심 절

차례

서정주 문학 연구의 쟁점과 그 대안

선행 연구의 쟁점

서정주와 그의 작품에 대한 연구사를 살펴보면, 시인론 관점에서 쓴 학위논문은 전무하지만, 문예지와 학술논문에서는 친일문제를 쟁점으로 활발한 논의가 진행되었다.[1]

2000년 12월 24일 서정주가 세상을 뜨자, 고은[2]은 「미당 담론」을 발표하였다. 「자화상」에는 강렬한 수사의 기법만 있을 뿐 진정한 자기 성찰이나 회개의 아픔이 보이지 않는 바, 이는 실존적 고투를 떠난 추상의 언어이며, 자신에 대한 무오류성, 체질적인 자기합리화라고 하였다. 그에게는 세상에 대한 본능적 공포감이 있는데, 그것은 시대에 대한 고소공포증에 가까운 굴복인 친일로 나타났고, 전쟁 중에는 정신이상의 파탄으로 나타났으며, 시대에 맞서는 투혼으로서의 치열한 시정신은 부재하다는 것이다. 그의 시는 심금을 건드리는 음악적 명향성(鳴響性)과 노련한 언어 미각이 있지만, 그러한 장점만을 문학유산으로 남기는 문학사적 결산은 시기상조라고 하였다.

황현산[3]은 서정주의 시에 대한 긍정과 부정이 미묘하게 혼합된 이중의 시선을 보이고 있다. 서정주는 한국문학을 대표할 만한 민족시인임과 동시에 친일파, 기회주의자라는 평가와 함께, "미당의 시세계

---

1 친일 관련 연구사는 이숭원의 글을 참고했음을 밝힌다.
  이숭원, 「서정주의 친일과 시정신 재론」, 『유심』 제49호, 만해사상실천선양회, 2011, 356~374쪽.

2 고　은, 「미당 담론」, 『창작과 비평』, 2001 여름호.

3 황현산, 「서정주 시세계」, 『창작과 비평』, 2001 겨울호.

는 책임 없이 아름답다."는 말로 끝을 맺고 있다. 황현산은 서정주가 보들레르의 영향은 받았지만, 근대적 속물성의 부정이라는 심연에 이르지 못했으며, 개인적 가족관계를 끌어들여 시인의 소명을 사가화(私家化)하고, 감정의 밀도를 강화하는 경향을 보였다는 것이다. 이것은 서정주의 시가 '나'의 세계에 갇혀 있다는 고은의 비판과 상통하는 내용이다. 이렇게 출발한 서정주의 시가 해방 후에는 토착어와 민족정서의 폐쇄성에 갇혀 무변화·무갈등·비집착에 이르는데, 이러한 의식의 저변에는 정치적 과오 같은 것도 시적인 화법으로 수용될 수 있다는 교묘한 허용의 철학이 내재해 있다고 지적하였다.

최현식[4]이 전제로 내세운 것은 서정주의 친일 시론으로 알려진 「시의 이야기」(《매일신보》, 1942. 7. 13.~17.)이다. 최현식은 이 글이 일제의 동양문화론에 호응하여 국민시 운동을 벌였던 '미요시 다츠지(三好達治)'의 영향도 받았지만, 그 자신의 시정신도 담겨 있다고 하였다. 이는 서정주가 동양문화론에 호응하기도 했지만, 이후 자신의 시적 성취를 예고한 것으로 본 것이다. 아울러 미당의 친일을 과장되게 해석할 필요는 없다. 중요한 것은 미당이 해방 후 자기만의 독특한 어법과 사유를 통해 동양적 가치에 새로운 옷을 입히는 작업을 지속함으로써 그 영향관계가 무색할 만큼 언어의 성채를 구축했다는 것이다.

박수연[5]은 「근대 한국 서정시의 두 얼굴」에서 서정주는 현실이나 현실에 대한 감정을 늘 추상의 상태로 표현함으로써 현실을 내파하

---

4 최현식, 「민족, 전통, 그리고 미─서정주의 중기문학을 중심으로」, 『실천문학』, 2001 여름호.

5 박수연, 「근대 한국 서정시의 두 얼굴: 미당 문학에 대하여」, 『실천문학』, 2002 봄호.

지 못하고 자기중심적 내면화의 길로 나아갔다고 하였다. 이러한 분석의 저변에는 미당의 친일 행위가 그의 친독재 행적과 뿌리를 같이한다는 논리가 깔려 있다. 즉, 미당이 보여준 동일성의 세계는 일본의 근대 초극론에 뿌리를 두었으며, 동일자의 권력을 향한 끝없는 구애라고 본 것이다.

김재용[6]은 서정주가 친일하게 된 시점은 1942년 2월 일본의 싱가포르 함락 이후이며, 자발적 친일의 첫 문건이 「시의 이야기」라고 언급하고 있다. 서정주의 초기시는 근대의 속물성에 대한 거부에서 출발하지만, 「수대동시」 이후에는 고향을 발견하면서 시적 전환을 보이며, 이것은 일제가 유포한 동양문화론에 관심을 갖고, 결국은 대동아공영론을 수용하면서 친일 파시즘문학으로 들어서는 계기가 되었다고 하였다. 이와 같은 정황으로 볼 때, 전통의 세계와 정한에 대한 탐구는 해방 후에 시작된 것이 아니라, 일제 말 친일문학을 쓰기 시작할 무렵에 형성되었다는 것이다.

오성호[7]는 「시인의 길과 '국민'의 길」에서 서정주의 친일은 일본 제국의 신민이 됨으로써 식민지 타자의 위치에서 벗어나 주체로 상승하려는 은밀한 욕망이 발현된 것이라고 하였다. 해방 이후에도 이 태도는 이어져 강압적인 대한민국 국민 창출 과정에 직접적으로 관여했고, 그가 내세운 신라정신도 내선일체론을 증명하기 위해 일제가 발견해낸 신라의 연장선상에 놓인 것으로, 이것 역시 국가의 절대성을 내세워 국가주의적 동원을 정당화하는 데 이바지했다고 진술하였다.

---

6 김재용, 「전도된 오리엔탈리즘으로서의 친일문학」, 『실천문학』, 2002 여름호.
7 오성호, 「시인의 길과 '국민'의 길―미당의 친일시에 대하여」, 『배달말』 제32호, 2003.

남기혁[8]은 서정주가 1930년대 후반 서구 지향적 미의식에서 벗어나 전통주의 혹은 동양주의 노선으로 전회하는 바, 이것이 구체적으로 나타난 경우는 국민시론과 친일시 창작이라고 하였다. 여기서 보여주는 동양적 전통 회귀(전통주의)는 역사를 심미화하는 파시즘적 상상력과 연결되어 있다. 이와 같은 현상은 신라정신을 포함하여 그가 일생 동안 추구했던 동양주의적·전통주의적 미의식에 대한 부정적 양상의 한 원형을 보여준 예라고 하였다.

박정선[9]은 서정주가 자신의 미학과 파시즘의 친연성을 발견하여 친일문학의 길로 나아갔다고 보았다. 친일시를 쓰면서도 이전의 미학적 수준을 일정하게 유지했다고 본 것이다. 서정주가 동아공영론을 만나면서 완전히 동양으로 귀착한 것에 대해, 동아공영론에서 후일 영원성의 시학으로 불린 자신의 초월미학의 역상(逆像)을 보았다고 지적한 것은 매우 시사적이다. 이것은 서정주의 친일시 창작과 관련지어, 일제의 대동아공영론이 예고하는 "파시즘적 황홀"(박현수, 「친일 파시즘문학의 숭고 미학적 연구」, 『어문학』 제104호, 2009. 6.)에서 그가 추구하던 영원성의 한 환각을 보았다는 설명을 보강해주기 때문이다.

손진은[10]은 서정주의 시가 교과서에서 제외된 사실을 우려하면서 서정주의 영원성에 대한 자각은 1930년대 동양문화론의 교섭도 있지만, 그와 함께 「수대동시」, 「부활」, 「귀촉도」 등에 나타난 순수시의 내밀한 진원지로서 고향의 재발견에 의해 일어난 것이라는 최현식의 분석에 동의하고 있다. 동양문화론 동조에 대해서도 서정주의

---

8 남기혁, 「서정주의 동양 인식과 친일의 논리」, 『국제어문』 제37호, 2006.
9 박정선, 「파시즘과 리리시즘의 상관성 연구」, 『한국시학연구』 제26호, 2009.
10 손진은, 「문학교육과 제재 선정의 문제-서정주의 시를 중심으로」, 『우리말글』 제33호, 2005.

불확실한 모색에 동양문화론이 세련된 논리적 근거를 제공했을지 모른다는 최현식의 진단(『서정주 시의 근대와 반근대』, 소명출판, 2003.)에 동의하면서, 당시의 동양주의가 자신의 논리를 설명해주는 것으로 착각했다고 주장하였다.

박현수[11]는 신라정신의 뿌리가 일제강점기 말의 동양문화론에 있으며, 친일 파시즘의 논리가 1950년대 이후의 시작에까지 이어진다는 주장을 본질적으로 비판하고 있다. 그는 1950년대 초의 편지나 기타 자료들을 근거로 신라정신의 기원을 1950년대 이전으로 잡고 있으며, 이후 상세한 문헌 검토를 거쳐 서정주의 신라정신 기획이 민족주의적 협애성에 빠지지 않고, 자신의 독창적인 미학으로 완성되었다고 평가하였다. 신라정신은 현실과 유리된 것이 아니라, 우리의 삶 속에 자연스럽게 스며들어 있는 것임을 『질마재 신화』가 보여주었고, 이 기획이 서정주 단독의 것이라기보다는 김범부, 최남선, 신채호 등 거대한 사상사적 흐름과 연계된 작업이라고 주장한 것은 신라정신을 친일 파시즘의 연장선상에서 파악하려는 관점과 정면으로 대치된다.

김춘식[12]은 서정주의 친일문학의 문제점을 인정하면서도, 그의 친일이 이후의 영원성 추구나 신라정신 지향과는 직접적으로 연결되지 않는다는 논리를 펼쳤다. 「자족적인 '시의 왕국'과 '국민시인'의 상관성」에서는 서정주의 초기시를 분석함으로써 「시의 이야기」에서 거론한 서정주의 '국민시가' 개념과 일제강점 말기 총동원 체제를 전제로

---

11 박현수, 「서정주와 미학적 기획으로서의 신라정신」, 『한국근대문학연구』 제
　　14호, 2006.

12 김춘식, 「자족적인 '시의 왕국'과 '국민시인'의 상관성」, 『한국문학연구』 제37
　　호, 2009.

한 '국민문학'의 개념과는 일정한 거리가 있으며, 나아가 그 내적 의미로만 보면 전혀 무관한 것이라고 할 수도 있다는 주장을 펴고 있다.

홍용희[13]는 서정주가 초기의 병적 낭만주의나 서구적 상징주의에서 토속적 전통지향주의로 전환하는 데 김범부의 '동방르네상스' 사상이 영향을 미친 것으로 보았다. 이것은 신라정신이나 영원성 추구가 친일 파시즘과 거리가 존재한다는 점을 강조한 것이다. 그러나 그의 전통지향성은 과거형의 신화적 시간 속에 갇혀 있었기 때문에 해방 이후 정세 오판의 권력 미화가 반복되었다고 비판하고 있다.

김승구[14]는 서정주의 자서전에 언급된 일제강점기 말의 상황을 참고하여, 그의 친일이 정신적인 것이라기보다는 생활인으로서의 중압감에서 온 것으로 보았다. 최재서와 인연을 맺게 됨으로써 생활의 방편을 얻게 되었고, 결과적으로는 친일의 길로 접어들게 되는데, 이것은 동양 담론에 대한 정신적 승인과는 다른 차원의 것이라고 판단하였다. 김승구는 일제 말 외재화된 순응의 몸짓 아래 가려져 있는 거부와 탈주의 몸짓을 이해하고자 한 것이다.

위의 분석을 바탕으로 이숭원[15]은 서정주 문학에 대해 '맹신과 규탄', '민족시인과 친일적 기회주의자'라는 이분법의 어느 한쪽에 서는 것은 문학인의 섬세한 내면을 제대로 해명해주지 못하는 행위이며, 그럴 때 오히려 시인의 내면 풍경을 잘 드러내주는 것은 시라고 하였다. 시에는 산문이라는 논리의 축으로 드러내기 어려운 내면의 미묘

---

13 홍용희, 「전통지향성의 시적 추구와 대동아공영론」, 『한국문학연구』 제34호, 2008.

14 김승구, 「일제 강점기 말기 서정주의 자전적 기록에 나타난 행동의 논리와 상황」, 『대동문화연구』 제65호, 2009.

15 이숭원, 앞의 글.

한 엇갈림이 존재하기 때문이다. 덧붙여 서정주의 초기 시는 서구적인 것과 전통적인 것이 혼재되어 있기 때문에 전통지향으로 돌아섰다고 말할 수 없으며, 친일적 동양문화론이 그러한 변화에 영향을 주었다는 논리도 성립할 수 없다고 하였다. 서정주의 신라정신 탐구는 해방 전의 토속성과 영원성 추구가 해방 후 자발적인 모색에 의해 하나로 결합되어 완성된 것으로, 역시 동양문화론과는 관련이 없다는 것이다.

지금까지 살펴본 시인론 관점과 달리 작품세계에 대한 논의를 살펴보면, 시세계의 변모과정을 조망하고 있는 조연현·천이두·김화영·김수이·김선영·엄경희·김정신16의 논문을 주목할 수 있다. 조연현은 『화사집』부터 『신라초』까지 시세계의 변모과정을 고찰한 바, 『화사집』에 나타나는 혼돈의 세계는 시인 자신의 것이 아니라 인류의 원죄의식에서 비롯되며, 시인은 그러한 원죄의식에 굴복하지 않고 『귀촉도』부터 하나의 질서 아래 새로운 시세계를 구축해갔다고 언급하였다. 천이두는 『화사집』부터 『귀촉도』까지 '피'와 '바람'의 이미지가 어떠한 양상으로 형상화되는가에 중점을 두고 시세계의 변모과정을 천착하고 있다. 이들의 논의는 『화사집』(1941)부터 『귀촉도』(1946년)까지, 혹은 『화사집』부터 『신라초』(1960년)까지 연구

---

16 조연현, 「원죄와 형벌」, 『문학과 사상』, 1949. 12.
　천이두, 「지옥과 열반」, 『서정주 연구』, 동화출판공사, 1975, 198쪽.
　김화영, 『미당 서정주의 시에 대하여』, 민음사, 1984.
　김수이, 「서정주 시의 변천 과정 연구-욕망의 변화 양상을 중심으로」, 경희
　　　대학교대학원 박사학위논문, 1997.
　김선영, 「서정주 시 연구」, 성신여자대학교대학원 박사학위논문, 1998.
　엄경희, 「서정주 시의 자아와 공간·시간 연구」, 이화여자대학교대학원 박사
　　　학위논문, 1999.
　김정신, 「서정주 시의 변모과정 연구」, 경북대학교대학원 박사학위논문, 2000.

가 한정되었다는 데 한계를 지닌다.

서정주의 시적 생애의 변모과정을 천착한 연구자로는 육근웅[17]을 주목할 수 있다. 그는 서정주의 시작품을 『화사집』과 『귀촉도』의 초기시, 『서정주시선』부터 『동천』까지의 중기시, 『질마재 신화』 이후의 후기시로 나누어 정신분석학적인 방법으로 고찰하였다. 서정주의 초기시는 내적 세계와 외적 세계, 선과 악에 대한 대립과 갈등이 잘 드러나며, 중기에는 불교와 신라세계를 탐색하면서 안정을 찾고 있지만, 후기시의 신화적 세계로의 몰입은 개인적·역사적 편향을 보상하려는 무의식의 창조적 기능에 의해 이루어졌다고 언급하였다.

시작품의 어휘 또는 문장에 대한 연구로는 원형갑·김용희[18]의 논문이 있다. 원형갑은 서정주가 토착적이고 낡은 듯한 시어에 집착하는 것은 과거의 존재와의 재회를 바라는 무의식의 표현이라고 언급하면서, "시는 무(無)의 상공에 세워지는 궁전이지만, 그 비현실에 의해서 동시에 그것은 보다 명철한 현실이 된다."고 시언어의 특징을 규정하고 있다. 김용희는 서정주의 작품이 독자에게 원형적 이미지로써 전통적 정조를 느끼게 하는 힘은 단단한 언어결합 능력에서 유래한다고 보고, 은유의 정체성에 대하여 언급하고 있다.

그 외 석사학위논문으로 「서정주 시의 감탄어 연구」(주세훈, 한국교원대학교 석사학위논문)와 「서정주 시의 병렬법 연구」(조규미, 이화여자대학교 석사학위논문), 「서정주 시의 시어 연구」(홍예영, 동국대학교 문화예술대학원 석사학위논문), 「서정주 시의 어휘 연구」(강혜경, 조

---

17 육근웅, 「서정주 시 연구」, 한양대학교대학원 박사학위논문, 1990.
18 원형갑, 「서정주론-속·서정주의 신화」, 『현대문학』 제11집, 1965.
　　김용희, 「서정주 시의 욕망구조와 그 은유의 정체-『서정주 시선』을 중심으로」,
　　　『이화어문논집』 제12권, 1992.

선대학교 교육학 석사학위논문)가 있으나, 시문법적인 측면에서 보다 전문적이며 정치한 연구가 요구된다고 하겠다.

작품에 대한 시간의식과 공간의식을 연구한 논문으로는 손진은·송기한·유지현·박소유[19]의 논문이 있다. 송기한은 서정주의 초기시가 감각적 세계로 나아가는 경향을 보여주었다면, 전후(戰後)라는 현실에 직면해서는 초기시에서 평가절하했던 신화적 시간을 재발견하는 측면으로 나아갔다고 보았다. 유지현은 서정주의 공간 인식은 양육 공간인 '집'에 내포된 결여를 감지하고 이곳을 떠나려는 의지에서 출발한다고 언급하고 있다.

서정주의 내면세계를 불교사상에 근거한 신라정신으로 귀결 짓는 논자로는 최원규·배영애·김옥성[20]이 있다. 최원규는 니체와 보들레르와 헬레니즘의 영향을 입고 시작(詩作)의 첫 단계를 마련한 서정주가 동양정신의 달관과 체념을 거쳐 불교의 윤회사상을 기저로, 신라정신에서 창작의 활로를 찾았다고 언급하였다. 하지만 이와 상반되는 견해로 "역사 속에서 우리가 지향해야 할 정신적 세계를 발견하고 승화시킨 점은 인정할 수 있으나, 작품에 나타난 현실은 영원주의

---

19 손진은, 「서정주 시의 시간성 연구」, 경북대학교대학원 박사학위논문, 1995.
　　송기한, 「전후 한국시에 나타난 시간의식 연구」, 서울대학교대학원 박사학위논문, 1996.
　　유지현, 「서정주 시의 공간 상상력 연구―『화사집』에서 『질마재 신화』까지」, 고려대학교대학원 박사학위논문, 1997.
　　박소유, 「서정주 시의 공간의식 연구」, 대구가톨릭대학교대학원 박사학위논문, 2006.

20 최원규, 「서정주와 불교정신」, 『한국현대시사연구』, 일지사, 1983, 368쪽.
　　배영애, 「현대시에 나타난 불교의식 연구―한용운·서정주·조지훈 시를 중심으로」, 숙명여자대학교대학원 박사학위논문, 1999.
　　김옥성, 「한국 현대시의 불교적 시학 연구―한용운·서정주·조지훈 시를 중심으로」, 서울대학교대학원 박사학위논문, 2005.

의 이데아를 표현하기 위한 계기가 되었을 뿐, 우리가 동화할 수 없는 관념의 세계만 표출"[21]하고 있다는 의견도 보인다.

작품에 등장하는 여성인물에 대한 연구로는 조화선·정효구·차호일·김경란·김종호·김종태[22]의 논문이 있다. 조화선과 김종호는 여성인물 중에서도 '누님'에 대하여 분석하고 있는 바, 김종호는 서정주가 지향하는 '영원'의 시세계가 '누님'과 연결되는 상징체계임을 밝히고 있으며, 조화선은 시작품 속의 여인들을 '아내계'와 '연인계'로 나눈 후 '누님'을 '연인계'의 중요한 이미지로써 다루고 있다. 정효구는 서정주의 작품이 여성 편향성을 띨 수밖에 없는 이유가 시인의 삶에 있어서 여성들과의 만남이 예사롭지 않았으며, 그들이 시인에게 강력한 영향력을 행사한 때문이라고 언급하였다.

원형적 상상력에 관한 연구로서는 김창근·이경희·김유선[23]의 논

---

21 문덕수, 「신라정신에 있어서의 영원성과 현실성」, 『현대문학』, 1963. 4.
　김학동, 「신라의 영원주의」, 『어문학』, 1974. 4.

22 조화선, 「서정주의 시에 보이는 누님의 모습」, 『현대시학』 제273호, 1991.
　정효구, 「서정주 시에 나타난 여성 편향성 연구」, 『개신어문연구』 제10집,
　　개신어문연구회, 1994.
　차호일, 「미당 시에 나타난 여인상 연구」, 경남대학교대학원 박사학위논문, 1999.
　김경란, 「한국시에 나타난 여성상」, 『한국문학연구』 제22호, 동국대학교한
　　국문학연구소, 2000.
　김종호, 「화해와 생명력의 '영원' 상징체계-서정주 시의 '누님' 모티프를 중심
　　으로」, 『비평문학』 제14호, 한국비평문학회, 2000.
　김종태, 「서정주 시에 나타난 여성성과 욕망의 관련 양상」, 『어문학』 제85호,
　　한국어문학회, 2004.

23 김창근, 「한국현대시의 원형적 상상력에 관한 연구」, 부산대학교대학원 박사
　　학위논문, 1992.
　이경희, 「서정주의 시 「알묏집 개피떡」에 나타난 신비체험과 공간 : 달-바다
　　(물)-여성 원형론」, 『이화어문논집』 제12권, 1992.
　김유선, 「미당 시의 원형의식」, 『지역연구』 제9호, 장안대학지역연구소, 2000.

문이 있다. 여기서 김유선은 방랑의 원형의식을 밝힘으로써 떠돌이의 정체성을 구체화하고자 노력하였다.

서정주의 후기시를 전기시와 비교 연구한 허윤회[24]의 논문은 전기시 연구에 치중함으로써 후기시에 대한 언급이 미온적·단편적이라는 아쉬움을 주었다.

지금까지 연구사를 살펴본 결과 다음과 같은 문제를 제기할 수 있다.

첫 번째, 서정주는 임종하는 순간까지 창작을 포기하지 않았던 시인이다. 그런데도 대부분의 연구가 초·중기의 작품에 한정됨으로써 일생 동안 진행되어온 시세계의 변모 과정을 읽어낼 수 없으며, 후기의 시세계가 어떻게 완결되는지 파악할 수 없다. 서정주처럼 한국의 현대문학사와 길항·공존한 시인의 경우, 후기 작품까지의 연구는 반드시 필요하다. 이 문제를 보완하기 위하여 본 연구자는 서정주의 후기시를 천착한 바 있다.[25]

두 번째, 시언어의 독특성에도 불구하고 시문법적인 연구가 미흡하다는 사실이다. 석사학위논문에서 몇 편의 연구물이 보이지만 보다 심도 있는 연구가 요구된다. 모더니즘 시인으로 일컬어지는 박용래의 경우, 작품에 나타나는 토속어와 조어에 관한 연구가 이루어지고 있으며, 백석·김영랑의 시언어에 대해서도 연구자들의 관심이 모아지고 있다. 따라서 서정주가 구현하고 있는 향토성 짙은 시어, 특히 후기시의 독특한 문법체계에 대한 접근이 무엇보다 시급하다.

세 번째, 시인론 관점에서 연구한 평전이 나와야 한다. 많은 연구자들은 일제강점기와 제5공화국 시절의 행보로 인하여 그에 대해 전

---

24 허윤회, 「서정주 시 연구-후기시를 중심으로」, 성균관대학교대학원 박사학위논문, 2001.
25 안현심, 『서정주 후기시의 상상력』, 서정시학, 2011.

기적으로 논하는 것을 회피해왔다. 시인의 전기를 고찰하는 것은 개인사를 통하여 문단사나 시대사를 천착할 수 있는 중요한 단서가 된다. 특히 서정주처럼 일제강점기와 6·25동란 등 민족의 시련기를 온몸으로 체험한 경우는 더욱 그러하다. '미당 평전'이라는 제호 아래 『연꽃 만나고 가는 바람같이』[26]가 출간되었지만, 절반을 차지하는 저서의 후반부는 서정주의 작품 해설로 채워져 있으며, 앞부분도 이미 연구했던 연구물들을 중복 상재함으로써 평전의 본질에서는 크게 벗어나 있다.

---

[26] 송하선, 『연꽃 만나고 가는 바람같이』, 푸른사상, 2008.

연구의 방법과 목적

이 연구에서는 시에 등장하는 인물의 원형을 탐구하고자 한다. 이러한 방법은 특정 인물의 원형이 등장하는 빈도에 따라 그 시기의 지향의식을 살필 수 있으며, 초기부터 후기에 이르기까지 시인의 정신세계의 변모과정을 천착하는 데 효과적이라고 믿기 때문이다.

연구를 진행함에 있어서는 '진 시노다 볼린(Jean Shinoda Bolen, M.D.)'[27]의 원형이론을 원용하고자 한다. 그녀는『우리 속에 있는 여신들』[28]과『우리 속에 있는 남신들』[29]에서 그리스 신화의 신들을 의인화함으로써 인간의 심리를 체계적이며 일관성 있게 분석하였다. 신화에 등장하는 신들은 인간의 본성을 치밀하게 재현해주기 때문에 그들을 의인화한 볼린의 연구는 객관성을 확보한다고 하겠다.

그녀는 정신과 의사로서 상담 현장의 경험을 토대로, 우리가 겪는 갈등이 어디에 놓여 있는가, 어떻게 하면 더욱더 통합된 인격체가 될 수 있는가에 대해 상세히 설명하고 있다. 인간의 내부에는 여러 원형이 잠재하고 있다가 상황에 따라 활성화되는 원형이 다르다. 만약, 특정한 원형이 오랫동안 한 사람을 독점한다면 정신적인 문제가 발

---

27 캘리포니아대학교 의과대학 정신과 임상교수이자 여성재단 '미즈' 이사이며 융 정신 분석가이다. 미국 정신의학회 회원이며 신경정신과 전문의로서 미국 전역에서 강의하면서 세미나를 이끌고 있다. 저서로『도교와 심리학』,『우리 속에 있는 지혜의 여신들』,『우리 속에 있는 남신들』 등이 있다.

28 진 시노다 볼린, 조주현·조명덕 옮김,『우리 속에 있는 여신들』, 또 하나의 문화, 1994.

29 진 시노다 볼린, 유승희 옮김,『우리 속에 있는 남신들』, 또 하나의 문화, 1994.

생하게 될 것이다. 그러한 상황을 헤쳐 나가기 위해 자신을 지배하는 원형이 무엇인가, 어느 원형의 도움을 받아야 하는가를 알아야 한다. 볼린은 이 문제를 해결하기 위하여 무의식으로 잠재된 내부의 원형과, 순응을 요구하는 고정관념을 통틀어 분석함으로써 인간의 조화로운 삶이 어디에 놓여 있는가를 밝히고자 하였다.

시에 등장하는 인물의 원형을 분석하는 데 볼린의 이론이 효과적으로 기능하리라고 믿는다. 더구나 다양한 인물이 등장하는 서정주의 시를 천착하는 데는 적절한 방법론이 되어줄 것이다. 그리스 신화는 가부장제사회문화의 실상을 전형적으로 반영하므로, 가부장권의 일원이었던 서정주의 작품 연구에 그들의 원형을 적용하는 것은 매우 적절한 시도라고 하겠다.

이 연구에서 분석의 대상이 될 인물은 시작품의 주제를 구체화하는 데 분명한 역할을 수행해야 한다. 때로는 한 작품에 여러 인물이 등장하기도 하지만, 각각의 원형이 주제를 구현하는 데 뚜렷한 영향력을 행사하고 있다면, 그 모두를 연구의 대상으로 삼을 것이다. 인물의 내부에는 활성화된 원형이 존재하는가 하면, 활동이 미미한 원형도 있다. 이 연구에서는 활성화된 원형이 작품의 주제를 구현한다는 전제하에 그 원형을 분석의 대상으로 삼을 것이다.

시인이나 작가들은 자신의 절실함을 표현하는 방법으로 작품에 인물을 등장시켜왔다. 절실함의 내용에 따라 서로 다른 원형들이 구현되면서 내재적 욕망을 실현시켜주었다. 그러나 작품에 등장하는 인물의 원형이 반드시 시인이 지향하는 원형의 인물이라고 단정 지을 수는 없다. 시인은 작품 속에 긍정적인 인물을 내세워 내적 욕구를 실현하기도 하지만, 때로는 부정적인 인물을 내세워 정신세계를 구현하기 때문이다.

시대에 따라 인간의 삶의 양상은 다르기 마련이며, 그 시대가 요구하고 필요로 하는 인간의 원형 또한 다르다. 시작품 속에 등장하는 인물의 원형은 시대가 요구하고 필요로 하는 바에 따라, 개인의 절실함의 내용에 따라 다르게 나타난다. 이러한 맥락에서, 작품에 등장하는 인물의 원형을 천착하는 것은 개인의 삶을 살펴보는 동시에 시대적 상황까지도 천착하는 방법이 될 것이다.

인물의 선호도는 개인사와 시대사 및 인류사를 충실하게 반영한다. 시인이 작품에 특정한 인물을 등장시키는 것은 그 인물을 선호한 결과이기도 하지만, 시대가 선호하고 요구한 결과이기도 하다. 따라서 시에 등장하는 인물의 원형을 분석하는 것은 작품 속의 인물을 통해 시인의 개인사와 더불어 시대사를 천착하는 작업이 될 것이다. 특정한 시대 상황 속에서 시인이 지향한 삶이 무엇이었는가, 지양했거나 극복하고자 한 현실은 무엇이었는가 알 수 있게 될 것이다.

인간은 일생 동안 여러 단계의 삶을 거치게 되며, 삶의 단계마다 영향을 미치는 원형이 존재하기 마련이다. 청년기에 우리를 지배한 원형과 장년기와 노년기를 지배한 원형이 다르다는 의미이다. 따라서 시대별로 등장하는 인물의 원형은 시인의 내면세계가 어떻게 전개되어 나아갔는가를 밝혀주는 단초가 된다.

이 연구의 목적은 시에 등장하는 인물의 원형을 분석함으로써 삶의 단계에 따라 변모해간 시인의 정신세계를 고찰하는 데 있다. 시인이 살았던 시대적·사회적 정황과 더불어 내면의 문제들이 어떻게 화해하고 대립했는가를 천착할 것이다. 전 작품을 연구함으로써 후기의 정신세계가 어떻게 확보되는가, 가치관과 세계관은 어떻게 귀결되는가도 살펴보게 될 것이다.

첫 시집 『화사집』부터 마지막 시집 『80소년 떠돌이의 詩』까지,

전 작품을 연구 대상으로 삼을 것이다. 첫 시집부터 열네 번째 시집까지는 편의상 『미당 시전집』 제1권, 제2권, 제3권(민음사, 1994)으로 대신할 것이며, 여기에 전집 출판 이후에 나온 『80소년 떠돌이의 詩』(시와시학사, 1997)를 포함하여 연구할 계획이다.[30]

연구에 앞서 서정주의 창작 생애를 초기와 중기, 후기로 구분하고자 한다. 시집 출간을 기준으로, 초기는 첫 시집 『화사집』부터 제5시집 『동천』까지로 상정할 것이며, 초기 중에서도 『화사집』을 제1기로, 『귀촉도』와 『서정주 시선』은 제2기, 『신라초』와 『동천』은 제3기로 세분하겠다. 관점에 따라 다르겠지만, 이 시기마다 시세계가 다르게 전개된다고 보았기 때문이다.

시창작의 중기는 『질마재 신화』를 중심으로, 앞의 『서정주 문학전집』과 뒤의 『떠돌이의 시』까지 포함하고자 한다. 『질마재 신화』에서 서정주의 시세계가 확연한 변모를 보이고 있지만, 그 앞뒤까지를 포함하는 것이 바람직하다고 생각했기 때문이다.

후기는 제8시집 『西으로 가는 달처럼…』부터 마지막 시집 『80소년 떠돌이의 시』까지로 상정하겠다. 후기 중에서도 제8·9시집을 제1기로, 제10시집 『안 잊히는 일들』부터 마지막 시집까지는 제2기로 세분할 것이다. 전 작품에 등장하는 인물의 원형을 분석함으로써 정신세계의 변모 과정을 고찰하고자 하는 이 연구에서 시기 구분은 매우 중요한 역할을 할 것이다.

---

[30] 연구 대상이 되는 시집들은 현재(2013년)의 한글맞춤법과 다른 부분이 많지만, 원문을 그대로 따르기로 하겠다.

여성인물의 원형

　진 시노다 볼린은 『우리 속에 있는 여신들』에서 가부장제사회문화의 고정관념을 해체하고자 심혈을 기울였다. 가부장제사회문화가 규정해놓은 여성관을 탈피하기 위해 여신들의 원형을 생동적이며 믿음직스럽고 현실적인 것으로 제시한 것이다. 그녀는 '남성성'과 '여성성'을 고착화시켜서 이들이 '남성'과 '여성'에게만 나타나는 성징(性徵)이라고 보지 않았으며, 인간을 '정상적'과 '비정상적'이라는 이분법의 논리로도 나누지 않았다. 인간의 내부에는 다양한 원형이 존재하고 있다가 상황에 따라 특정한 원형이 특정한 양상으로 활성화되면서 그 사람의 성향을 규정짓는다고 판단하였다.

　이 연구에서는 볼린의 원형이론을 원용하여 서정주의 시에 등장하는 여성인물의 원형을 분석하고자 한다. 볼린은 여신들의 원형을 아프로디테와 아르테미스·헤스티아·아테나·헤라·데메테르·페르세포네로 상정하고 있지만, 이 연구에서는 페르세포네를 제외할 것이다. 서정주의 시작품을 살펴본 결과 인물들이 행사하는 행동 양식과 성격의 표현이 주로 아프로디테와 아르테미스·헤스티아·아테나·헤라·데메테르 원형을 구현하고 있기 때문이다.

아프로디테 원형

　‘알렉상드르 카바넬’의 작품 「비너스의 탄생」은 관능적인 것을 추구하는 현대인의 취향에 맞도록 고대적인 것을 변형시킨 그림으로 평가받고 있다. 그림에서 우유 바다 속에 빠져 있는 아프로디테 여신은 살과 뼈로 만들어진 것이 아니라 장밋빛과 흰빛의 과자로 만들어진 감미로운 육체를 지니고 있다. 아프로디테는 ‘사랑과 미’의 여신으로 많은 조각가들이 그녀의 나신을 조각하였고, 시인들은 그녀의 관능적인 아름다움을 노래하였다. 아름답고 관능적이었던 아프로디테는 헤파이스토스와 결혼하고도 많은 연인을 두었으며, 그들과의 사이에서 여러 자녀를 낳았다.

　아프로디테 원형의 양상 가운데 서정주의 시에 구현되는 것은 ‘관능의 대상으로서의 여성’과 ‘창작의 영감을 주는 여성’, ‘아름다운 여성’의 양상으로 유형화할 수 있다. 그것을 도표로써 구체화하면 다음과 같다.[31]

시작품명	인물의 이름	원형의 양상
화사(권1, 35~36쪽)	클레오파트라 순네	관능의 대상으로서의 여성
대낮(권1, 38쪽)	임	〃
맥하(권1, 39쪽)	배암 같은 계집	〃
입마춤(권1, 40쪽)	가시내	〃
가시내(권1, 41쪽)	연순이	〃

---

31 도표에서 권1), 권2), 권3)은 『미당 시전집』 제1권, 제2권, 제3권을 의미하며, ‘80소년’은 『80소년 떠돌이의 詩』를 줄여서 표기한 것이다.

도화도화(권1, 42쪽)	오피리아	〃
와가의 전설(권1, 43쪽)	숙이	〃
고을나의 딸(권1, 54쪽)	고을나의 딸	아름다운 여성
나의 시(권1, 114쪽)	친척의 부인	창작의 영감을 주는 여성
노인헌화가(권1, 142~145쪽)	수로부인	아름다운 여성
내 영원은(권1, 193쪽)	소학교적 여선생	창작의 영감을 주는 여성
수로부인의 얼굴 (권1, 215~217쪽)	수로부인	아름다운 여성
알뭇집 개피떡 (권1, 366~367쪽)	알뭇댁	관능의 대상으로서의 여성
석녀 한물댁의 한숨 (권1, 373~374쪽)	한물댁	〃
매화(권1, 396쪽)	시악씨	〃
당산나무 밑 여자들 (권1, 448쪽)	박푸접이네 김서운니네	〃
내가 타는 기차 (권1, 474~475쪽)	도시 소녀	아름다운 여성
호박을 파는 암보셀리의 검어진 비너스(권2, 97~99쪽)	보석가게 안주인	관능의 대상으로서의 여성
노르웨이 미녀 (권2, 159~160쪽)	노르웨이 미녀	〃
아테네 뒷골목에서 (권2, 190~191쪽)	보석상	〃
수로부인은 얼마나 이뻤는가(권2, 331~332쪽)	수로부인	아름다운 여성
매화꽃 필 때(권3, 20쪽)	오목녀	〃
매화에 봄 사랑이(권3, 21쪽)	시악씨	관능의 대상으로서의 여성
돼지 뒷다리를 잘 부뜰어잡은 처녀(권3, 32~33쪽)	처녀	〃
대구미인(권3, 49쪽)	대구 미인	아름다운 여성
러시아 미녀찬(권3, 563쪽)	러시아녀	〃
당명왕(唐明王)과 양귀비(楊貴妃)와 모란꽃이(80소년, 15~16쪽)	양귀비	관능의 대상으로서의 여성

관능의 대상으로서의 여성

　정신분석의 관점에서 육체는 나르시시즘의 일차적인 대상이지만, 종교적 금욕주의자에게는 정신적 완성을 방해하는 위험한 적이 되기도 한다. 이처럼 대부분의 경우 육체는 양극단 사이에서 불안정하게 존재하며, 쾌락의 주체인 동시에 대상이 되고, 제어할 수 없는 고통의 주체가 되기도 한다. 또한 이성에 항거하는 힘이기도 하며, 죽음의 매개체가 되기도 하기 때문에 육체는 언제나 호기심의 대상이며 영원한 탐구의 대상이다.[32] 아프로디테는 매혹적인 육체를 지닌 여신으로서 그녀의 관능적인 육체는 남신들의 마음을 사로잡는 데 유용하게 작용하였다.

　아프로디테는 매혹적인 황금빛 머리카락을 지니고 있었다. "머리카락은 특별한 의미에서 힘의 원천으로 간주되기도 하였다. 게다가 사춘기 때의 그것은 다른 때보다 곱절의 생명력을 지닌 것으로 여겨졌다. 왜냐하면 그 시기의 머리카락은 종족 번식 능력의 외적 표현이자 상징이기 때문이다."[33] 아프로디테는 생산력이 풍부하여 종족 보존 본능을 표현할 뿐 아니라 관능적인 육체는 욕망의 주체이자 대상으로 상징되어왔다. 데메테르 원형을 지닌 여성이 아이를 갖기 위해 성교하는 것과 달리, 아프로디테 원형의 여성은 남성에 대한 갈망이나 성적 또는 낭만적 경험을 하고 싶은 욕망의 결과로 아이를 갖기 때문이다. 아프로디테의 매혹적인 머리카락은 상징적 의미에서 그가 지닌 생산성과 무관하지 않다.

---

32 피터 브룩스, 이봉지·한애경 옮김, 『육체와 예술』, 문학과지성사, 2000, 21쪽 참고.

33 제임스 조지 프레이저, 이용대 옮김, 『황금가지』, 한겨레신문사, 2009, 75쪽.

　서정주의 첫 시집 『화사집』에는 아프로디테 원형의 '관능적인 아름다움'을 지닌 여성들이 다수 등장한다. 「화사」의 클레오파트라와 순네, 「대낮」의 임, 「맥하」의 배암 같은 계집, 「입마춤」의 가시내, 「가시내」의 연순이, 「도화도화」의 오픠리아, 「와가의 전설」의 숙이가 그런 여성들이다.

　사향 박하의 뒤안길이다.
　아름다운 베암…….
　을마나 크다란 슬픔으로 태여났기에, 저리도 징그라운 몸둥아리냐

　꽃다님 같다.
　너의할아버지가 이브를 꼬여내든 달변의 혓바닥이
　소리잃은채 낼룽그리는 붉은 아가리로
　푸른 하눌이다. ……물어뜯어라. 원통히무러뜯어.

　다라나거라. 저놈의 대가리!

　돌 팔매를 쏘면서, 쏘면서, 사향 방초ㅅ 길
　저놈의 뒤를 따르는 것은
　우리 할아버지의안해가 이브라서 그러는게 아니라
　석유 먹은듯…… 석유 먹은듯……가쁜 숨결이야

　바눌에 꼬여 두를까부다. 꽃다님보단도 아름다운 빛……
　크레오파투라의 피먹은양 붉게 타오르는 고흔 입설이다……슴여라! 베암.

우리순네는 스믈난 색시, 고양이같이 고흔 입설……슴여라! 베암.

―「화사」 전문

인용한 시작품에서 주목해야 할 구절은 '사향 박하의 뒤안길'과 '사향 방초 길'이다. '사향'이란 사향노루 수컷의 사향랑에서 나는 향내이며, '박하'는 여름철의 여러해살이 풀인데 이 또한 향기가 특별하다. '방초'도 꽃다운 풀로서 독특한 향기를 지니고 있다. 서정주는 시의 배경을 '사향 박하의 뒤안길'이나 '사향 방초 길'같이 육욕이 촉발하기에 적절한 공간으로 상정함으로써 전체적인 흐름을 관능으로 숨가쁘게 몰아간다. '뒤안길' 또한 죄의식을 내포하면서 관능적 쾌락을 함의하고 있는 공간으로서 '사향 박하'의 이미지와 함께 관능을 배가시키는 역할을 한다.

클레오파트라의 "피먹은 양 붉게 타오르는 고흔 입설"과 순네의 "고양이같이 고흔 입설"이라는 형상화에서도 '입술'은 '붉다'와 '고양이같이'와 어울려 관능을 고조시키는 역할을 한다. '입술'에는 정신성과 반대되는 관능적·육체적 가치가 포함되어 있기 때문이다. 이처럼 관능적인 입술을 지닌 클레오파트라와 순네는 아프로디테 원형의 '관능의 대상으로서의 여성'의 양상을 구현하는 데 부족함이 없다.

인용시의 시어들은 육적인 것들로 직조되는데, '징그라운 몸둥아리', '달변의 혓바닥', '낼룽거리는 붉은 아가리', '저놈의 대가리'와 같은 동물적인 상상력이 그것이다. 동물적인 이미지는 본능을 우선시함으로써 추락의 기쁨을 부여한다. 따라서 동물적이며 육적인 「화사」의 시어들은 본능으로서의 관능을 형상화하는 데 매우 적절한 어휘가 될 것이다. 이 작품에서 육적이며 동물적인 상상력을 고조시키는 대상은 '뱀'이다.

성경의 「창세기」에는 뱀이 하와를 꾀어 아담과 함께 사과를 먹도록 하는 구절이 있다. 이와 같은 이야기는 세네갈의 '바사리족' 전설에서도 구현되는데, 이들은 공통적으로 인류 타락의 책임을 뱀에게 전가시키고 있다. 그러나 인간은 에덴동산에서 쫓겨남으로써 세속적인 삶으로 다시 탄생하게 되며, 이는 과거를 벗어던지고 새로운 삶을 사는 뱀의 상징성과 상응한다.

달이 다시 차기 위해서 그늘을 벗듯, 뱀은 거듭나기 위하여 허물을 벗는다. 뱀은 제 꼬리를 물고 있는 동그라미 꼴로 그려지기도 하는데, 이것은 한 세대가 이울면서 다음 세대로 거듭나는 삶의 의미이기도 하다. 따라서 뱀은 끊임없이 죽고 다시 태어나는 영원한 에너지와 의식을 상징한다.[34]

인도의 경우, 부처와 '나가' 사이에는 서양에서 볼 수 있는 구세주 대 뱀의 상징적인 적대관계가 나타나지 않는다. 불교적인 견해에 의하면, "자연의 모든 수호신들은 지고한 신들과 함께 석가모니의 출현을 기뻐하는데, 뱀 또한 생명의 물을 상징하는 화신으로서 예외가 아니었다."[35] 하지만 제우스의 아들이며 반신적인 영웅 헤라클레스는 지상의 뱀들과 불구대천의 적대관계에 있다. 유아 시절에 그를 해치려고 여신 헤라가 보낸 뱀들을 목 졸라 죽이고, 한 개의 몸뚱이에서 일곱 개의 머리가 나와 자라는 맹목적인 힘의 상징인 괴물 히드라를 정복하기도 하였다.

이처럼 서양에서는 지상에 새로운 시대를 열기 위해 하늘에서 내

---

34 조셉 캠벨·빌 모이어스 대담, 이윤기 옮김, 『신화의 힘』, 이끌리오, 2008, 94쪽 참고.
35 하인리히 침머 지음, 조셉 캠벨 엮음, 이숙종 옮김, 『인도의 신화와 예술』, 대원사, 1997, 91쪽.

려오는 구세주들을 뱀 세력의 맹목적·동물적 생명의 힘보다 우월한 정신적·도덕적 원리의 구현자들로 간주하였다. 그러나 인도에선 뱀과 구세주를 한 분, 모든 것을 포함하는 신성한 실체의 두 가지 기본적인 현현들로서 인식하였다.[36] 뱀에 대한 신화적 견해는 통치 이념 혹은 시대 상황에 따라 다르게 구현되었는데, 서정주는 시 「화사」에서 성서 신화적인 견해를 수용하고 있음을 알 수 있다.

이 시에서 '화사'로 상정된 '꽃뱀'은 아름다움을 상징하는 꽃의 이미지와 악을 상징하는 뱀의 이미지가 합쳐져 아름다움과 징그러움을 동시에 지닌 존재로서 환기된다. 따라서 작품 속의 화자는 뱀이 징그럽다고 하면서도 꽃 대님같이 아름다운 뱀이라는 상반되는 감정 상태를 보여준다. 돌팔매를 쏘면서도 저놈의 뒤를 따를 수밖에 없는 것은 우리 할아버지의 아내가 이브라서 그러는 게 아니라, 석유 먹은 듯 가쁜 숨결에 홀려서라고 해명하고 있다. 시적 화자는 뱀을 저주하면서도 동물적·육체적인 관능미까지 외면할 수 없었던 것이다.

산업화가 되기 이전 한국의 산골마을에서는 석유 등잔불로 어둠을 밝혔다. 대두병에 든 석유를 호롱에 붓자면 손에 묻기 마련이었는데, 잘 씻는다 해도 잔여물이 남아 입에 묻어 들어가면 혀가 꼬이는 듯, 말리는 듯 대단히 괴로운 상태가 되곤 하였다. 미량만 묻어 들어가도 그러한데 석유를 마셨다면 온몸이 비틀리는 고통을 당하게 될 것이다. 관능의 쾌락을 표현하는 몸짓은 죽음 직전의 괴로운 몸부림과 양가성을 지닌다. 석유를 마시고 괴로워하는 몸짓에서 관능적인 이미지를 유추함으로써 「화사」는 형상화에 성공했다고 할 수 있다. 석유는 휘발성의 물질이므로 빠르게 기화하는 현상이 '가쁜 숨결'까지도

---

36 위의 책, 117~118쪽.

포함하는 이미지가 될 수 있다.

서정주의 초기시에는 원초적 관능으로서의 에로스적 상징이 많이 등장한다. 인간들이 본질적으로 에로스에 대한 꿈을 간직하는 것은, 불연속적이며 단절된 운명의 조건을 극복하고, 연속적인 합일을 소망하기 때문이다. "인간들이 연속성의 꿈을 실현시킬 수 있는 방법은 에로스적 행위 말고도 여러 가지가 있지만, 에로스적 행위는 가장 사실적이며 구체적이고 본능적인 방법"[37]이다. 이처럼 육체 지향적이라든가 육체성이라는 개념은 인간의 유한성과 깊은 관련이 있다. 서정주의 초기 작품에 육체성이 많이 드러나는 것은 일제강점기 망국민의 불안한 심리가 인간 생명의 유한성과 단절의 두려움으로 전이되어 표현된 것이라고 하겠다.

신화적 상상력은 시창작에 빈번하게 차용되지만, 서정주는 특히 신화적 상상력을 원용한 작품들을 많이 썼다. 신화적 상상력은 창작의 후기로 갈수록 그 색채가 더욱 농후해진다.

질마재 당산 나무 밑 여자들은 처녀때도 새각씨 때도 한창 장년에도 연애는 절대로 하지 않지만 나이 한 오십쯤 되어 인제 마악 늙으려 할 때면 연애를 아조 썩 잘 한다는 이얘깁니다. 처녀때는 친정부모 하자는 대로, 시집가선 시부모가 하자는대로, 그 다음엔 또 남편이 하자는대로, 진일 마른일 다 해내노라고 겨를이 영 없어서 그리 된 일일런지요? 남편보단도 그네들은 웅뎅이도 훨씬 더 세어서, 사십에서 오십 사이에는 남편들은 거이가 다 뇌점으로 먼저 저승에 드시고, 비로소 한가해 오금을 펴면서 그네들은 연애를 시작한다 합니다. 박푸접이네도 김서운니네

---

[37] 정효구, 앞의 논문, 256~257쪽.

도 그건 두루 다 그렇지 않느냐구요. 인제는 방을 하나 온통 맡아서 어
른 노릇을 하며 동백기름도 한번 마음껏 발라 보고, 분세수도 해 보고,
김서운니네는 나이는 올해 쉬흔 하나지만 이 세상에 나서 처음으로 이
뻐졌는데, 이른 새벽 그네 방에서 숨어나오는 사내를 보면 새빨간 코피
를 흘리기도 하드라구요. 집 뒤 당산의 무성한 암느티나무 나이는 올해
칠십살, 그 힘이 뻐쳐서 그런다는 것이여요.

— 「당산나무 밑 여자들」 전문

초기 불교 예술품 중 가장 눈에 띄는 것은 연꽃으로 상징되는 락슈
미 여신상이다. 손바닥에 연꽃을 올려놓은 채 연꽃 위에서 다양한 몸
짓으로 서 있거나 앉아 있으면, 코끼리들이 나타나서 코에 달린 물통
으로 그녀의 몸과 머리에 물을 뿌린다. 초기에는 다른 여신들처럼 그
녀 역시 품위 있게 옷을 입고 있었다. 그러나 후대 건축물의 난간과
문에 나타나는 이 여신은 하반신에 옷을 걸치지 않았을 뿐만 아니라,
다리를 심하게 흔들면서 자신의 연꽃 성기를 드러내고 있다. 다른 여
신들도 마찬가지이다. 고타마 왕자가 궁궐에서 말을 타고 나오는 장
면을 보기 위해 발코니에 서 있는 여신들이나 나무의 요정들은 성기
를 감추고 있는 것이 아니라, 그 모양을 드러내고 강조하는 장식용
속옷을 입고 있다.[38] 불교미술에서 성기를 드러내놓은 여신상들은
아프로디테의 관능성과도 본질이 닿아 있다. 그들은 생산력을 표현
하고 있지만, 생산력은 관능성의 다른 양상으로 환기될 수도 있기 때
문이다.

인용시에 등장하는 질마재 여인들은 부모의 결정에 따라 결혼하

---

[38] 조셉 캠벨, 이진구 옮김, 『신의 가면 II — 동양신화』, 까치글방, 2005, 346~347
쪽 참고.

고, 가부장제의 윤리와 도덕에 순종하며 살다가 사오십대의 장년이 되어서야 자율적인 삶을 살 수 있다. 비로소 "방을 하나 온통 맡아서 어른 노릇을 하며 동백기름도" 마음껏 바르고, 분세수를 할 만큼의 자유가 주어진 것이다. 김서운니네는 올해 쉰 한 살이지만 "이 세상에 나서 처음으로 이뻐졌"다고 형상화되고 있다. 왕성한 성생활로 인해 남편들은 뇌점에 걸려 세상을 뜨고, 여인들은 외간 사내와 정분을 나누는 일에 적극적이 되어간다. 질마재 여인들이 성적인 매력을 배가시키기 위해 외모를 치장하는 것은 아프로디테의 관능성을 구현하는 사례라고 할 수 있다.

김서운니네의 성욕은 "이른 새벽 그네 방에서 숨어 나오는 사내"에게 "새빨간 코피를" 흘리게 할 정도로 강하다. 강한 성욕은 "집 뒤 당산의 무성한 암느티나무"의 "힘이 뻐쳐서" 그렇다고 하는데, 암느티나무는 올해로 일흔 살이다. 질마재 여인들이 장년에 왕성한 성욕을 발산하는 현상을 노령의 암느티나무의 무성함에서 유추해온 것이다.

나무 혹은 나무정령이 인간의 생식과 관련된다는 상상력은 고대 이래 지속적으로 이어져 오고 있다. 나무정령은 농작물을 잘 자라도록 하고, 가축 떼를 번식시키고 여자들한테 아이를 내려주기도 한다. "마오리족 중 '투호에' 부족은 나무가 여자에게 아이를 낳을 수 있는 능력을 준다고 믿으며, 그런 나무는 신화적인 특정 조상의 탯줄과 연관된다고 생각하였다. 그래서 최근까지도 그들은 아이들의 탯줄을 그 나무에 걸어놓는다."[39]

나무와 식물을 살아 움직이는 존재로 보는 관념은 비유적이거나 시적인 의미로서만이 아니라, 실제로 혼인할 수 있는 존재로 인식하

---

[39] 제임스 조지 프레이저, 앞의 책, 149쪽.

기도 하였다. 식물도 동물과 마찬가지로 성별이 있으며, 암수의 결합으로써 종을 번식하기 때문이다. 고등동물은 두 가지 성기관이 개체별로 뚜렷하게 분리되어 있는 반면, 식물은 대부분 개체 속에 양성이 공존하지만 암수가 따로 있는 종도 있다. "마오리족은 나무의 성별을 잘 알기 때문에 암수에 따라 다른 이름을 붙였으며, 대추야자나무의 암수를 알아서 봄에는 수나무의 꽃가루를 암나무의 꽃 위에 떨어뜨려 인공적으로 수정을 시켰다."[40]

창작의 영감을 주는 여성

남성의 창조적 에너지의 상징으로서 남근은 여성의 창조적 에너지의 주요 상징인 여근과 결합하는데, 여근상은 그것의 중심으로부터 발기하는 남근상의 기저를 이루고 있다. 이것은 우주의 생명을 낳고 지탱하는 창조적 결합의 한 표상으로 간주되었다.[41]

아프로디테 여신은 엄청난 변화의 힘을 지니며, 그녀를 통해서 매혹·결합·수태·새 생명의 탄생이 이루어졌다. 이 과정이 남녀 사이의 육체적인 결합일 때는 아이가 잉태되지만, 모든 창조적인 과정에서도 이러한 일련의 발생은 똑같이 일어난다. 매혹·결합·잉태·새로운 탄생은 두 종류의 사상이 결합함으로써 새로운 이론이 탄생하는 것처럼 추상적인 것일 수도 있다.[42]

아프로디테의 관능미가 정신세계에 영향을 주었을 때, 아프로디테는 창조하는 여신이 된다. 아프로디테가 헤파이스토스를 자극하

---

40 위의 책, 146쪽.
41 하인리히 침머, 앞의 책, 162쪽.
42 진 시노다 볼린, 조주현·조명덕 옮김, 앞의 책, 328~329쪽.

여 창조적인 장인으로 거듭나게 했던 것처럼, 누군가에게 상담자의 역할을 하고 조언함으로써 영적인 사랑이나 깊은 우정, 신뢰감 등의 감정을 이입시켜 잠재되어 있던 영감을 이끌어내는 역할을 하는 것이다.

아프로디테 원형이 '창작의 영감을 주는 여성'의 양상으로 구현되는 작품은 「나의 시」와 「내 영원은」이 대표적이다. 「나의 시」에서 '친척의 부인'과 「내 영원은」에서 '소학교적 여선생'은 서정주에게 창작의 영감을 주는 아프로디테 원형의 역할을 충실히 하고 있다.

어느해 봄이던가, 머언 옛날입니다.
나는 어느 친척의 부인을 모시고 성안 동백꽃나무그늘에 와 있었읍니다.
부인은 그 호화로운 꽃들을 피운 하늘의 부분이 어딘가를
아시기나 하는 듯이 앉어계시고, 나는 풀밭위에 흥근한 낙화가 안씨
러워 주워모아서는 부인의 펼쳐든 치마폭에 갖다놓았읍니다.
쉬임없이 그짓을 되풀이 하였읍니다.

그뒤 나는 년년히 서정시를 썼읍니다만 그것은 모두가 그때 그 꽃들을 주서다가 디리던─그 마음과 별로 다름이 없었읍니다.

그러나 인제 웬일인지 나는 이것을 받어줄이가 땅위엔 아무도 없음을 봅니다.
내가 줏어모은 꽃들은 제절로 내손에서 땅우에 떨어져 구을르고 또 그런마음으로밖에는 나는 내시를 쓸수가없읍니다.

─「나의 시」 전문

아프로디테는 헤파이스토스에게 창조적인 영감을 불어넣어 그를 최고의 장인으로 거듭나도록 하였다. 헤파이스토스 원형의 남성은 아프로디테 원형의 여성을 만나면 창조적인 작업을 하는 데 활력을 얻을 수 있다.

서정주는 어느 날 '친척의 부인'을 모시고 동백꽃 나무 그늘로 나들이를 간다. "부인은 그 호화로운 꽃들을 피운 하늘의 부분이 어딘가를/ 아시기나 하는 듯이" 앉아 계셨다. 꽃을 피운 부분이 어디인가를 알고 있다는 것은 직관력이 강한 여성이라는 의미를 함의한다. 서정주는 우주 현상을 내면화한 듯한 부인을 사모하게 되고, 그러한 사실은 서정주의 내면세계에 영향을 미쳐 시를 창작하는 추동력으로 작용한다.

부인과 나들이를 다녀온 후 해마다 서정시를 지었지만, 그것은 모두가 그때 그 꽃들을 주워 드리던 마음과 별로 다름이 없었다. 부인에게서 창조적인 영감을 얻었던 시인은 "그러나 인제 웬일인지" 그것을 받아줄 이가 땅 위에 아무도 없다는 것을 인지하게 된다. 이와 같은 정황 설정은 그 부인이 죽었거나 만날 수 없는 상황이 되었다는 것을 암시한다. 따라서 주워 모은 꽃들은 저절로 손에서 떨어져 땅 위에 구르게 되고, 또 그런 마음으로밖에는 시를 쓸 수 없는 상황이 되고 만다. 이후에 창조적인 영감을 주는 또 다른 여성을 만났다면, 그의 시세계는 확연히 달라졌을 수도 있을 것이다.

이 작품에서 '친척의 부인'은 서정주에게 창작의 영감을 불어넣어주는 아프로디테가 되기에 부족함이 없다. "꽃잎을 손안에 '줏어 모으고' 치마폭에 '갖다놓는' 행위는 곧바로 시를 쓰는 행위와 연결된다. 손과 치마폭은 흩어져 버리는 것을 모아 담는 그릇이다. 그러나 꽃 자체도 이미 '하늘의 부분'을 담는 그릇인 것을 잊어서는 안 된다."[43]

내 영원은

물 빛

라일락의

빛과 향의 길이로라.

가다 가단

후미진 굴헝이 있어,

소학교 때 내 여선생님의

키만큼한 굴헝이 있어,

이뿐 여선생님의 키만큼한 굴헝이 있어,

내려 가선 혼자 호젓이 앉아

이마에 솟은 땀도 들이는

물 빛

라일락의

빛과 향의 길이로라

내 영원은.

―「내 영원은」 전문

『고백록』에서 루소는 그의 교육을 담당하던 '랑베르시에' 양이 엉덩이를 때린 사건에 대해 말하는데, 체벌을 받는 수치감 속에서도 일종의 관능적 쾌락을 느꼈으며, 다시 맞는 두려움보다는 욕망을 느꼈다고 고백하고 있다. 그는 에로틱한 기표가 자신의 육체에 각인된 이

---

43 김화영, 「거짓말 왕궁」, 앞의 책, 130쪽.

후 전 생애에 걸쳐 취향과 욕망과 열정 그리고 정체성에까지 영향을 미쳤다고 자기분석을 하였다. 그리하여 오랫동안 고통스런 상황에서 예쁜 여자들을 탐하였고, 상상 속에서 그녀들을 회상하고 그녀들의 동작을 지시하는 한편, 그들을 랑베르시에 양과 일치시켰다는 것이다. 어른이 된 후에도 그와 같은 취미가 사라지기는커녕 다른 것과 단단하게 결속되어 감각적인 자극으로 인한 욕망과 분리되지 않았다. 이것은 "여덟 살 때 루소의 육체에 새겨진 에로틱한 기표가 그의 전 생애의 이야기를 결정하는 원동력이 되었음을 입증"[44]해주는 예이다. "어린 시절 형성된 이마고는 이상형으로서 어른이 된 후에도 평생을 지배"[45]하게 되는 것이다.

시작품 「내 영원은」에서 "내 영원은/ 물빛"이며, "라일락의/ 빛과 향의 길"이라고 형상화된다. '물빛'의 '물'은 생명력을 상징한다. 또한 엘리엇이 「황무지」에서 사월은 황무지에서도 라일락을 피우기 때문에 잔인한 달이라고 노래한 것처럼, 라일락은 황무지의 생명력, 창조를 상징하는 꽃으로 상정된다. 여기서 소학교 적 여선생이 왜 창조적인 영감을 주는 아프로디테가 되는가를 인지할 수 있다. 서정주의 영원은 물빛이며, 라일락의 빛과 향의 길로 환기되는데, 이와 같은 길은 여선생의 키만큼한 굴헝에 들어앉을 때 감지되어온다. 여선생의 키만큼한 굴헝으로 내려앉는다는 것은 여선생과의 추억을 내면화한다는 의미로 해석할 수 있다. 즉 여선생을 사모하던 어린애의 감정 상태가 되었을 때만이 시를 창조할 수 있다는 의미이다.

서정주는 삶의 질을 가늠하는 '키'와 '부피'와 '깊이'의 이상화된 잣

---

44 피터 브룩스, 앞의 책, 91쪽.
45 권택영, 『잉여 쾌락의 시대』, 문예출판사, 2003, 55~56쪽 참고.

대로 소학교 적 여선생 '요시무라 아야꼬'를 상정하고 있다. 이러한 정황으로 볼 때 '소학교 적 여선생'은 서정주에게 창작의 영감을 주는 아프로디테가 되기에 부족함이 없다. 즉 그녀는 서정주가 사는 내내 헤파이스토스에게 창작의 영감을 불어넣어준 아프로디테와 다름없었던 것이다.

어린 시절, 처음으로 리비도가 심하게 자극받았을 때의 체험 형식은 한 인간에게 중대한 영향을 입힌다. "프로이드(Freud, Sigmund)에 의하면, 리비도는 한번 경험하면 좀처럼 단념할 수가 없어서 그 체험 형식에 굳이 집착하게 된다."[46]고 한다. 어린 시절 우연히 본 영화의 정사 장면에서 여자의 희고 가는 손가락이 인상적이었던 사람은 어른이 된 후에도 그러한 손가락을 지닌 여자가 아니고는 성적 욕망을 느끼지 못할 수 있다는 것이다.

서정주는 산문에서도 '일본인 여선생'에 대한 이야기를 밝히고 있지만, 후기의 시작품에 이르기까지 수차례에 걸쳐 그녀를 추억하고 있다. 서정주가 교무실에 들를 때마다 여선생은 분필가루가 묻은 손가락을 알코올로 닦고 있었는데, 그녀의 '반달이 선명한 분홍빛 손톱'은 서정주에게 잊히지 않는 체험 형식이 된 것이다. 서정주는 "어른이 된 후에도 여성들을 대할 때면 손톱에 먼저 눈길이 가곤 했다."[47]고 한다. 여선생의 반달이 선명한 분홍빛 손톱은 서정주에게 여성의 이상적인 손톱으로서 각인되어버린 것이다.

---

46 기시다 슈(岸田 秀), 우주형 옮김, 『게으름뱅이 정신분석 1』, 깊은샘, 2006, 51쪽.

47 서정주, 「노풍곡」, 『서정주문학전집』 제3권, 일지사, 1972, 116쪽.

🪶 아름다운 여성

신화 속의 아프로디테는 아름다운 여신이었다. 서정주의 시작품 중 아프로디테의 '아름다운 여성'의 원형을 구현하는 대표적인 작품으로는 「고을나의 딸」과 「수로부인의 얼굴」이 있다. 아프로디테 원형의 '아름다운 여성'의 양상은 관능성이 배제되고, 창작의 영감을 주는 성향도 배제되며, 아름다운 외모만으로 남성의 마음을 움직이는 원형이다. 이 원형의 특징은, 아프로디테 자신은 의도하지 않았는데도 상대방이 일방적으로 아름다운 외모에 반응한다는 것이다.

아프로디테의 탄생설은 두 가지가 있다. 호메로스에 의하면 제우스와 바다의 요정인 디오네 사이에서 출생했다고 하고, 헤시오도스에 의하면 제1세대 올림포스 신들의 아버지인 크로노스가 그의 아버지인 우라노스의 성기를 낫으로 잘라서 바다에 버리자 그 정액이 바다와 섞이면서 아프로디테가 태어났다고 한다. 그녀가 상륙한 섬은 키프로스이며, 신들의 집회에 초대되면서 신으로 받들어졌다. 시 「고을나의 딸」은 그러한 아프로디테를 염두에 두고 쓴 작품이다. 「고을나의 딸」은 복잡한 시적 장치 없이 바다에서 탄생한 아프로디테를 재현하는 데만 관심을 기울이고 있다.

1.
암소를 끌고 가던/ 수염이 흰 할아버지가

그 손의 고삐를/ 아조 그만 놓아 버리게 할만큼,

소 고삐 놓아 두고/ 높은 낭떠러지를/ 다람쥐 새끼 같이 뽀르르르 기

어오르게 할만큼,

기어 올라 가서/ 진달래 꽃[48] 꺾어다가

노래 한 수 지어 불러/ 갖다 바치게 할만큼,

2.

정자에서 점심 먹고 있는 것/ 엿보고/ 바닷속에서 용이란 놈이 나와/ 가로 채 업고/ 천길 물속 깊이 들어가 버리게 할만큼,

3.

왼 고을안 사내가/ 모두/ 몽둥이를 휘두르고 나오게 할만큼,/ 왼 고을안 사내들의 몽둥이란 몽둥이가/ 한꺼번에 바닷가 언덕을 아푸게 치게 할만큼,

왼 고을안의 말씀이란 말씀이/ 모조리 한꺼번에 몰려 나오게 할만큼,/「내놓아라/ 내놓아라/ 우리 수로/ 내놓아라」/ 여럿의 말씀은 무쇠도 녹인다고/ 물 속 천리를 뚫고/ 바다 밑바닥까지 닿아가게 할만큼,

4.

업어 간 용도 독차지는 못하고/ 되업어다 강릉 땅에 내놓아야 할만큼,/ 안장 좋은 거북이 등에/ 되업어다 내놓아야 할만큼,

---

48 원전에는 '철쭉'으로 표기되어 있는데 '진달래'라고 표현한 것은 시인이 잘못 알고 있었거나, 의도적으로 그랬을 수도 있다.

그래서/ 그 몸둥이에서는/ 왼갖 용궁 향내 까지가/ 골고루 다 풍기어 나왔었었느니라.

―「수로부인의 얼굴」 전문

「수로부인의 얼굴」은 '미인을 찬양하는 신라적 어법'이라는 부제가 붙어 있다. 부제에서 짐작할 수 있듯이, 이 작품 또한 별다른 시적 장치 없이 미인이라고 인정할 수 있는 조건을 나열하는 데 그치고 있다. 그 나열 방법은 일관성 있게 '~가 ~할 만큼' 아름다워야 한다는 형식으로 반복되며, 작품의 소재는 신라 향가인 「해가」와 「헌화가」에서 차용해 왔다.

「해가」의 내용을 요약하면, 순정공이 강릉 태수로 부임하기 위해 바닷가를 지나던 중 부인 수로가 용에게 납치되는 사건이 발생한다. 모두가 어쩔 줄 몰라 당황하자 한 노인이 나타나 근처 고을 사람들을 모아 노래를 지어 부르며 땅을 두드리면 내놓을 것이라고 가르쳐준다. "옛 사람의 말에 의하면, 여러 사람의 말은 무쇠도 녹인다고 하니, 바다 속 짐승인들 어찌 여러 사람의 말을 두려워하지 않겠습니까?"

마을 사람들이 지어 부른 「해가」의 내용은 이렇다.

"거북아, 거북아, 수로부인을 내놓아라. 남의 아내를 빼앗아간 죄 그 얼마나 클까? 네 만약 거역하고 내다 바치지 않으면 그물로 사로잡아 구워먹고 말 테다."

「해가」의 내용은 김수로왕의 탄생설화에 등장하는 「구지가」와 비슷하다. 두 노래 모두 거북이를 부르면서 요구를 들어주지 않으면 구워서 먹어버리겠다고 으름장을 놓는 형식으로 전개된다. 거북이는 가부장권의 남근 혹은 권력으로 상징되기도 하고, 신화적인 측면에서는 신성한 동물로 간주되기도 한다. 이 연구는 거북이의 존재를 탐구하는 데 목적을 두지 않기 때문에 더 이상의 언급은 피하기로 하겠다. 아무튼 「해가」를 부름으로써 순정공 일행은 동해 용왕으로부터 수로부인을 되찾는 데 성공한다. 용궁에서 나온 수로부인의 옷에서는 세속에서 맡을 수 없는 향내가 배어 있었다고 한다.

「헌화가」 역시 남편을 따라 강릉으로 가던 수로부인에 대한 이야기이다. 정자에서 점심을 먹던 수로부인은 절벽 위에 피어 있는 철쭉을 보고 찬탄하지만, 꽃을 꺾어올 사람은 아무도 없었다. 그때 암소를 타고 지나가던 노인이 "제가 꺾어주어도 부끄럽게 여기지 않으신다면 기꺼이 꺾어서 바치리다." 하면서 꽃을 꺾어왔다. 수로부인은 바다의 용이 탐낼 만큼 아름다웠고, 노인으로 하여금 목숨 걸고 절벽을 기어오르게 할 만큼 아름다웠던 것이다. 따라서 동해 용왕을 탄복시키고, 노인을 위험한 절벽에 기어오르도록 만든 수로부인은 아름다운 아프로디테 원형을 구현하는 인물이라고 하겠다. 그녀는 단지 아름다웠을 뿐인데 그로 인해 상대방이 반응하게 된 것이다.

수로부인이 동해 용왕에게 끌려갔을 때 찾아올 수 있는 비법을 알려준 사람도 '노인'이고, 철쭉을 꺾어온 사람도 '노인'이다. 이 노인이 어떤 인물이었을까 하는 궁금증은 누구나 지닐 수밖에 없다. 절대적으로 아름다웠던 수로부인과 암소 고삐를 잡은 노인 사이에 벌어지는 애정의 교환 장면은 신분과 연령의 차이로 인해 더욱 강렬한 인상을 준다. 또한 두 사람의 만남이 아름다운 꽃을 통해 이루어진다는 데에 심미적 충격과 함께 노인에 대한 궁금증은 더해진다. 이 노인에 대한 학계의 견해는 두 부류로 나누어진다. "하나는 현실적, 세속적 인물로 보는 태도요, 두 번째는 신적 존재로 보고자 하는 태도"[49]가

---

49 김영석, 「꽃의 원형상징」, 『한국현대시의 논리』, 삼경문화사, 1999, 423쪽.

그것이다.

　수로부인과 노인을 매개한 '꽃'은 현대의 남녀 만남에서도 원형상징으로 활용될 수 있다. 현대의 남자들도 여자에게 사랑을 고백할 때 꽃을 바치는 경우가 많기 때문이다. 다만 고대의 꽃이 철쭉이었다면 현대의 꽃은 장미일 수 있고, 고대의 사랑 고백 장소가 절벽 아래의 자연공간이었다면, 현대의 사랑 고백 장소는 레스토랑이나 고급 카페라는 차이를 보일 뿐이다. 그리고 노인이 암소를 타고 나타났다면, 현대의 남자들은 자동차를 몰고 온다는 차이가 있을 것이다.

아르테미스 원형

　그리스 신화에 등장하는 아르테미스는 사냥과 달의 수호신이다. 훤칠한 키에 사랑스러운 모습의 아르테미스는 제우스와 레토 사이에서 태어났다. 짧은 가운을 입고 은빛 활과 화살통을 메고서 수많은 요정들과 사냥개를 이끌고 산과 들을 질주하는 아르테미스는 백발백중의 명사수이다. 달의 여신인 아르테미스는 양손에 횃불을 들고 있거나, 머리 위로 달과 별이 원을 그리는 모습으로 나타나기도 한다. 그녀는 어머니 배 속에서 나오자마자 쌍둥이 남동생 아폴론의 산바라지를 했던 만큼 출산을 관장하는 여신으로도 알려져 있다. 아르테미스가 활을 지니고 숲속을 달리며 사냥하는 모습은 아폴론이 여장했다고 해도 손색이 없을 만큼 활동적이며 자율성이 강하다.

　서정주의 시작품에 구현되는 아르테미스 원형은 '지혜롭고 자율적인 여성'과 '자매들의 보호자로서의 여성'의 양상으로 수렴할 수 있다.

시작품명	인물의 이름	원형의 양상
밀어(권1, 64쪽)	순이, 영이	지혜롭고 자율적인 여성
고향에 살자(권1, 81쪽)	계집애	〃
무슨꽃으로 문지르는 가슴이기에 나는 이리도 살고 싶은가(권1, 95~99쪽)	섭섭이 서운니 푸접이 순녜	자매들의 보호자로서의 여성
추천사(권1, 109~110쪽)	춘향이	지혜롭고 자율적인 여성
선덕여왕의 말씀 (권1, 132~133쪽)	선덕여왕	〃

기억(권1, 322쪽)	계집아이	〃
케네디 기념관의 흑인들을 보고(권2, 31~32쪽)	케네디	자매들의 보호자로서의 여성
노드 캐롤라이나의 노처녀 미스 팍스(권2, 35~36쪽)	미스 팍스	〃
링컨 선생 묘지에서 (권2, 44~46쪽)	링컨	〃
방랑하는 한 젊은 벽안 여인과의 대화 (권2, 214~215쪽)	벽안 여인	지혜롭고 자율적인 여성
만십세(권2, 427쪽)	남숙이	〃
찔레꽃 필 때(권3, 39쪽)	계집애	〃

지혜롭고 자율적인 여성

아르테미스는 여성운동가들이 이상형으로 생각하는 여성의 성향을 많이 지니고 있다. 경쟁력과 성취력이 강하고, 남성들과 그들의 의견에 구속당하지 않으며, 고통 받는 자들과 힘없는 여성, 어린이들에 대한 배려심이 강하다. 아르테미스는 어머니 레토와 아레투사를 강간의 위기에서 구했고, 강간하려던 타티우스와 자신의 지역을 침입한 악타이온을 처참하게 처벌하였다. 자신이 세운 목표를 향해 나아가면서 자신이 여성이라는 사실에 만족해하는 아르테미스 뒤에는 레토같이 정다운 어머니와 제우스같이 딸을 인정해주는 아버지가 있었다. 아르테미스 여성이 갈등 없이 성공을 향해 나아가려면 부모의 성원이 무엇보다 중요하다.

서정주의 시작품에서 아르테미스의 지혜롭고 자율적인 여성의 원형을 구현한 예로 「선덕여왕의 말씀」이 있다.

짐의 무덤은 푸른 영 위의 욕계 제이천.
피 예 있으니, 피 예 있으니, 어쩔 수 없이
구름 엉기고, 비터잡는 데―그런 하늘 속.

피 예 있으니, 피 예 있으니,
너무들 인색치 말고
있는 사람은 병약자한테 시량도 더러 노느고
홀어미 홀아비들도 더러 찾아 위로코,
첨성대 위엔 첨성대 위엔 그중 실한 사내를 놔라.

살[肉體]의 일로써 살의 일로써 미친 사내에게는
살 닿는 것 중 그중 빛나는 황금 팔찌를 그 가슴 위에,
그래도 그 어지러운 불이 다 스러지지 않거든
다스리는 노래는 바다 넘어서 하늘 끝까지.

하지만 사랑이거든
그것이 참말로 사랑이거든
서라벌 千年의 지혜가 가꾼 국법보다도 국법의 불보다도
늘 항상 더 타고 있거라.

짐의 무덤은 푸른 영 위의 욕계 제이천.
피 예 있으니, 피 예 있으니, 어쩔 수 없이
구름 엉기고, 비 터잡는 데―그런 하늘 속.

내 못 떠난다.

―「선덕여왕의 말씀」 전문

이 작품을 분석하려면 선덕여왕과 '지귀'라는 남성에 얽힌 설화의 내용을 숙지해야 한다. 지귀 설화는 「심화요탑(心火繞塔)」이라는 제목으로 박인량의 『수이전』에 실렸다가 권문해의 『대동운부군옥』에 전재되어 전하는 것으로, 화재 예방을 위한 풍속을 '사랑'과 연관 지어 문학적으로 형상화한 작품이다.

지귀가 여왕을 사모한다는 소식을 듣고 만나줄 것을 약속하지만, 여왕이 향을 사르는 사이 지귀는 돌탑 아래서 잠이 들고 만다. 하필, 그 중요한 시각에 잠을 자버린 '지귀의 잠'을 서정주는 다음과 같이 해석하고 있다.

> 그것은 말하자면 어떤 일에도 군색하게는 집착하지 않는다는 '무저(無著)'의 정신이라는 것을 은유하고 있는 잠으로서, 이 무저의 정신은 이 엉뚱한 지귀의 잠 속에만 있는 게 아니라, 신라의 화랑정신 속에는 언제나 많이 들어 늘 작용해온 아주 중요한 것의 하나다.[50]

선덕여왕은 신라 제26대 진평왕의 맏딸로서 성품이 인자하고 지혜로울 뿐 아니라 용모가 아름다워 백성들로부터 칭송과 찬사를 받았다. 여왕이 행차하면 백성들이 거리를 메웠는데, 지귀도 그들 틈에서 여왕을 지켜본 뒤 사모하게 되었다. 그는 잠도 자지 않고 밥도 먹지 않으며 여왕을 부르다가 미치광이처럼 되어버렸는데, 이 말을 전해들은 여왕은 영묘사에서 그를 만나기로 한다. 하지만 여왕이 불공드리는 사이 지귀는 탑 아래서 잠이 들었고, 여왕의 금팔찌가 가슴에 놓인 것을 확인한 그는 마음에서 불이 일어 불덩이가 되고 만다. 탑

---

50 서정주, 「신라여인의 미와 화장」, 『서정주문학전집』 제4권, 일지사, 1972, 16쪽.

을 불태운 후 여왕을 부르며 뛰어다니는 골목마다 불바다를 만들자,
여왕은 술사들로 하여금 주술을 짓게 하여 지귀를 먼 바다로 보내버
린다.

志鬼心中火	지귀는 마음에서 불이 일어,
燒身變火神	몸을 태우고 화신이 되었네.
流移滄海外	푸른 바다 밖 멀리 흘러갔으니,
不見不相親	보지도 말고 친하지도 말지어다.

선덕여왕은 신라가 국가 형태를 갖춘 후 최초로 등극한 여왕이었
다. 진평왕이 아들이 없어 여왕을 추대했으나 백성들은 물론 당나라,
고구려 등지에서도 신라를 업신여겼다. 묘책을 궁리하던 끝에 여왕
의 지혜로움과 아름다움을 백성들에게 인식시키기 위해 지귀 설화를
만들어낸 것이다. 백성들은 천민의 사랑도 받아들인 여왕의 아량에
감복하고, 불귀신이 된 지귀를 멀리 보내버림으로써 화마를 물리친
지혜로움에 거듭 감탄하게 된다. 지귀 설화로서 선덕여왕과 그 시대
의 통치자들은 의도하는 바 목적을 성취한 것이다.

지귀 설화의 핵심 주제는 '사랑의 방법'이라고 할 수 있다. 사랑의
방법을 이야기하고자 몇 가지 모티프가 등장하는데 그 첫째가 '지귀
의 잠'이다. 소원을 이루려는 찰나에 잠을 자버린 지귀의 행위가 안
타깝지만, 만약 그가 잠을 자지 않았다면 이들의 사랑 이야기는 여운
을 주지 못했을 뿐 아니라, 세속적으로 귀착될 수밖에 없어 독자들을
실망시켰을 것이다.

'지귀(志鬼)'라는 이름을 풀이해보면, '뜻이 귀신에 닿는다'라고 해
석할 수도 있고, '선비의 마음을 지닌 귀신'이라고 풀이할 수도 있다.

지귀는 귀신의 경지에 뜻을 둔 사람이기 때문에 소망하던 만남의 순간에도 잠들 수 있는 여유를 보여준 것이다. 이 설화의 정체성은 바로 지귀의 이런 잠으로부터 시작된다.

다음으로 '여왕의 금팔찌'이다. 잠자는 지귀에게 자신이 다녀갔다는 징표를 남기는 방법은 여러 가지가 있겠지만, 여왕은 금팔찌를 지귀의 가슴에 올려놓고 갔다. 금팔찌의 금은 '순수' 또는 '불변'을 의미하며, 팔찌의 둥근 모양은 '영원'을 의미한다. 뱀이 입으로 제 꼬리를 무는 형식으로 표현되는 끝없는 윤회는 환(環)으로 상징되는 영원이기 때문이다. 따라서 금팔찌가 상징하는 것은 '변치 않는 영원한 사랑'이라고 할 수 있다.

그 의미를 모를 리 없던 지귀는 벅찬 감동을 주체할 수 없어 가슴에서 불길이 일었고, 마침내 온 거리를 불바다로 만들자 여왕은 주술로써 지귀를 먼 바다로 보내버린다. 고대국가에서는 불과 물을 다스릴 줄 알아야 유능한 통치자가 되었다. 선덕여왕은 사랑을 슬기롭게 향유하면서 유능한 통치자로서도 인정받게 된 것이다. 이 부분에서 우리는 지혜로운 아르테미스 원형을 실현하는 선덕여왕을 만나볼 수 있다. 아르테미스는 남신들의 유혹에 흔들리지 않은 비혼(非婚)의 여신으로서, 자신의 의지를 실현시키는 지혜로움을 지니고 있었다.

선덕여왕은 자신의 무덤을 "푸른 영 위의 욕계 제이천"에 써달라고 하였다. 무색계 아래에 색계가 있고 색계 아래에 욕계가 있는데, 욕계 중에서도 제1천은 지옥이고, 그 바로 위가 욕계 제2천이다. 욕계는 식욕·색욕·재욕 등의 욕망이 강한 유정이 머무는 경계를 가리킨다. 선덕여왕은 자신의 무덤을 욕계 제2천에 써달라고 함으로써 무색계의 해탈을 선택하지 않고, 인간사의 유정이 머무는 욕계를 선택하였다. "식욕·색욕·재욕에서 벗어날 수 없어 괴로우면서도 마음에서 마음으로 전해지는 영원의 윤회를 더 해보고 싶었던 것이다.”[51] 현생에서는 여왕으로서 아르테미스의 결단력과 성취력, 지혜로움을 행사했지만, 후생은 인간적인 삶을 선택한 것이다.

 ‘피’는 인간의 숙명이요 맹목적인 세력으로 인간 존재의 근원이기도 하지만, 도리어 인간 존재 자체를 말살하는 파괴력을 지닐 수도 있다.[52] 극단의 양면성을 지닌 ‘피’를 선덕여왕은 아주 단절해버리고 싶지 않았던 것이다. 높은 하늘은 해탈을 의미하는 무색계가 되고, 그 아래 구름이 머무는 공간은 욕계가 되며, 욕계의 구름은 다시 비가 되어 땅으로 내리는데, 여왕은 “구름 엉기고 비 터 잡는” 그곳, 욕계에 머물기를 원했다. 속세와의 인연을 끊어버리지 않음으로써 윤회의 고리에서 인간으로 환생하기를 바랐다고 할 수 있다.

 “살[肉體]의 일로써 살의 일로써 미친 사내에게는/ 살 닿는 것 중 그중 빛나는 황금 팔찌를 그 가슴 위에” 놓아서 불을 스러지게 하라고 하면서도, “그것이 참말로 사랑이거든/ 서라벌 천년의 지혜가 가꾼 국법보다도 국법의 불보다도/ 늘 항상 더 타고 있거라.”라고 분부한다. “‘살’은 살아 있다는 것의 징표로써 관능, 감각, 느낌 등을 의미하는데”[53] 여기에선 ‘관능’을 상징한다고 하겠다. 관능만을 갈급해하는 사내에게는 황금 팔찌를 그 가슴에 놓음으로써 정욕을 스러지도록 해야겠지만, 만약 그 사랑이 참이라면 국법보다도 소중하게 받들어져야 한다는 것이다.

---

51 서정주, 「내 시와 정신에 영향을 주신 이들」, 『서정주문학전집』 제5권, 일지사, 1972, 270쪽.

52 천이두, 「지옥과 열반」, 『서정주 연구』, 동화출판공사, 1975, 208쪽.

53 정효구, 「정진규 시의 자연과 자연성」, 『한국현대시와 자연탐구』, 새미, 1998, 23쪽.

 '서라벌 천년의 지혜가 가꾼 국법'이라면 공명정대하다고 상정할 수 있다. 그렇다면 국법보다도 영원해야 한다고 언급한 '참말의 사랑'은 무엇을 의미할까. 선덕여왕은 김유신의 여동생 문희를 처형의 위기에서 구해준 일이 있다. 문희는 결혼하지 않은 채 김춘추의 아이를 임신함으로써 화형을 당할 처지에 있었다. 신라의 국법은 결혼하지 않은 처녀가 임신하면 화형으로써 다스리는 것이 관례였다. 하지만 그들은 "총각과 처녀 신분이기 때문에 결혼을 전제로 교제했다면 국법으로 다스리지 않아도 된다."[54]는 것이 여왕의 지론이었다. 선덕여왕은 김춘추와 문희의 사랑을 '참말의 사랑'으로 인정한 것이다.

 아프로디테는 육욕적인 사랑을 거침없이 행했지만, 아르테미스는 참말의 사랑을 분별할 줄 아는 지혜를 지니고 있었다. 잠든 지귀에게 팔찌를 벗어줌으로써 지귀의 욕망이 정욕에 머무는 것을 방지하고, 지고지순한 사랑으로 승화할 수 있는 계기를 마련해준 행위에서 김종태[55]는 '대지 모성성'을 읽어내었다. 선덕여왕의 행위를 아르테미스 원형의 지혜로운 사랑이 구현된 것으로 해석한 연구자와의 차이점이라고 하겠다. 선덕여왕은 한 남성과의 육체적인 사랑을 배제함으로써 큰사랑을 실천한 아르테미스가 된 것이다.

> 향단아 그넷줄을 밀어라/ 머언 바다로/ 배를 내어 밀듯이./ 향단아

> 이 다수굿이 흔들리는 수양버들 나무와/ 벼갯모에 뇌이듯한 풀꽃덤이

---

[54] 서정주, 「연인들의 연인, 여왕 선덕」, 『서정주문학전집』 제5권, 130쪽.
[55] 김종태, 「서정주 시에 나타난 여성성과 욕망의 관련 양상」, 앞의 책, 356쪽.

로부터,/ 자잘한 나비새끼 꾀꼬리들로부터/ 아조 내어밀듯이, 향단아

산호도 섬도 없는 저 하눌로/ 나를 밀어 올려다오/ 채색한 구름같이 나를 밀어 올려다오/ 이 울렁이는 가슴을 밀어 올려다오!

西으로 가는 달 같이는/ 나는 아무래도 갈수가 없다.

바람이 파도를 밀어 올리듯이/ 그렇게 나를 밀어 올려다오/ 향단아.

—「추천사」 전문

아르테미스는 활동적이며 자율성이 강한 여성의 원형을 대표한다. 자신이 여성인 것에 주눅 들지 않고 남성과 동등하게 활동하면서 목표를 향해 자신감 있게 나아갔다. 작품에 등장하는 춘향이는 조선시대의 신분제도에 의해 자율성을 구속당했던 여성이다. 그녀는 속박을 뛰어넘어 이몽룡과의 사랑을 쟁취했다는 측면에서 아르테미스 원형의 여성이라고 할 수 있다.

시작품에 형상화되는 춘향이는 지상의 희로애락으로부터 벗어나고자 향단이에게 그네를 밀어 올려달라고 부탁한다. "다수굿이 흔들리는 수양버들 나무"와 "벼갯모에 뇌이듯한 풀꽃뎀이", "자잘한 나비새끼", "꾀꼬리들"은 지상적인 삶에서 당면할 수밖에 없는 다양한 문제 혹은 사건을 의미한다고 하겠다. 춘향이가 비록 '그네'라는 매개물을 이용하여 향단이의 힘을 빌리고 있지만, 자신에게 가해지는 속박으로부터 벗어나려고 노력하는 행위는 아르테미스가 자신의 삶을 개척해나가는 모습과 일맥상통한다.

그러나 춘향이는 "西으로 가는 달 같이는" 아무래도 갈 수가 없다

고 한다. 酉으로 가는 달같이 간다는 것은 일상사에 간섭받거나 지배당하지 않고 자신의 의지대로 삶을 개진해가는 것을 의미한다고 하겠다. 그렇게 갈 자신이 없기 때문에 향단이에게 먼 바다로 배를 내어 밀듯이 아주 멀리 보내달라고 채근하는 것이다. '먼 바다'나 '산호도 섬도 없는 하늘'은 지상적인 기쁨과 괴로움이 미치지 않는 무색계로서 상정할 수 있다. 춘향이의 이러한 행위는 선덕여왕이 욕계 제이천을 원했던 것과는 상반되는 행위이다. 선덕여왕은 현생에서 절제하는 삶을 견지했기 때문에 후생에는 인간적인 삶을 원했지만, 춘향이는 선덕여왕과는 정반대의 신분으로서 지상적인 삶이 고통스럽기 때문에 무색계로 떠나고 싶었던 것이다.

인용한 시작품 외에도 아르테미스의 '지혜롭고 자율적인 여성'의 원형이 형상화되는 예로는 「밀어」와 「고향에 살자」·「기억」·「방랑하는 한 젊은 벽안 여인과의 대화」·「만십세」·「찔레꽃 필 때」 등이 있다.

「밀어」에는 순이·영이·남이라는 여성인물들이 등장한다. 서정주는 "굳이 잠긴 재ㅅ빛의 문을 열고 나와서/ 하눌ㅅ가에 머무른 꽃봉오릴" 보라고 격앙된 목소리로 그녀들을 부른다. 순이·영이·남이는 서정주가 어릴 적에 어울려 놀았던 '계집애들'이며, 서정주와 기쁨과 슬픔을 공유했던 자율적인 여성들이다. 그녀들은 육욕을 일으키지 않을 뿐 아니라, 남성성까지 지님으로써 스스럼없는 동무가 될 수 있었다. 아니면 서정주가 여성성을 행사함으로써 그녀들과 자매로서 어울렸다고 할 수도 있다.

「밀어」는 1946년에 출간된 시집 『귀촉도』의 첫 페이지에 실린 작품이다. 시대적 배경으로 보아 서정주가 상기된 목소리로 '문을 열고 나와서 꽃봉오릴 보아라'라고 동무들을 부른 것은 해방의 기쁨을 공유하고자 그랬던 것으로 보인다. 아르테미스의 자율적인 성향은 여성이면서도 남성에게 친밀감을 느끼게 하는 원형으로서, 기쁠 때나 슬플 때 저절로 불리어지는 이름이 될 수 있다.

서정주는 「고향에 살자」에서도 노래 부르듯 어릴 적 동무인 '계집애'를 부른다. 이 작품에 등장하는 계집애 역시 「밀어」에서의 순이·영이·남이와 동등한 아르테미스 원형의 여성이라고 할 수 있다. 「기억」의 '계집아이'와 「만십세」의 '남숙이', 「찔레꽃 필 때」의 '계집애'들도 대체로 위와 같은 아르테미스 원형의 인물에 속한다. 그러나 「방랑하는 한 젊은 벽안 여인과의 대화」에 등장하는 '푸른 눈의 여인'은 앞서 등장하는 인물들보다 훨씬 강한 자율성을 행사한다. 자신의 목표를 향해 흔들림 없이 나아가며, 자신이 여성이라는 것에 주눅 들지 않는 아르테미스이다.

방랑의 여인

담배 한가치 노나 주겠니?

나

좋아, 이왕이면 내가 피우던 걸 받아 피워라.

방랑의 여인

그러자. 그대신 강 건너갈 차비도 좀 보태 다우. 나는 시방 그 〈돈〉이라는 게 한 닢도 없다.

나

그러자. 그런데, 그럼 넌 도대체 무얼 가지고 사니?

방랑의 여인

그림이다. 눈에 보이는 것 중에는 그래도 이쁜 것이 있어서 그걸 그리고 산다. 날아가는 새, 피는 꽃, 머흐는 구름덩이, 그런게 제일 좋아 그리고 산다.(그네의 한 팔에 끼었던 그림책 한 권을 내게 건넨다.)

나

(크레용으로만 그린 그 유치한 그림책을 주욱 한번 훑어보고 나서) 야! 이건 모두 코흘쩍이 어린애가 그린 것 아니냐?

방랑의 여인

얘! 너는 그럼 뭐니? 난 어린애 때 마음이 본마음이라 그걸로 그린다. 어쩔래?

— 「방랑하는 한 젊은 벽안 여인과의 대화」 일부

인용시는 여덟 번째 시집 『西으로 가는 달처럼…』에 실린 작품이다. 서정주는 1977년 경향신문사의 도움으로 세계를 여행하면서 '세계 일주 방랑기'를 썼다. 월 60만원씩 여행비를 받으며 1년 동안 쓴 시작품을 묶은 것이 『西으로 가는 달처럼…』이다.

인용시에 형상화되는 '파란 눈의 여인'은 당돌하다고 여겨질 만큼 자율성이 강한 여성이다. 가부장제사회문화가 여성에게 강요한 고정관념에 구속당하지 않으며, 남성과 동등한 입장에서 대화하고 행동하기 때문이다. 여성에게 금기였던 담배도 나누어 피자고 제안하고, 그림을 그리며 사는 궁색한 처지를 부끄럽게 여기지도 않는다. 그녀의 내면의식은 문화가 강요한 고정관념을 탈피함으로써 자율성을 획득했다고 할 수 있다. 따라서 이 작품에 등장하는 '파란 눈의 여인'은 지혜롭고 자율적인 아르테미스 원형을 구현한다고 하겠다.

자매들의 보호자로서의 여성

아르테미스가 허리띠를 맨 채 사냥에만 몰두하는 처녀라고 보는 견해는 그 진실과 거리가 멀다. 고대인들에게 그녀는 왕성한 생산성, 풍요성과 함께 야성적인 생명력이 이상화되고 체현되는 존재였다. 그녀의 조각상은 야생동물과 가축을 망라하여 수많은 동물의 머리가 신체 정면에 불쑥불쑥 솟아나와 젖가슴에서 발까지 띠 모양을 이루고, 꿀벌·장미·나비 같은 것들이 양쪽 엉덩이를 장식하고 있다. 이와 같은 모습은 그녀가 숲의 요정, 짐승들과 화합적인 생활을 했다는 증거이기도 하다.[56] 따라서 아르테미스 원형을 지닌 여성은 다른 여성들과 친화력이 강하다. 요정들에게 둘러싸인 아르테미스는 그들의 애로사항에 귀 기울여주는 조언자이기도 하였다.

정현종은 『화사집』이 나온 지 6년 뒤에 나온 『귀촉도』의 여자들은 성적 대상이 아니라, 우리들 고향의 한 정령, 궁핍한 삶의 기쁨과 괴로움을 함께 나누는 사회적인 삶의 동반자, 역사적인 삶의 괴로움과 상처를 위로하고 어루만져주는 신묘한 존재들이라고 언급하였다.[57] 이 신묘한 존재는 아르테미스 원형을 지닌 여성들을 이르며, 다음 작품에 구현되는 섭섭이·서운니·푸접이·순네가 그러한 부류이다.

---

56 제임스 조지 프레이저, 앞의 책, 75쪽 참고.
57 정현종, 「식민지 시대 젊음의 초상」, 『작가세계』, 1994 봄호, 103쪽.

섭섭이와 서운니와 푸접이와 순네라하는 네명의소녀의뒤를 따러서, 오후의산그리메가 밟히우는 보리밭새이 언덕길우에 나는 서서 있었다. 붉고 푸르고, 흰, 전설속의 네 개의바다와같이 네소녀는 네빛갈의 저고리를 입고 있었다.

하늘우에선 아득한 고동소리. ······ 순네가 아르켜준 상제님의 고동소리. ······ 네명의소녀는 제마닥 한개ㅅ식의 바구니를 들고, 허리를 굽흐리고, 차라리 무슨 나물을 찾는것이 아니라 절을하고 있는것이었다. 씬나물이나 머슴둘레, 그런것을 찾는것이아니라 머언 머언 고동소리에 귀를 기우리고 있는것이였다.

··· (중략) ···

그러나 내가 가시에 찔려 앞어헐때는, 네명의소녀는 내곁에와 서는것이였다. 내가 찔레ㅅ가시나 새금팔에 베혀 앞어헐때는, 어머니와같은 손까락으로 나를 나시우러 오는것이였다.

손까락 끝에 나의 어린 피ㅅ방울을 적시우며, 한명의소녀가 걱정을하면 세명의소녀도 걱정을허며, 그 노오란 꽃송이로 문지르고는, 빠알안 꽃송이로 문지르고는 하든 나의상처기는 어찌면 그리도 잘 낫는거이였든가.

―「무슨꽃으로 문지르는 가슴이기에 나는 이리도 살고 싶은가」 일부

작품에 구현되는 네 소녀의 행위는 아르테미스가 숲속 요정들과 어울리는 모습과 흡사하다. 아르테미스는 요정들의 큰언니 격으로

서 그녀들의 고통에 귀 기울여 주었다. 아테나 원형의 여성은 같은 여성이면서도 자매들을 돕지 않았지만, 아르테미스 원형의 여성은 부당한 대우를 받는 자매들의 보호자 노릇에 충실하였다.

시공을 뛰어넘어 서정주에게 회상되는 네 소녀의 행위는 신묘한 정령의 모습으로 인식되기에 이른다. 그녀들은 초월적인 능력을 발휘하여 서정주의 괴로움이나 아픔을 치유해주었다. 그녀들의 보호를 받으며 서정주는 두려울 것 없는 존재가 된 것이다. 들판을 헤매다가 가시에 찔리면 빨간꽃·파란꽃으로 문질러주고, 사금파리에 손을 베여도 치료사가 되어 상처를 어루만져주었다. 따라서 섭섭이·서운니·푸접이·순네는 아르테미스의 '자매들의 보호자로서의 여성'의 양상을 구현하는 인물이라고 하겠다.

서정주는 어린 시절에 어울려 놀았던 여성들의 이야기로 산문집의 분량을 많이 할애하고 있다. 이웃집 가족이 아이들만을 남겨두고 큰 집에 제사지내러 가면, 동네 아이들은 그 집에 모여서 옛날이야기 속으로 빠져들었다. 큰언니 격인 '서운니'가 누님을 납치해간 도적놈 이야기며 귀신 이야기를 실감나게 구연하면, 아이들은 이불을 둘러쓰고 무서워하면서도 이야기의 재미에 빠져들었다. 섭섭이·서운니·푸접이·순네는 서정주에게 신비의 세계를 열어준 정령과 다름없는 존재였던 것이다. 할머니 혹은 그녀들로부터 들은 이야기가 시공을 초월하여 신화화된 대표적인 예가 여섯 번째 시집『질마재 신화』이다.『질마재 신화』는 질마재의 인물과 사건들을 신화적으로 승화시킨 작품으로 인정받고 있다.

아르테미스는 동정심이 많아서 신들이 도움을 청하면 기꺼이 도와주었다. 아르테미스의 그러한 성향은 학대받는 여성들과 버림받은 아이들, 오갈 데 없는 노인들을 도와주려는 양상으로 나타나기도 하

였다. 시대에 따라서 그 시대가 요구하고 필요로 하는 여성상이 다르
다고 한다면, 아르테미스 원형의 여성은 복지사회를 지향하는 21세
기가 요구하고 필요로 하는 여성의 원형이라고 하겠다. 그녀들은 부
당한 권력과 부패에 맞서 시민운동을 주도하거나 사회복지사업에 전
념함으로써 자신의 의지를 실현시키려고 하기 때문이다.

　우리나라뿐 아니라 세계적인 사회구조 변동의 하나로, 고령사회로
진입한다는 사실을 들 수 있다. 가부장제사회문화의 고정관념이 해
체되면서 자식을 낳지 않으려는 젊은이들이 늘고, 인간의 평균 수명
이 길어지면서 노인 인구가 증가하고 있다. 자신의 힘으로 삶의 문제
를 해결하지 못하는 노인들은 여러 모로 사회문제를 일으킬 수밖에
없다. 이러한 시대일수록 '자매들의 보호자'로서 사회복지사업에 관
심이 많은 아르테미스 원형의 인물이 요구되고 있다.

　　　불행한 사람들에겐 늘 인자하고
　　　부당한 강권 앞엔 언제나 단호했던
　　　단단한 키다리의 우리 털보 변호사.

　　　미국 남북통일을 기어코 만들어낸
　　　미국 이백년사의 제일 큰 대통령.

　　　다리에 쇠사슬을 차고
　　　경매대 위에서 싼 거리로 매매되던
　　　전미국의 깜둥이 노예들의 해방자.

　　　그 가장 서러웁던 자들의 애인.

　　그 까닭으로 암살당한

　　성 에이브러햄 링컨 선생님.

― 「링컨 선생 묘지에서」 일부

　서정주는 일 년여 동안 유럽·아메리카·아프리카를 여행하면서 시작품을 남겼는데 「링컨 선생 묘지에서」도 그 중의 하나이다.

　아르테미스는 주관이 뚜렷하여 자신의 신념을 포기하지 않으려는 성향을 지니고 있었다. 신화에 의하면 아르테미스는 자신에게 도움을 청하는 사람들을 재빠르고 단호하게 구해주고 보호해준 반면, 배반하거나 자신의 영역을 침범한 사람에게는 가차 없이 벌을 내렸다. 그녀의 몸을 훔쳐본 악타이온을 사냥개에게 물려죽도록 한 이야기는 그 대표적인 사례이다.

　사냥을 잘하고 용맹하기로 소문난 악타이온은 어느 날 사냥을 나갔다가 작은 골짜기를 발견하였다. 골짜기 깊은 곳의 아름다운 동굴에서 샘물이 솟아났는데, 그곳은 사냥의 여신 아르테미스가 수렵에 지칠 때마다 목욕하는 곳이었다. 골짜기를 지나던 악타이온은 우연히 목욕 중인 아르테미스의 알몸을 보게 되었다. 님프들이 비명을 지르며 여신의 나체를 가렸지만, 아르테미스는 악타이온에게 물을 끼얹어 사슴으로 만들었고, 그가 거느리던 사냥개들은 주인인 줄도 모르고 그를 갈가리 찢어 죽이는 참극이 벌어졌다.

　한편, 어머니가 원할 때마다 찾아가서 도와준 아르테미스의 행적은 주목할 만하다. 어떤 여신도 그런 모습을 보여준 적이 없기 때문이다. 아르테미스의 이러한 성향은 여성운동이 추구하는 바와 공동의 관심사를 지닌다. 여성운동은 강간 후유증을 치료하는 병원 설립·호신술 교육·성폭행 피해 여성 돕기·매 맞는 여성을 위한 쉼터 설치 등에 관심을 보이기 때문이다. 이러한 측면에서 인용시의 "불행한 사람들에겐 늘 인자하고/ 부당한 강권 앞엔 언제나 단호했던/ 단단한 키다리의 우리 털보 변호사"는 아르테미스 원형을 구현하는 인물이라고 하겠다. 작품 속의 아르테미스는 미국의 남북통일을 이루어내고, 노예를 해방시킴으로써 "가장 서러웁던 자들의 애인"으로 환기되고 있다.

인용한 작품 외에도 자매들의 보호자로서의 아르테미스 원형이 구현되는 예로는 「케네디 기념관의 흑인들을 보고」와 「노드 캐롤라이나의 노처녀 미스 팍스」가 있다. 「케네디 기념관의 흑인들을 보고」에서 서정주는 "케네디 반만큼이라도 본심으로/ 그들을 아끼고 사랑해 주어 봐라."라고 역설한다. 케네디가 대통령으로 재임할 당시는 흑인들에 대한 억압과 착취가 당연시될 때였고, 백인으로서 그들을 옹호하는 일은 용기와 신념이 필요했다. 그럼에도 불구하고 흑인들의 입장을 옹호한 것은 내면에 아르테미스 원형이 활동적이었기 때문이라고 할 수 있다.

한편, 「노드 캐롤라이나의 노처녀 미스 팍스」에 등장하는 미스 팍스는 귀머거리인 동생을 돌보고 의지하며 비혼 여성으로서 일생을 살았다. 그렇게 할 수 있었던 미스 팍스에게서 비혼 여성으로서 자매들을 돌본 아르테미스 원형을 발견할 수 있다.

헤스티아 원형

원시시대 사람들은 모든 문제가 시공간 너머에서 온다고 인식하였고, 그곳에는 인간·짐승·사물의 삶을 예정해주는 정령들이 살고 있다고 믿었다. 이 정령은 처음에는 자연의 기본 요소였으나 그 다음에는 조상, 그 다음에는 힘과 풍요를 상징하는 추상적인 신으로 상정되었다. 이러한 정령은 동물·식물·돌에 깃들어 있지만, 인간이 만든 사물 속에 존재하기도 하였다. 보르네오의 푸난족은 페나코라는 악령이 '교살자'라 불리는 무화과나무 줄기 속에 숨어 있다고 믿었는데,58 이러한 믿음의 원천에는 자연과 인간을 분리시켜 생각하지 않으려는 사고가 자리하고 있었다. 고대인들의 이러한 사고는 자연과 닮은 측면을 지닌 헤스티아 여신의 성향과 동일한 맥락을 지닌다.

헤스티아는 영적으로 느껴지는 존재이며 빛과 온기, 음식을 장만하는 불을 마련해주는 여신이다. 그녀는 모험하러 황야에 나가지 않으며, 집안이나 신전 또는 화로 안에 담겨져 있는 모습으로 다가온다. 헤스티아는 자신 내부의 주관적 경험에 관심을 기울이므로 명상할 때는 완전히 몰두할 수 있는 원형이기도 하다. 헤스티아의 초연함은 세상 사람들이 좇는 재산이나 권력, 명예에 집착하지 않으며, 있는 그대로의 자기를 인정할 줄 아는 측면을 지니기도 한다. 있는 듯 없는 듯 자신의 일에 충실하면서 높이 평가받으려고 하지 않는 헤스티아는 내면이 성숙한 여성의 원형이다.

---

58 자크 아탈리, 이효숙 옮김, 『유목하는 인간』, 웅진닷컴, 2005, 83~84쪽 참고.

헤스티아는 화로의 수호신으로서 둥근 화로에 타고 있는 불길이다. "순진무구의 세계에서 불은 정화의 상징이며, 단테의 연옥 꼭대기에 있는 정화의 불, 혹은 타락한 아담과 이브를 낙원에 들어오지 못하도록 한 이글거리는 칼에서처럼, 완전한 순결을 가진 자들이 아니면 통과할 수 없는 불꽃의 세계"[59]를 상징하기도 한다. 이처럼 정화를 상징하는 불이 헤스티아 여신으로 환기되는 것은 헤스티아 원형의 순수함, 자연에 가까운 성향 때문이다.

서정주의 시작품에 헤스티아 원형은 '고난을 승화시키는 여성'과 '인간관계·업적·재산·특권에 집착하지 않는 여성', '자연인으로서의 여성', '집안일에서 성취감을 얻는 여성'의 양상으로 나타난다.

시작품명	인물의 이름	원형의 양상
수대동시(권1, 44~45쪽)	금녀 동생	자연인으로서의 여성
목화(권1, 78쪽)	누님	고난을 승화시키는 여성
누님의 집(권1, 79쪽)	누님	〃
무등을 보며 (권1, 100~101쪽)	내외들	인간관계·업적·재산·특권에 집착하지 않는 여성
국화옆에서(권1, 104쪽)	누님	고난을 승화시키는 여성
사소 두 번째의 편지 단편 (권1, 135~136쪽)	사소	〃
백결가(권1, 140쪽)	백결	인간관계·업적·재산·특권에 집착하지 않는 여성
진영이 아재 화상(권1, 155쪽)	진영이 아재	자연인으로서의 여성
방한암 선사(권1, 292쪽)	노스님	〃
우리 데이트는(권1, 302쪽)	선덕여왕	인간관계·업적·재산·특권에 집착하지 않는 여성

---

59 노스럽 프라이, 임철규 옮김, 「원형비평: 신화의 이론」, 『비평의 해부』, 한길사, 2006, 300쪽.

어느 신라승이 말하기를 (권1, 330쪽)	신라승	〃
박용래(권1, 479쪽)	박용래	집안일에서 성취감을 얻는 여성
모레나 여인송(권2, 83쪽)	모레나(혼혈)	고난을 승화시키는 여성
괴테 생가의 청마루를 보고 (권2, 140~141쪽)	괴테가의 여인들	집안일에서 성취감을 얻는 여성
인도의 여인(권2, 225~226쪽)	인도 여인	자연인으로서의 여성
석전 스님(권2, 412쪽)	박한영 스님	인간관계·업적·재산·특권에 집착하지 않는 여성
내 할머니(권2, 423쪽)	할머니	집안일에서 성취감을 얻는 여성
사내자식 길들이기 2 (권3, 82~86쪽)	부안댁	고난을 승화시키는 여성
어느 맑은 날에 에베레스트산이 하신 이야기(권3, 326~327쪽)	석가모니	인간관계·업적·재산·특권에 집착하지 않는 여성
이런 여자가 있었지 (권3, 536쪽)	여자	고난을 승화시키는 여성
범부채꽃(권3, 591쪽)	할머니	집안일에서 성취감을 얻는 여성
콩 꽃 웃음(80소년, 31쪽)	지리산 산골 아가씨	자연인으로서의 여성
어린 집지기(80소년, 41쪽)	다섯 살의 나	〃
어린 집지기의 구름 (80소년, 42쪽)	다섯 살의 나	〃
늙은 사내의 시(80소년, 53쪽)	나	〃
나는 아침마다 이 세계의 산(山) 1628개의 이름들을 불러서 왼다(80소년, 54쪽)	나	〃
〈에짚트〉의 햇님 (80소년, 55쪽)	애기	〃
〈캄차카〉의 좋은 운수 (80소년, 76~77쪽)	후작의 증손녀	〃
겨울 어느날의 늙은 아내와 나(80소년, 86쪽)	아내	〃

고난을 승화시키는 여성

불교는 근본적으로 삶은 고통스럽다는 전제로부터 출발하며, 고통과 슬픔으로부터 탈출할 수 있는 경지를 '니르바나'로 상정하고 있다. 니르바나는 삶의 소용돌이 안에 존재하며, 결코 밖에 있지 않다. "니르바나는 욕망이나 공포, 사회적인 인연에 쫓기지 않으며, 자기 안에서 평화의 중심을 발견하고, 그것을 선택할 때 다다를 수 있는 경지이다. 이처럼 내적인 평화의 중심에서 나오는 자발적인 행위가 보살의 길이며, 세상의 슬픔에 참여하는 삶이다."[60]

1970년대 이후 서양의 많은 여성들은 동양의 종교에 심취했는데, 그들 대부분은 헤스티아 원형을 지닌 여성들이었다. 사원에서 찬불가를 부르고 법명을 사용할 때, 충격을 받으면서도 딸들의 신념을 바꿀 수 있으리라고 부모들은 생각하였다. 하지만, 헤스티아가 신념에 찬 처녀 여신이었던 것처럼, 그녀들은 부모의 말을 듣기보다는 내면의 소리에 귀를 기울이는 데 더욱 집중하였다. 그들은 세상의 슬픔에 참여하고, 자연의 진리를 깨닫기 위해 수행자의 길을 택한 것이다. 그들의 이러한 행위는 명상으로써 고난을 승화시킨 헤스티아 원형과 동일한 맥락에서 이해할 수 있다.

우리가 때로 매우 구중충하고, 따분한 자기의 시름이라는 것을 어쩌지 못해 할 때, 이 좋은 향을 사르어 맡는데 몰입하여 그 그윽한 향내가 퍼져서 뻗치어 가는 먼 곳으로 마음을 보내고 있노라면 자연히 하늘 끝 언저리와도 다시 만나게 되고, 이 〈영원한 시간의 역사 속의 목숨〉이라

---

60 조셉 캠벨 · 빌 모이어스 대담, 이윤기 옮김, 앞의 책, 299~300쪽 참고.

는 자기 의식도 느끼게도 되고 하여 저 혼자의 딱함에 자지러질 필요가 없다는 용기도 새로 얻기 마련인 것이다.[61]

인용글에서와 같이 향을 사르고, 향내가 내어주는 길을 따라 마음을 열어가는 행위는 헤스티아 원형을 지닌 자만이 할 수 있다. 헤스티아는 명상하며 마음이 열어주는 길을 혼자서 가기 때문에 활동적인 다른 신들처럼 많이 알려지지는 않았다. 그러나 땅 밑을 흐르는 물처럼, 그녀는 알려지지 않은 채 중요한 몫을 담당한 한 원형임에 틀림이 없다.

> 한송이의 국화꽃을 피우기위해
> 봄부터 솥작새는
> 그렇게 울었나보다
>
> 한송이의 국화꽃을 피우기위해
> 천둥은 먹구름속에서
> 또 그렇게 울었나보다
>
> 그립고 아쉬움에 가슴 조이든
> 머언 먼 젊음의 뒤안길에서
> 인제는 돌아와 거울앞에 선
> 내 누님같이 생긴 꽃이여

---

[61] 서정주, 「분향」, 『미당수상록』, 민음사, 1976, 48쪽.

> 노오란 네 꽃닢이 필라고
> 간밤엔 무서리가 저리 네리고
> 내게는 잠도 오지 않었나보다
>
> —「국화옆에서」 전문

  산업화 시대를 지나오면서 여성의 독자성이 확보되고, 사회활동이 활발해지면서 여성의 지위와 역할에 변화가 생긴 것은 사실이지만, 그럼에도 불구하고 남성 중심의 가부장제문화는 여전히 사회의 이면을 차지하고 있다. 인용시「국화 옆에서」의 여인상도 전통적인 가부장제문화의 범주 안에 놓여 있다고 할 수 있다. 우선 시작품의 소재로서 지조와 절개를 상징하는 '국화'를 선택하고 있는 것에 주목해야 한다. 누님은 인고 끝에 지조와 절개를 상징하는 국화꽃을 피우는데, 그러기 위해서는 고난을 승화시키는 헤스티아 원형의 도움이 필요하다.

  헤스티아는 명상을 통해 내면을 성숙시킴으로써 스스로를 밝히는 원형이다. 아르테미스와 아테나도 집중력이 강하지만 그들의 집중력이 외부로 향해 있는 데 반해, 헤스티아의 집중력은 자신에게로 향하고 있다. 그녀는 자신 내부의 주관적 경험에 관심을 기울이며, 명상할 때는 완전히 몰두하는 성향을 지니고 있다.

  "한 송이의 국화꽃을 피우기 위해/ 봄부터 솥작새는/ 그렇게 울었"고, "천둥은 먹구름 속에서/ 또 그렇게 울"어야 했던 것처럼, 꽃의 피어남의 과정은 혹독한 산고와도 같다. 꽃의 피어남으로 상징되는 '고난의 승화'는 명상과 집중력의 소산으로써 헤스티아 원형의 '성숙한 내면'을 지칭한 것으로 보아야 할 것이다. 그러나 한편으로 "시「국화 옆에서」는 생명이 탄생하기까지의 인고의 과정과 그에 대한 경이

감에 여성을 끌어들임으로써 여성의 희생과 억압을 미화하고 정당화"[62]했다는 해석도 있다.

가부장제사회문화는 여성을 자아실현 의지를 지닌 주체로서 인정하지 않았다. 남성 혹은 가족에 종속시켜 그들의 출세를 도와주거나 신변을 챙기는 주변적인 일만을 강요해왔다. 그것이 여성이 지켜야 할 덕목이라고 강요하면서 순종하는 여성을 부각시키고 미화한 것이 사실이다. 따라서 「국화 옆에서」에 등장하는 '누님'은 여성들에게 불리했던 가부장권을 인내로써 극복한 여성이며, 서정주 개인은 물론 사회와 문화가 미화하고 부각시킨 여성의 원형이라고 할 수 있다.

헤스티아 원형의 여성은 초연한 성격 때문에 '현명한 여성'으로 지칭되기도 한다. 그녀는 인생의 굴곡을 인내한 할머니처럼 연륜을 통해 성격은 부드러워졌지만, 신념은 포기하지 않은 채 삶을 일관하는 모습을 보여준다.

누님.
눈물 겨웁습니다

이, 우물 물같이 고이는 푸름 속에
다수굿이 젖어있는 붉고 흰 목화 꽃은,
누님.
누님이 피우셨지요?

퉁기면 울릴듯한 가을의 푸르름엔

---

62 김경란, 앞의 논문, 261쪽.

바윗돌도 모다 바스라져 네리는데……

저, 마약(魔藥)과 같은 봄을 지내여서
저, 무지한 여름을 지내여서
질갱이 풀 지슴ㅅ길을 오르 네리며
허리 굽흐리고 피우섰지요?

—「목화」 전문

서정주는 많은 작품에서 여성을 대표하는 총칭으로 '누님', '누이' 등을 써왔다. 시 「목화」에도 누님이 등장하는데, 「국화 옆에서」에 등장하는 누님과 동일한 인물 혹은 동류의 인물로써 상정할 수 있다. 작품 속의 화자는 인고의 길을 걸어온 누님의 행적이 안쓰럽고 눈물겨울 뿐이다. 청명한 가을하늘 아래 피어 있는 목화가 충분한 대가 없이 피지 않았듯이, 마귀의 약과도 같이 어지러운 봄과 질경이 지천으로 흐드러지고 무지하기만한 여름을 오르내리면서, 허리 부러지게 일한 누님의 눈물이 존재했음을 인지하기 때문이다.

여기서 '누님'은 누님만이 아니라 어머니·이모·고모·누이 등 인고로써 가부장권을 살아온 여인들을 총칭한다. 이 여인들의 인내심이 피워낸 목화는 "우물물같이 고이는 푸름 속에"서 눈부시게 빛난다. "퉁기면 울릴 듯한 가을의 푸르름엔/ 바윗돌도 모다 바스라져 네리는데"라고 하는 부분에서는 비장미가 느껴진다. 누님들의 인내는 무수한 발부리에 밟히는 질경이만큼이나 혹독했지만, 그들이 피워낸 꽃과 가을은 아름답기만 하기 때문이다.

이 작품의 형상화에서 서정주는 "누님이 피우섰지요?", "허리 굽흐리고 피우섰지요?" 라는 형식으로, 스스로 확신하기에 앞서 누님에게 묻는 형식을 취하고 있다. 이러한 형식은 인고의 세월을 살아온 당사자에게 다시 한 번 확인하는 방법으로, 애처로운 여운을 남기는 효과가 있다. 헤스티아 여신이 조용한 가운데 훌륭한 일을 해냈듯이, 작품에 등장하는 누님들은 한국의 산업화를 앞당기는 데 중추적인 역할을 담당한 인물들이다.

🌀 인간관계·업적·재산·특권에 집착하지 않는 여성

루소는 『고백록』에서 과일은 모두의 것이고, 땅은 그 누구의 것도 아니던 노마드적인 상태, 자연 그대로의 상태에 대한 향수를 표현하고 있다. "나는 내가 편한 대로 걷고, 내 맘에 드는 곳에서 멈춰 서고 싶다. 돌아다니는 삶이 내게 필요한 삶이다. 화창한 날씨에 맨발로 길을 나서 한참 걷다가 마침내 기분 좋은 것을 얻게 되는 것, 이것이 바로 모든 삶의 방식들 중 내 취향에 맞는 것이다."[63] 루소가 원하는 삶의 형식은 인공이 가미되지 않은 자연적인 흐름에 나를 맡기는 것, 즉 문명이 개입하지 않은 상태라고 할 수 있으며, 그와 동일한 맥락에서 헤스티아 원형의 인간관계·업적·재산·특권에 집착하지 않는 성향을 생각해볼 수 있다.

헤스티아 원형을 지닌 여성은 야심과 추진력이 부족하기 때문에 경쟁적인 일터에서는 그녀의 가치를 알아주지 않으며, 그녀 또한 남들이 인정해주기를 바라지 않는다. 권력에 가치를 두지 않기 때문에 경쟁에 앞서고자 전략을 짜는 일 또한 그녀에게는 낯설 뿐이다. 그녀는 눈에 띄지 않을 뿐 아니라 항상 그 자리에 있는 사람으로 간주된

---

63 자크 아탈리, 이효숙 옮김, 앞의 책, 287쪽.

다. 따라서 "헤스티아 원형을 내면에 지니고 있는 여성은 인간관계·업적·재산·특권에 애착을 갖지 않으며, 있는 그대로의 자기 모습에 충족감을 느낀다."[64] 남들과 자신을 비교하면서 불행해하지 않으며, 자신의 상황을 가감 없이 받아들이기 때문에 삶의 과정에서 벌어지는 사건들에 의해 영향 받지 않는 초연함을 지니기도 한다.

> 낭산 밑 새말 사람 백결이는 가난해
> 주렁주렁 주렁주렁 옷을 기워 입은 게
> 메추라기 꿰미를 매단 것 같대서
> 사람들이 그렇게 이름지어 불렀다.
>
> 그렇지만 이 사람한텐 오래 두고 익혀 온
> 슬기론 거문고가 한 채 있어서
> 밤낮으로 마음을 잘 풀어 갔기 때문에
> 가난도 앞장질런 서지 못하고
> 뒤에서 졸래졸래 따라다녔다.
> 그래서 나날이 해같이 되일어나
> 물같이 구기잖게 살아 갔었다.
>
> 그러다가 어느 해는 섯달 그믐날
> 저녁때 이웃집 좁쌀 방아 소리에
> 마누라의 귀가 그만 깜박 솔깃해
> 〈좁쌀〉이란 한마디를 드뇌었더니

---

64 진 시노다 볼린, 조주현·조명덕 옮김, 앞의 책, 158쪽.

거문고 울리어 이 말 씻어서

또다시 물같이 흘러 내렸다.

—「백결가」 전문

인용한 시작품에 내재되어 있는 원형은 헤스티아의 초연함이다. 가난하지만 가난을 원망하지 않고 물같이 한결같기만 한 백결에게서 헤스티아 원형이 구현되고 있다. 그는 옷을 주렁주렁 꿰매어 입고도 부끄럽게 여기지 않았기 때문에 "가난도 앞장질런 서지 못하고/ 뒤에서 졸래졸래 따라다"닐 수밖에 없다. 가난이 앞지르지 못했다는 것은 가난에 끌려 다니지 않고, 가난을 누렸다는 의미가 될 것이다. 가난에게 끌려 다니는 사람의 삶은 비참하겠지만, 가난을 누리는 사람은 초연하기 때문에 동일한 상황이라도 두 사람의 삶에는 확연한 자이가 존재한다.

하지만 「백결가」는 헤스티아의 '초연함'을 빙자하여 무능하고 게으른 남성을 미화하고 있다는 데 반론의 여지가 있다. 조선시대 이후 한국사회를 지배해온 가부장제사회문화는 유교 사상이 근간이 되었다. 유교 사상은 '선비정신'을 강조하였고, 선비의 존재는 왜곡되어 가족의 부양은 등한시한 채 체면만을 중시해도 지탄받지 않았다. 백결은 벼슬에 오르지 못한 불우한 '음악가'로서 옷을 백 번 기워 입었다는 데서 지어진 이름이다. 그는 가족이 굶는데도 거문고로 낭만적인 상황을 연출함으로써 전통적인 선비의 연장선상에 놓일 수 있었다. 따라서 이 작품은 백결의 행위를 물질에 초연한 사람인 것처럼 형상화함으로써 게으르고 무능한 남성의 행위를 두둔하고 정당화한 측면이 있다.

햇볕 아늑하고 / 영원도 잘 보이는 날 / 우리 데이트는 인젠 이렇게
해야지—

내가 어느 절간에 가 불공을 하면 / 그대는 그 어디 돌탑에 기대어 /
한 낮잠 잘 주무시고,

그대 좋은 낮잠의 상으로 / 나는 내 금팔찌나 한 짝 / 그대 자는 가슴
위에 벗어서 얹어 놓고,

그리곤 그대 깨어 나가던 / 시원한 바다나 하나 / 우리 둘 사이에 두
어야지.

— 우리 데이트는 인젠 이렇게 하지. / 햇볕 아늑하고 / 영원도 잘 보
이는 날.

—「우리 데이트는」 전문

시 「우리 데이트는」은 「선덕여왕의 말씀」과 동일하게 '지귀 설화'
를 모티프로 하고 있다. 「선덕여왕의 말씀」에 등장하는 선덕여왕은
'지혜로운 아르테미스' 원형을 구현하고 있는 반면, 「우리 데이트는」
에 등장하는 선덕여왕은 '인간관계·업적·재산·특권에 집착하지 않
는 헤스티아' 원형을 구현한다는 차이점이 있을 뿐이다.

서정주는 산문집에서 신라정신의 핵심을 '영원'으로 상정하면서
전대와 후대를 넘나드는 혼교(魂交)로서의 영원을 주장한 바 있다.
"사람은 자기 당대만을 위해서 살아서는 안 된다. 자손을 포함한
다음 세대들의 영원을 위해서 살아야 한다. 자기 당대에 못 다할

일이 많으면 많을수록 이 영원한 유대 속에 있는, 우리 눈으론 못 본 선대의 마음과 또 후대의 마음 그것들을 우리가 우리 살아 있는 마음으로 접하는 것―그것을 혼교라고 하기도 하고, 영통이라고도 한다."[65]

이처럼 영원을 추구한 시인이 "햇볕 아늑하고/ 영원도 잘 보이는 날"을 만남의 날로 정했을 때, 그 만남은 일반적인 만남이 아니라는 것을 인지할 수 있다. 국어사전에서 정의하고 있는 '영원'은 '어떠한 사건이나 정황이 과거나 현재에서 그치지 않고 변질 없이 이어지는 것'이라고 되어 있다. 따라서 "영원도 잘 보이는 날"이란 '선대의 마음과 후대의 마음을 살아 있는 마음으로 접하는 것'을 확실하게 인지한 경지에서 '오늘'을 볼 수 있는 날이라고 할 수 있다.

「우리 데이트는」이 구현하고자 한 것은 「백결가」에서와 마찬가지로 인간관계·업적·재산·특권에 집착하지 않는 헤스티아 원형의 '초연함'이다. 헤스티아 원형의 '초연함'은 제2, 3, 4연에서 잘 형상화되고 있는데, "내가 어느 절간에 가 불공을 하면/ 그대는 그 어디 돌탑에 기대어/ 한 낮잠 잘 주무시고,// 그대 좋은 낮잠의 상으로/ 나는 내 금팔찌나 한 짝/ 그대 자는 가슴 위에 벗어서 얹어 놓고,// 그리곤 그대 깨어 나가던/ 시원한 바다나 하나/ 우리 둘 사이에 두어야지."가 그것이다. 이것은 어떠한 곤경에 처하더라도 당황하거나 갈급해 하지 않으며, 인간관계·업적·재산·특권에 집착하지 않는 헤스티아 원형이 구현된 사례라고 할 수 있다.

천민인데도 불구하고 여왕은 지귀를 만나기로 약속하지만, 그녀가 불공드리는 사이 어이없게도 돌탑 아래서 잠이 들고 말았다. 세속적

---

[65] 서정주, 「봉산산방시화」, 『미당수상록』, 108쪽.

인 판단에 의하면 얼마나 지각없는 행위라고 할 수 있겠는가. 그러나 인간관계·업적·재산·특권에 집착하지 않는 헤스티아 원형의 입장에서 보면 지귀의 잠은 결코 지각없는 행위가 아니다.

여왕은 그가 잠든 사이 가슴에 황금팔찌를 놓아두고 떠났고, 사모의 정을 감당하지 못한 지귀가 불귀신이 되어 서라벌을 태우며 돌아다니자, 술사들로 하여금 주술을 짓게 하여 여왕은 그를 먼 바다로 쫓아내버린다. 서정주는 이와 같은 사건들을 안타까운 시선으로 해석하지 않고, 유희적인 요소까지 곁들여 형상화하고 있다. "그대 깨어 나가던/ 시원한 바다나 하나/ 우리 둘 사이에 두어야지."라는 표현은 헤스티아 원형의 초연함의 극치를 보여준다. 지귀를 먼 바다로 보낸 후 '바다'라는 공간을 사이에 두고, 그 거리를 인정하며 향유하고자 하는 행위는 헤스티아 원형이 아니면 실현하기 어렵기 때문이다.

자연인으로서의 여성

자연은 선도 아니고 악도 아니다. 자연은 선과 악이라는 인간적 개념을 넘어 그냥 그곳에 그렇게 있을 뿐이다. …… 그러나 인간들의 입장에서 볼 때, 자연은 선이기도 하고 악이기도 하다. 자연이 선으로 인식될 때 인간들은 자연에 대하여 환호하지만, 그와 반대일 때 인간들은 자연에 저항해왔다.[66]

헤스티아는 자연의 질서에 조응하고자 하는 '자연인으로서의 여성'의 원형을 포함하고 있다. 자연을 선과 악으로 이분했을 때, 헤스티아는 자연을 선의 시각으로 보는 입장이다. 자연을 악으로 보는 이들

---

[66] 정효구, 앞의 책, 6~7쪽.

은 자연이 살아 숨 쉬는 생물체라는 사실을 망각하고 지배해야 할 대상으로만 파악하였다. 그러나 헤스티아는 자연과 어울려 가까이 살고 싶어 하는 원형이다.

보르네오 숲에는 약 7백 명 가량의 채취인들이 살고 있는데, 그들은 긴 꼬리가 달린 아시아산 열대 원숭이를 열매 채취에 이용하고 있다. 채취인들에 의하면, "그들은 인간과 같다. 우리가 나무 위로 올라가지 않고도 과일을 먹을 수 있도록 기어 올라가서 과일을 딴다. 만약 우리가 걷고 있는 중에 뱀이나 그 밖의 위험한 것을 만나면, 그들은 우리보다 먼저 그것들을 발견한다. 그런 식으로 그들은 우리를 위험으로부터 보호해준다."[67]고 한다. 원숭이와 동고동락하는 이들 부족은 인간을 특별한 존재로 여기지 않고, 자연 속의 일부로 인식한다는 것을 알 수 있다.

인간이 자연 위에 군림할 수 없다는 사실을 설명한 예로, 1854년 미국 대통령 '피어스'가 인디언 부족들에게 땅을 팔라고 강요했을 때, 스쿼미시 부족을 이끌던 시애틀 추장의 연설은 대표적이다.

"그대들은 어떻게 저 하늘이나 땅의 온기를 사고 팔 수 있는가? 우리로서는 이상한 생각이다. 공기의 신선함과 반짝이는 물은 우리가 소유하고 있지도 않은데 어떻게 그대들에게 팔 수 있다는 말인가? 우리에게는 이 땅의 모든 부분이 거룩하다. 빛나는 솔잎, 모래 기슭, 어두운 숲속 안개, 맑게 노래하는 온갖 벌레들, 이 모두가 우리의 기억과 경험 속에서는 신성한 것들이다. 나무속에 흐르는 수액은 우리 홍인(紅人)의 기억을 실어 나른다. 백인들은 죽어서 별들 사이를 거닐 적에 그들이 태어난 곳을 망각해버리지만, 우리는 죽어서도 이 아

---

67 자크 아탈리, 이효숙 옮김, 앞의 책, 377쪽.

름다운 땅을 결코 잊지 못하는 것은 이것이 바로 우리 홍인의 어머니이기 때문이다. 우리는 땅의 한 부분이고, 땅은 우리의 한 부분이다. 향기로운 꽃은 우리의 자매이다. 사슴·말·큰 독수리, 이들은 우리의 형제들이다. 바위산 꼭대기, 풀의 수액, 조랑말과 인간의 체온 모두가 한 가족이다."

흰 무명옷 가라입고 난 마음
싸늘한 돌담에 기대어 서면
사뭇 숫스러워지는 생각, 고구려에 사는듯
아스럼 눈감었든 내넋의 시골
별 생겨나듯 도라오는 사투리.

등잔불 벌서 키어 지는데……
오랫동안 나는 잘못 사렀구나.
샤알·보오드레―르처럼 설ㅅ고 괴로운 서울여자를
아조 아조 인제는 잊어버려,

인왕산그늘 수대동 14번지
장수강 뻘밭에 소금 구어먹든
증조하라버짓적 흙으로 지은집
오매는 남보단 조개를 잘줍고
아버지는 등짐 서룬말 젓느니

여긔는 바로 십년전 옛날
초록 저고리 입었든 금녀, 꽃각시 비녀하야 웃든 삼월의 금녀, 나와 둘이 있든곳.

머잖어 봄은 다시 오리니
금녀동생을 나는 얻으리
눈섭이 검은 금녀 동생,
얻어선 새로 수대동 살리.

— 「수대동시」 전문

조상의 숨결이 배인 무명옷을 입고 돌담에 기대어 서면, 고구려 사람이라도 되는 듯 부끄러워지면서 아스라하게 펼쳐지는 고향의 정경과 사투리를 만나게 된다. 어머니 아버지가 억척스레 일하며 증조할 아버지 적부터 살아온 추억 속의 흙집은 벌써 등잔불이 환하다. 서정주는 구체적으로 기억되는 고향을 그리워하며 잘못 살아온 자신을 성찰하는 한편, 전통적 여인상인 '금녀 동생'과 결혼하여 수대동에서 소박하게 살아보리라는 꿈을 꾼다.

서정주가 이런 꿈을 꾸는 시기는 아들에게 안정적인 삶을 안겨주기 위해 부모가 맞선을 강요한 시점이다. 중앙불교전문학교에서 추구하던 학승의 길도 포기한 채 서울 생활에 지쳐갈 무렵이었기에, 부모의 제안을 받아들이기로 결심한 것이다.

초기 작품에 등장하는 대부분의 여성인물들이 아프로디테의 관능적인 육체성을 구현한 반면, 동시대의 작품이라고 할 수 있는 「수대동시」의 '금녀 동생'이 헤스티아 원형을 구현한다는 점은 좀 특별하다. 그것은 서정주의 시에 등장하는 여성인물들이 「수대동시」 이후 관능성을 탈피하려는 조짐을 보이는 논거라고 할 수 있다.

서정주는 "내 넋의 시골"을 그리워하며, 그곳에 정점으로 존재하는

‘금녀 동생’을 갈망한다. "샤알·보오드레-르처럼 설ㅅ고 괴로운 서울여자를/ 아조 아조" 잊어버리는 시점에서 자연인으로서의 ‘금녀 동생’을 선호하게 된 것이다. 서럽고 괴로운 서울여자는 관능적인 육체성을 지닌 아프로디테 원형의 여성이라고 할 수 있다. 그렇다면 「수대동시」는 서정주의 관심이 ‘관능적인 여성’으로부터 ‘자연인으로서의 여성’으로 전환하는 시점에 존재하는 작품이 될 것이다.

우리 마을 진영이 아재 쟁기질 솜씬
예쁜 계집애 배 먹어 가듯
예쁜 계집애 배 먹어 가듯
안개 헤치듯, 장갓길 가듯.

샛별 동곳 밑 구레나룻은
싸리밭마냥으로 싸리밭마냥으로.
앞마당 뒷마당 두루 쓰시는
아주먼네 손끝에 싸리비마냥으로.

수박꽃 피어 수박 때 되면
소소리바람 위 원두막같이,
숭어가 자라서 숭어 때 되면
숭어 뛰노는 강물과 같이,

당산 나무 밑 놓는 고누는,
늙은이 젊은 애 다 훈수 대어
어깨너머 기우뚱 놓는 고누는

낱낱이 뚜렷이 칠성판 같더니.

―「진영이 아재 화상」 전문

질마재 마을의 자연친화적인 인물에 대해 서정주는 다음과 같이 기술하고 있다.

그는 역시 사람 속에 끼어 부대끼는 일보다는 느티나무 밑 고누판 같은 데서 모두 같이 재미 보는 때를 빼놓고는, 장수강 가의 낚시질이나 밭 갈기 같은 혼잣일에 더 많이 잠겨 지냈다. 그것은 무엇 때문이었을까. 그가 사람을 속눈으로 반가워하던 걸로 보아, 혐인증(嫌人症)이나 그런 것이었을 리는 만무하다. 그러면 무엇 때문이었을까. 마을에서 제일 좋은 몸집과 건강을 지녔던 그요, 또 일에 두루 유능하던 그이니, 병이거나 무능 때문도 물론 아니었다. 그럼, 무엇 때문이었을까. 그것은 아무래도 그 혼자의 낚시질판과 그 혼자의 밭갈이판 등의 자연에서 그가 보고 느끼고 하던 무엇이 사람 사이의 북새판에서 보고 느끼는 것보다 나았기 때문이리라. 그것이 그가 사는 데 있어 힘이 되는 것이었기 때문이리라.[68] 이처럼 헤스티아 원형의 인물은 자연에서 보고 느끼는 것이 사람 사이의 북새판에서 보고 느끼는 것보다 낫다고 여긴다.

시 「진영이 아재 화상」에서 "진영이 아재 쟁기질 솜씨"는 자연의 운행처럼 순조로운 경지를 보여준다. 예쁜 계집애가 배를 먹어가는 것도, 안개를 헤쳐 가는 것도, 장가 길 가는 것도 순조롭게 운행되는 자연의 질서와 다름이 없다. 진영이 아재는 자연과 가까이 살고자 하는 사람이어서 구레나룻까지도 앞마당, 뒷마당을 두루 쓸 수 있는 자

---

68 서정주, 「질마재」, 『서정주문학전집』 제3권, 28쪽.

연물로서의 '싸리비'를 닮았다. 서정주가 시작품에 진영이 아재를 내세워 자연인으로서의 헤스티아 원형을 구현하고 있는 것은, 그 역시 진영이 아재처럼 살고 싶었기 때문이라고 하겠다.

　유목생활을 하는 터키의 '요루크족'은 하절기를 보낼 장소에 도착하면, 검정염소 털로 만든 천막을 올리고 다음과 같은 주문을 외운 후 새 옷으로 갈아입는다. "모든 사람이 아주 깨끗하고, 모든 사람이 우아하다. 평원의 모든 나쁜 것들은 사라지고 말리라."[69] 그러나 가을이 되어 산을 내려갈 때는 우수로 가득 차 있다. 이들은 산에 오를 때와 같은 기도와 제물로써 제례의식을 치르지만, 봄이 올 때까지 서글픈 모습으로 야영장에서 흩어져 산다. 자연과 밀접하게 교감할 수 있는 계절이 지나고, 생명 활동이 정지된 겨울은 자연인들에게 시련의 계절이기 때문이다.

　북아메리카의 '이누이트족'이나 몽고의 '투바족'에게는 다음과 같은 전통이 전해온다. "가족 이글루 안에서 사람들은 이야기를 했다. 그들은 머리를 가운데로 향하고 발은 벽에 대고 누웠다.⋯⋯어머니가 작은 소리로 천천히 읊었다. 다른 사람들은 한마디도 하지 않고 들었다. 아침에 깨어나면 아이들은 한두 가지 이야기를 세세히 맞춰보고, 어려운 문구는 여러 차례 되풀이한다. 어머니는 틀린 부분을 고쳐주었다."[70] 이러한 행위를 반복함으로써 조상들의 기억은 영원히 남게 되는데, 이들이 전수하는 이야기는 대부분 정령들과의 만남으로 점철되는 '여행·추방·오랜 미궁에서의 탈출'에 관한 것이었다.

---

69 자크 아탈리, 이효숙 옮김, 앞의 책, 80쪽.
70 위의 책, 87쪽.

이들이 전하는 기억의 전수 방법은 자연인의 교육방법이다. 교육하기 위한 어떠한 도구도, 장소도 필요하지 않으며, 주거 공간에서 자연스럽게 교육이 이루어진다.

이들의 삶의 방법을 다른 측면에서 이해하면 무위자연의 삶이라고 할 수도 있다. 무위자연의 세계를 직역하면 '아무 것도 하지 않고 스스로 그러한 세계'라고 해석할 수 있지만, 우주가 움직임 속에 놓여 있는데 어찌 아무 것도 하지 않을 수 있겠는가. 따라서 무위자연의 세계는 "억지가 없는 순행의 함, 조작이 끼어들지 않은 자생의 함으로 이루어지는 세계"[71]를 의미한다. 억지가 없고 조작이 끼어들지 않은 삶의 방식은 친자연적인 삶, 즉 헤스티아 원형의 자연인으로서의 삶이라고 할 수 있다.

집안일에서 성취감을 얻는 여성

헤스티아는 레아와 크로노스 사이에 태어난 맏자식으로서, 크로노스가 자식들을 삼켜버릴 때는 첫 번째로 삼키고, 토해낼 때는 마지막으로 토해냈기 때문에 홀로 오랫동안 아버지의 깜깜하고 무서운 뱃속에서 지냈다. 따라서 헤스티아의 어린 시절은 결코 행복하지 않았다. 크로노스는 강압적인 아버지로서 자식들을 따뜻하게 대하지 않았으며, 레아 또한 남편이 마지막 자식까지 삼켜버리는데도 그것을 막기 위해 어떠한 노력도 기울이지 않았다.

그와 같은 환경에서 성장했지만 헤스티아는 조용한 성품을 지니고, 주위의 분위기를 언제나 평화롭고 따뜻하게 만들어내었다. 따라

---

[71] 정효구, 『정진규의 시와 시론 연구』, 푸른사상사, 2005, 54쪽.

서 계획에 맞춰 조용하게 집안일을 해나가는 여성에게서 헤스티아
원형을 찾을 수 있다. 계획에 맞춰 집안일을 해나갈 때 헤스티아 원
형의 여성은 각각의 일에 열중할 수 있으며, 서두르지 않고 일의 결
과를 즐기며 시간을 보내기도 한다.

　가부장권의 여성들이 담당하는 일은 주로 '돌봄'과 '집안일'에 한정
되었기 때문에 경제적 가치를 인정받지 못하였다. 생산노동과 감정
노동, 임금노동과 집안일이 엄격하게 분리된 산업자본주의 시대에
여성의 집안일은 도덕적이며 윤리적인 일로서 '생산'과는 무관하거
나 별개의 영역으로 치부되어왔다.[72] 그러나 헤스티아 원형의 여성
은 경제적 가치를 인정받지 못하는 집안일을 무의미한 일로 생각하
지 않았다. 때문에 매일의 일상을 마무리하면서 마음의 평온을 얻는
여성은 헤스티아 원형을 지닌 여성이라고 할 수 있다. 집안일을 상세
한 부분까지 질서 있게 한다는 것은 명상에 상당하는 것으로써 정신
을 집중시키는 것과 다름없는 일이기도 하다.

> 몇 백년 동안을 몇 백만번이나
> 이집 주부들은 대이어 그 손들을 닳아뜨리며
> 이 널판자의 청마루를 닦고 또 닦아온 것일까?
>
> 마음 고운 사람들의 여러 대의 손때와
> 두루룩한 여러 대의 맑은 거울과
> 간절하디간절한 하눌이
> 한데 얼려 닳은 듯한,

---

72 김현미, 「2000년 한국, 여성은 노동자가 될 수 없는가?」, 『여성의 일찾기 세
　　상 바꾸기』, 또 하나의 문화, 2004, 25쪽 참고.

포근히 안겨 쉬면
웬만한 병은 두루 다 나을 것 같은
괴테 생가의 아늑하겐 빛나는 청마루여.

뽕나무의 오디며
목화 무명 다래도
이 청마루에 얼굴 비쳐
금시에 새로 생겨날 듯도 하거니

이렇게도 극진한 이 구석에서
괴테 하나도 안 생겨 났더라면
무색하고 무색해 어찌 했으리?

— 「괴테 생가의 청마루를 보고」 전문

　　기혼 여성에게 나타나는 역할 수행의 양상은 가장 활성화된 여신의 유형이 무엇인가에 따라 다르다. 헤라는 ‘아내’의 역할에 치중하며, 데메테르는 ‘어머니’의 역할, 아테나는 집안 살림을 효율적으로 꾸려가는 ‘안주인’의 역할에 충실하다. 반면에 헤스티아는 ‘집안을 따뜻한 가정으로 만드는 주부’의 역할에 능하다. 헤스티아 원형의 여성은 빨래하고 청소하면서 집안 가꾸는 일을 즐겁게 받아들인다. 집안일을 해놓고 아르테미스 원형의 여성이 허드렛일을 끝냈다고 생각한다면, 헤스티아 원형의 여성은 일에 대한 성취감을 한껏 느낀다.

　　서정주는 유럽여행 중에 괴테 생가의 청마루를 보게 된다. 청마루는 “몇 백 년 동안을 몇 백만 번이나” 닦았는지 맑은 거울과 같이 빛난다. 포근하게 안겨 쉬면 웬만한 병이 다 나을 것과도 같은 청마루는 "뽕나무의 오디며/ 목화 무명 다래"가 금시 생겨날 듯도 하다. 뽕나무의 오디며 목화 무명 다래가 금시 생겨날 것만 같다는 형상화에는 그만큼 마루가 맑다는 의미가 함의되어 있다. 맑은 것은 순정하고 투명하여 어떤 사물을 비추어도 일그러짐 없이 보여주기 때문이다. 그것을 보고 서정주는 "이렇게도 극진한 이 구석에서/ 괴테 하나도 안 생겨났더라면" 무색해서 어찌할 뻔했느냐고 풍자적으로 형상화하고 있다.

가부장제사회문화는 여성의 노동을 집안일에 한정시킨 후 헌신적으로 집안을 돌봐야 남성들이 사회활동에 매진할 수 있다는 논리를 폈다. 헌신적인 내조가 있어야 남성들이 출세할 수 있고, 헌신적인 외조가 있어야 여성들도 성공할 수 있을 것이다. 그런데도 불구하고 가부장권의 고정관념은 여성의 일방적인 희생만을 강요해왔다. 이와 같은 고정관념은 서정주에게서도 예외 없이 나타난다. 몹시도 간절하게 여러 대의 여인들이 걸레질을 해온 결과 괴테 같은 대문호가 탄생했다는 것은 그러한 고정관념이 반영된 예라고 할 수 있다.

하지만 헤스티아 원형의 여성은 사회와 문화의 요구가 아니더라도 집안을 평화롭게 가꾸는 일에 충실하였다. 집안일이 중요하다고 생각하기 때문에 즐겁게 일하면서 마음의 평안을 얻었다. 따라서 괴테가의 여인들이 청마루를 맑게 닦을 수 있었던 것은 그녀들의 내면에 헤스티아 원형이 활동적이었기 때문이라고 하겠다.

> 내 할머니는 어느 해 어느 날에도
>
> 밭이나 집에서 일만 하셨지,
>
> 두 손끝이 다 문드러지게 일만 하셨지,
>
> 마을 나들이 한번도 절대로 하지 않았다.

어쩌다 마을 아낙네들이 찾아와서 지껄여대면
대꾸는 「아이고 구잡스러라」 한마디가 고작이었다.
밤에도 새벽닭이 울 때까지는
내 머릿맡 웃목에서 물레를 잦았다.
남편의 임종에 수혈을 하노라고
약(藥)손까락 두 마디가 없어진 할머니.
할머니가 시집올 때 가지고 온 반복(班服)은
시렁 우의 함 속에 담기어만 있었을 뿐,
단 한번도 이것을 꺼내 입어보지도 안했다.
그래 내 어머니가 추석날 같은 때
그걸 한번씩 꺼내 입어보시군 부러워라고 하셨다.

— 「내 할머니」 전문

　서정주의 할머니는 시집 올 때 양반계급만이 입을 수 있는 반복을 장만해왔다고 한다. 그럼에도 불구하고 집안일에 몰두하느라 한 번도 입어보지 못했다. 할머니가 집밖으로 나가는 것은 유일하게 밭일을 할 때였으며, 외유에 동참한다거나 사랑방 같은 데는 가지도 않았다. 할머니의 끝없는 노동이 집안을 가꾸는 일로 일관되었다고 할 수는 없지만, "어쩌다 마을 아낙네들이 찾아와서 지껄여대면" "아이고 구잡스러라"라고 한 것이 고작이었던 것으로 보아, 말수가 적고 내면의 성숙을 중요시한 헤스티아 원형이 내재한 것이 분명하다고 하겠다. 따라서 인용시에 제시된 할머니의 노동도 집안일에서 성취감을 얻는 헤스티아 원형이 구현된 것으로 해석해야 옳을 것이다.

　헤스티아는 내면에 지혜를 지니고 있었지만, 확실한 자기 이미지를 확보하지는 못하였다. 그 증거로 올림포스 신들 가운데 헤스티아

만이 인간의 모습으로 의인화되지 않은 사실을 들 수 있다. 따라서 우리의 할머니·어머니들이 집안을 지혜롭게 이끌어갔지만, 자기 이미지를 확보하지 못한 것도 헤스티아 원형의 영향이라는 사실을 배제할 수 없다.

아테나 원형

　신화 속의 아테나는 어머니 없이 아버지 제우스의 머리를 가르고 완전무장한 어른의 모습으로 태어난다. 따라서 그녀에게는 어린 시절이 없다. 신화에 의하면, 아테나의 어머니는 메티스이며 대양의 신이었다. 메티스가 임신하고 있을 때 제우스는 메티스를 작게 만들어 삼켜버렸다. 메티스는 두 아이를 낳을 예정으로 딸은 제우스같이 용감하고, 아들은 왕이 될 운명이었다. 제우스가 아들의 출현에 겁먹은 나머지 메티스를 삼켜버린 것이다. 아테나는 어머니의 존재를 체험하지 못했기 때문에 어머니를 인정하지 않았다. 여신이면서도 남신들을 돕고 남신들의 입장을 옹호하면서, 가부장권에서 유일하게 인정받은 여신이기도 하다.

　프랑스 혁명사를 보면 혁신의 과정에서 여성들의 입장이 철저히 배제된 사실을 알 수 있다. 논리적으로 따진다면, 혁신은 여성해방을 진작시켜야 했음에도 불구하고 그러하지 못한 것이다. 남성들이 군중 앞에 나서면 정치가가 되었지만, 여성이 나서면 창녀 취급을 당하였다. 한 예로 '마리 앙투아네트'는 몹쓸 어머니일 뿐만 아니라 방탕한 아내로 지목받았고, 상상력이 풍부했던 '올랭프 드 구주'는 자신의 망상을 자연의 영감으로 잘못 인지한다고 지탄받았다. 또한 '롤랑'은 거대한 계획의 입안자 혹은 철학자로서 모든 측면에서 괴물 취급을 받았다. 그녀는 아이들의 어머니라는 사실을 잊고 자신을 자연 이상의 존재로 만들려고 함으로써 자연을 희생시키는가 하면, 지식인이 되고자 하는 욕망 때문에 여성의 미덕을 잊었다는 것이다. 정치적인 여성들, 글 쓰는 여성들은 모두 통제할 수 없는 성욕의 표본으로 인지되었다.[73] 이처럼 가부장권의 혁명은 여성의 권익이나 능력 신장에 일말의 관심도 없었다. 악법을 무너뜨리고자 한 혁명조차도 이러한 것을 보면 가부장제사회문화가 여성에게 얼마나 불리하게 작용했는지 짐작할 수 있다.

아테나는 남성 위주의 사회문화에서 유일하게 인정받은 여신이다. 그녀는 가슴으로 생각하지 않고 머리로 삶을 사는 냉철함을 지니고 있었다. 철저한 계획으로 철두철미하게 일을 처리하여 남성들 속에서 여왕벌로 성공하지만, 아르테미스처럼 자매들을 도와주지는 않았다. 자신이 여성이라는 사실에 숙고하기보다는 한 인간으로서 가치 매기기에 몰두함으로써 나이 들어도 우울해하거나 주눅 들지 않았다.

가부장권에서도 대학교수나 의사처럼 전문직에 종사하는 여성들은 남성들에 의해 예외적인 존재로 인정받았다. 남성들과 동등한 위치에서 협력이나 경쟁이 가능한 비(非)여성으로서 인식된 것이다. 선택받은 소수의 여성들은 대부분 양성 간 이데올로기적 규정을 긍정적으로 받아들이며, 여성인데도 불구하고 특별히 채용되었으므로 조직체에 누를 끼쳐서는 안 된다는 생각을 강하게 지니고 있었다.

현 세기는 아테나 원형의 여성들이 대거 등장하며, 사회적으로도 그들을 필요로 하고 있다. 여성의 사회 참여 분위기는 이미 무르익었고, 정책적으로도 활발하게 지원하는 중이다. 따라서 여성들은 구태의연한 사고와, 가부장권이 규정한 '여성의 역할'에서 탈피하여 사회 발전에 일말의 책임을 져야 한다.

서정주는 「말피」와 「복받을 처녀」, 「파르테논 신전 앞에서」, 「처

---

73 피터 브룩스, 이봉지 · 한애경 옮김, 앞의 책, 125~128쪽 참고.

용훈」에서만 아테나 원형을 구현하며, 그녀의 여러 양상 중에서도 '지혜로운 여성'의 측면만을 구현하고 있다.

시작품명	인물의 이름	원형의 양상
말피(권1, 360~361쪽)	설막동이 어머니	지혜로운 여성
복받을 처녀(권1, 413쪽)	처녀	〃
파르테논 신전 앞에서 (권2, 187~189쪽)	아테나	용맹스러운 전사 지혜로운 여성
처용훈(권2, 335쪽)	처용	지혜로운 여성

이 땅 위의 장소에 따라, 이 하늘 속 시간에 따라, 정들었던 여자나 남자를 떼내 버리는 방법에도 여러 가지가 있겠읍죠.

그런데 그것을 우리 질마재 마을에서는 뜨근뜨근하게 매운 말피를 그런 둘 사이에 좌악 검붉고 비리게 뿌려서 영영 정떨어져 버리게 하기도 했읍니다.

모시밭 골 감나뭇집 설막동이네 과부 어머니는 마흔에도 눈썹에서 쌍긋한 제물향이 스며날 만큼 이뻤었는데, 여러해 동안 도깝이란 별명의 사잇서방을 두고 전답 마지기나 좋이 사들인다는 소문이 그윽하더니, 어느 저녁엔 대사립문에 인줄을 늘이고 뜨끈뜨끈 맵고도 비린 검붉은 말피를 좌악 그 언저리에 두루 뿌려 놓았읍니다.

그래 아닌게아니라, 밤에 등불 켜 들고 여기를 또 찾아 들던 놈팽이는 금방에 정이 새파랗게 질려서 「동네 방네 사람들 다 들어 보소……이 부자리 속에서 정들었다고 예편네들 함부로 믿을까 무섭네……」 한바탕 왜장치고는 아조 떨어져 나가 버렸다니 말씀입지요.

이 말피 이것은 물론 저 신라적 김유신이가 천관녀 앞에 타고 가던 제 말의 목을 잘라 뿌려 정떨어지게 했던 그 말피의 효력 그대로서, 이조를 거쳐 일정초기까지 온 것입니다마는 어떨갑쇼? 요새의 그 시시껄렁한 여러 가지 이별의 방법들보단야 그래도 이게 훨씬 찐하기도 하고 좋지 안을갑쇼?

— 「말피」 전문

인용시는 서정주의 여섯 번째 시집 『질마재 신화』에 수록된 작품이다. 시집에 형상화되는 질마재 마을은 서정주 개인의 고향이라는 의미를 넘어 민족의 집단무의식이 발현되는 신화적 공간으로서 기능하고 있다.

「말피」에 등장하는 '설막동이 어머니'는 지혜로운 아테나 원형을 구현하는 인물이다. 여러 해 동안 도깨비라는 별명을 지닌 사이서방을 숨겨두고 전답 마지기나 사들인다는 소문이 파다하더니, 어느 날인가는 "대사립문에 인줄을 늘이고 뜨끈뜨끈 맵고도 비린 검붉은 말피를" 뿌리는 행위로써 사이서방을 떼어내 버렸기 때문이다. 신화에 의하면, 사람이나 동물의 피 속에는 영혼이 깃들어 있기 때문에 피가 떨어진 땅은 금기시되거나 신성시되었다. 따라서 집 둘레에 말피를 뿌린 설막동이네 집은 금기의 공간 혹은 신성한 공간이 되어 도깨비 서방이 발을 들여놓을 수 없게 된다.

서정주는 작품의 형상화에 김유신이 천관녀와 헤어지기 위해 애마의 목을 벴던 사건을 인유해오고 있다. 김유신은 천관녀라는 기생을 사랑했지만 어머니가 헤어지기를 종용하자 불효하지 않기 위해 그녀와 헤어지기로 마음먹는다. 그런데 말이 습관적으로 천관녀의 집으로 안내하자 눈물을 머금고 애마의 목을 벰으로써 다시는 그녀의 집을 찾지 않게 되었다고 한다. 여기서도 역시 말피를 뿌리는 행위는 남녀의 정분을 떼어놓는 특효 처방 비법으로 작용한다.

 '말피'에 관한 또 다른 상상력으로 아르카디아 동굴 벽화에 등장하는 '검은 데메테르'를 환기할 수 있다. 그녀의 모습은 여자의 몸에 갈기가 달린 말머리 형상을 하고 있다. 전설에 따르면, 데메테르는 딸을 찾아다니는 동안 포세이돈의 끈질긴 구애를 피하기 위해 암말로 변신한 뒤 고원지대의 동굴에 몸을 숨겼다고 한다. 데메테르가 포세이돈의 구애를 피하기 위해 암말로 변신한 것은 남성 혹은 이성이 '말'을 싫어했을 것이라는 유추를 가능하도록 해준다. 그렇다면 설막동이 어머니가 사이서방을 떼어내기 위해 많은 동물 중에서도 말을 선택한 것에 대해 수긍하게 될 것이다. 즉 '말' 혹은 '말피'는 남녀의 정분을 떼는 데 유효한 상징물로서 기능해왔다고 할 수 있다.

 이로써 설막동이 어머니는 연정에 구속당하지 않기 위해 지혜를 발휘한 아테나 원형의 인물이라고 하겠다. 서정주는 설막동이 어머니의 이별 방법을 두고, "그 시시껄렁한 여러 가지 이별의 방법들보단야 그래도 이게 훨씬 찐하기도 하고 좋지" 않느냐면서 풍자적으로 형상화하고 있다.

> 햇볕에 살아있는 어느 남자신보다도
> 슬기롭고 용맹하던 여신 팔라스 아테나여.
> 그대 아버지, 제우스신의 정수리를 뚫고
> 투구 쓰고 탄생했다는 장부 같은 여신이여.
> 트로이 전쟁때 그대 그리샤 연합군을
> 참 이쁜 승리로 이끌던 일 어제 같거늘,
> 무엇에 애코롬하여 이기는 일 다 작파하고
> 이리 오래게으르기만한 그 기인 기인 휴식인가?

그대, 이 세상에서 맨 처음으로 배도 만든 여신이여.

그 최초의 배나 타고

어느 바다에 떠돌고 있는가?

그대, 천지에 비로소 피리도 만들어 놓았던 이여.

그 피리나 불며 바람 따라 흐르는가?

아니면 그때 또 발명한 그 자수나 도와서

아테네 뒷골목의 하염없는 여인들의

수틀 곁에나 가 구부정정 서 있는가?

히메투스 산밑의 모든 아테네의 역사들이

그대 매력 때문에 모조리 엄처시하 같이 되어

우악스레 메나르고 다듬고 깎아 세운

저 우람한 파르테논의 아람드리 돌기둥들의

그대 신전도 이젠 반남아 무너지고,

소멸하는 쪽의 영원을 재는 초침처럼

아크로폴리스의 덤불 덤불 덤불 속의

귀뚤이떼 소리만이 자욱자욱하거니……

장부보다 더 힘좋고 더 슬기로와서

싸움보다 안싸우는게 더 힘센 것임을

인제는 살에 닿게 잘 아는 아테나여.

그대 19세기의 어느때는

미국시인 에드가 포오의 시속에까지 들어가

까욱거리는 까마귀나 한 마리 머리에 이고

무심해만 있던 것도 나는 기억커니와,

지금은 어디 가 끼여 무얼 하고 있는가?

이제는 우리들 운수에나 끼어서

어디 깊숙한 참선이나 안 가겠는가?

—「파르테논 신전 앞에서」 전문

아테나 여신을 논의하자면 트로이 전쟁을 간과할 수 없다.

바다의 여신 테티스와 펠레우스의 결혼식에 초대받지 못한 '에리스'는 앙심을 품고 황금사과에 '가장 아름다운 여신께 이 사과를 드립니다'라고 적어 결혼식장에 떨어뜨렸다. 이것을 보고 결혼의 여신 '헤라'와 전쟁의 여신 '아테나', 미와 사랑의 여신 '아프로디테'가 서로 황금사과의 주인이라고 우겼다. 결국 트로이의 왕자 파리스가 심판을 내려 아프로디테가 주인이 되었고, 그 대가로 파리스에게 세상에서 가장 아름다운 여인을 아내로 맞게 해주겠다고 약속한 아프로디테는 스파르타의 왕비 헬레네의 사랑을 얻도록 해준다. 헬레네를 빼앗긴 메넬라오스가 형 아가멤논과 트로이 원정길에 나서면서 전쟁은 시작되었다. 숱한 영웅과 신들이 얽혀 십 년 동안이나 계속된 이 전쟁은 오디세우스의 계책으로 그리스 군의 승리로 끝났다. 그리스 군이 거대한 목마를 남기고 철수하자, 트로이 군은 목마를 성안으로 들여놓고 승리의 기쁨에 취하였다. 새벽이 되어 목마 안에 숨어 있던 오디세우스 등이 빠져 나와 성문을 열었고, 트로이성은 함락되고 말았다. 이 전쟁을 그리스 군의 승리로 이끄는 데는 아테나의 전략과 중재가 큰 힘이 되었다고 한다.

신화 속의 아테나는 영웅들의 친구이며 보호자이자 조언해주는 수호신이었다. 아테나는 영웅들을 도와 전쟁을 승리로 이끌었고, 올림포스 산에서 제우스를 보좌하는 일 외에 가부장제를 옹호하는 일을 하였다. 서구문학사에서 최초의 재판인 오레스테스 사건에서 아테나가 가부장제를 위해 한 표를 던진 것은 주목할 만한 일이다. 현대 사회에서도 남녀 평등법이나 자유 임신 중절법 등을 반대하여 법안이 부결되는 데 결정적인 역할을 하는 사람이 아테나 원형의 여성들일 수 있다.

평화 시 아테나는 집안에서 여러 기술을 관장하는 수공의 여신이었다. 따라서 그녀의 조각상은 한 손에 창을 들고, 다른 손에는 그릇이나 물레를 든 모습으로 나타나기도 한다. 아테나는 도시의 수호신이며 군대의 후원자였고, 수직공·대장장이·도공·재단사들의 수호신이기도 했다. 그리스인들에게 아테나는 야생마를 길들일 수 있도록 도와주었고, 배를 만드는 사람들에게는 기술을 관장하였으며, 쟁기·갈퀴·멍에·전차 만드는 법을 가르쳐주었다.

세계여행 중 파르테논 신전에 들른 서정주는 아테나의 기술과 능력을 칭송하면서 전설로만 전해올 뿐 조용하기만 한 그녀에게 지금은 어디서 무엇을 하느냐고 묻는 형식으로 작품을 형상화하고 있다. 따라서 이 작품은 아테나의 정체성을 확인하는 것에 머무른다고 할 수 있다.

아테나 원형의 한 측면이 소설 『상어 가죽』에 잘 나타나 있다. 주인공인 라파엘은 '감정이 없는 여자' 푀도라에게 구애하지만 실패하고 말았다. 그는 아름다운 모습 속에 감춰진 수수께끼를 풀기 위해 그녀의 침실로 숨어들어가 하녀가 옷을 벗기는 모습을 훔쳐보았다. 처녀의 가슴을 지닌 그녀의 하얀 육체가 촛불 아래 반짝였다. 그녀에게 사랑을 못 받아들일 만한 신체적 결함이라고는 조금도 없었다. 그녀의 육체는 너무도 완벽해서 조각가가 은으로 만든 조상과도 같았다. 여기서 아무런 결함이 없다는 것은 '감정이 없는 여자'이며, '성별이 없는 여자'라는 점을 시사한다. 그녀는 너무도 완벽해서 접근할 방법이 없고, 사랑 역시 범접할 방법이 없었던 것이다.

그날 저녁 퓌도라는 하녀에게 자신의 머리카락이 너무 구불구불하다고 불평한다. 구불구불한 머리카락은 메두사의 뱀인 남근의 상징물로 환기되며, "남근의 상징물이 많다는 것은 거세를 의미한다."[74] 프로이트는 처녀 신인 아테나가 메두사의 상징물을 몸에 지닌 사실에 대해, 아테나 여신은 '접근할 수 없거나 혹은 성적 욕망을 격퇴시키는 여자'라고 지적하였다. 이 부분에서 아테나가 완벽하게 아름다운 용모를 지녔음에도 불구하고 남신과 사랑한 적이 없으며, 남성화된 모습으로 삶을 일관할 수밖에 없었던 원인을 찾을 수 있다.

서정주는 시 「복 받을 처녀」에서 "활 등 굽은 험한 산 코빼기를/ 산골의 급류 맵씨있게 감돌아 나리듯/ 난세를 사는 처녀들 복이 있나니.// 추석 달 밝은 밤도 더없이 슬기로워서/ 어느 골목 건달의 손에도 그 머리나 댕기/ 잡히지 않고/ 재치 있게 피할 줄 아는 처녀들은 복이 있나니." 하고, 어려움을 극복해나가는 아테나 원형의 지혜로움을 칭송하고 있다. 그런가 하면 「처용훈」에서는 아내의 불륜을 목격하고도 노래 부르고 춤을 춤으로써 역신을 몰아내는 처용의 '지혜'를 두둔하는 양상으로 형상화하고 있다.

이상에서 보았듯이, 아테나 원형의 구현은 「파르테논 신전 앞에서」를 제외하고 모두 아테나의 지혜로움에 초점이 맞춰져 있다. 이 사실은 서정주가 개인적으로 지혜로운 여성을 선호한 증거이기도 하지만, 가부장제사회문화가 그러한 여성상을 선호하고 필요로 했다는 논거이다. 아테나 원형은 용감하고 진취적인 측면을 강하게 지녔음

---

74 피터 브룩스, 이봉지·한애경 옮김, 앞의 책, 175쪽.

에도 불구하고, 가부장권의 고정관념은 그 양상을 배제하고 '지혜로
운 여성'의 측면만을 부각시킨 것이다. 가부장권은 여성을 '음'의 영
역에 가두고 사회활동의 영역에는 끼여 들이려고 하지 않았다. 용맹
스럽다거나 진취적인 성향은 남성에게만 해당하는 성징으로서, 여성
은 그러한 활동성을 억압당했다고 할 수 있다.

헤라 원형

　신화에 구현되는 헤라는 두 가지 상반된 측면의 성향을 지니고 있다. 하나는 결혼의 수호신으로서 의식에 따라 엄숙하게 섬김을 받는 여신의 모습이며, 다른 하나는 싸우기를 좋아하고 질투심 많은 아내로서 훼손된 여신의 모습이다.

　헤라는 올림포스의 주신(主神)인 제우스의 아내이자 신들의 여왕으로 섬김을 받았다. 그러나 제우스는 수없이 외도함으로써 결혼을 신성시하는 헤라를 모욕하였고, 헤라의 질투심과 복수심을 극도로 자극하였다. 헤라의 복수는 제우스의 상대 여성이나 그 자식, 또는 구경꾼을 가리지 않고 무차별적으로 행하여졌다. 따라서 헤라는 가정을 꾸려가는 '주부'의 역할보다는 '남편의 아내' 역할에 몰입한 원형이라고 할 수 있다. 제우스가 외도로써 복수심을 자극하지 않았다면, 헤라는 남편을 섬기는 아내의 역할에 충실했을지도 모른다.

　헤라는 결혼을 관장하는 여신이기도 했는데, 이와 비슷한 역할을 한 여신으로서 중국신화의 '여와'를 들 수 있다. 그녀는 인간을 창조한 후 인간이 번성할 수 있도록 결혼제도를 제정하여 시행하였다. 그리고 남녀를 짝 지워 결혼시키는 중매의 신이 되었다. "사람들은 여와를 결혼의 신으로 숭배하며 '고매(高媒)'라고 불렀는데, 고매는 '신성한 중매인' 곧 결혼의 신이라는 뜻이다. 해마다 봄이 되면 그들은 고매 신을 위하여 '태뢰(太牢)'라는 의식을 거행하였다. 젊은이들의 격렬한 춤과 음악으로 구성된 이 축제는 사실상 '오르기' 즉 광란의 축제였을 것이고, 원시시대에 남녀가 무리지어 짝짓기를 하던 군혼

(群婚) 혹은 잡혼(雜婚)의 습속을 재현한 것으로 보인다."[75] 지금도 중국의 묘족, 동족 등 남방의 소수민족은 봄철에 이와 비슷한 축제를 벌인다.

서정주의 시작품에서 헤라 원형은 「숙영이의 나비」와 「외할머니네 마당에 올라온 해일」, 「신부」, 「해일」, 「몽블랑의 신화」, 「겨울 소나무」 등에서 나타난다. 헤라 원형은 '결혼의 정조를 신성시하는 여성'과 '연적에 대한 복수를 무차별적으로 행하는 여성'의 원형으로 수렴되지만, 서정주의 작품에는 '결혼의 정조를 신성시하는 여성'의 원형만이 구현되고 있다.

시작품명	인물의 이름	원형의 양상
숙영이의 나비(권1, 149쪽)	숙영이	결혼의 정조를 신성시하는 여성
외할머니네 마당에 올라온 해일(권1, 224쪽)	외할머니	〃
신부(권1, 342쪽)	신부	〃
해일(권1, 343쪽)	외할머니	〃
몽블랑의 신화 (권2, 126~127쪽)	신부	〃
겨울 소나무(권3, 66쪽)	할머니	〃

다음은 고대 인도의 습속에 대한 목격담이다.

둘레가 15피트, 깊이가 5~6피트 되는 둥그런 무덤이 마련될 때까지 시체는 강가의 흙 위에 놓여 있었다. 어떤 주문이 낭송된 후 시체는 무

덤 밑으로 운반되어 얼굴을 북쪽으로 향한 채 앉아 있는 자세를 취하도록 하였다. 가까운 친척 한 사람이 불붙은 짚 다발을 시체의 머리 위에 던졌다. 열여섯 살 된 그의 아내가 앞으로 나와서 "후레 불! 후레 불!(비슈누 만세! 비슈누 만세!)"을 외치며 무덤을 일곱 바퀴 돌자 거기에 모인 사람들도 동참하였다. 이때 그녀가 무덤으로 뛰어내렸다. 그녀는 앉은 자세로 남편의 등에 얼굴을 묻고, 왼팔로 시체를 껴안았다. 그리고 오른손을 쳐들어 집게손가락을 세운 채 둥글게 회전시켰다. 그러자 흙이 그들 주위에 뿌려졌고, 무덤 안으로 두 사람이 들어와 주위의 흙을 밟기 시작하였다. 마침내 흙이 그들을 완전히 덮을 때까지 그녀의 손가락은 처음과 같은 방향으로 계속 돌았다. 그러는 동안 그녀의 어떤 친척도 이별의 눈물을 보이지 않았다. 그리고 슬픔이 보이지 않는 일상적인 곡(哭)과 애도가 시작되었다.[76]

이 글은 남편 '오시리스'를 부활시킨 '이시스' 신화에 근거하여, 그와 같은 삶을 추구한 고대인들의 이야기이다. 신화의 초점을 조금만 비껴서 생각하면, 남편의 삶과 죽음이 곧 아내의 삶과 죽음으로 연결된다는 측면에서 남편에게 순종적이던 가부장권의 아내의 모습을 유추할 수 있다. 열여섯 살밖에 안 된 아내가 죽은 남편을 따를 수 있는 행위의 근저에는 죽음도 결혼의 법을 훼손할 수 없다는 신념이 강하게 내재한다. 이러한 인식은 결혼의 정조를 신성시하는 헤라 원형의 양상과 동일한 맥락에서 이해할 수 있다.

신부는 초록 저고리 다홍치마로 겨우 귀밑머리만 풀리운 채 신랑하고

---

76 조셉 캠벨, 이진구 옮김, 앞의 책, 82쪽 참고.

첫날밤을 아직 앉아 있었는데, 신랑이 그만 오줌이 급해져서 냉큼 일어나 달려가는 바람에 옷자락이 문 돌쩌귀에 걸렸읍니다. 그것을 신랑은 생각이 또 급해서 제 신부가 음탕해서 그 새를 못 참아서 뒤에서 손으로 잡아다리는 거라고, 그렇게만 알곤 뒤도 안 돌아보고 나가 버렸읍니다. 문 돌쩌귀에 걸린 옷자락이 찢어진 채로 오줌 누곤 못 쓰겠다며 달아나 버렸읍니다.

그러고 나서 사십년인가 오십년이 지나간 뒤에 뜻밖에 딴 볼일이 생겨 이 新婦네 집 옆을 지나가다가 그래도 잠시 궁금해서 신부방 문을 열고 들여다보니 신부는 귀밑머리만 풀린 첫날밤 모양 그대로 초록 저고리 다홍치마로 아직도 고스란히 앉아 있었읍니다. 안스러운 생각이 들어 그 어깨를 가서 어루만지니 그 때서야 매운재가 되어 폭삭 내려앉아 버렸읍니다. 초록 재와 다홍 재로 내려앉아 버렸읍니다.

— 「신부」 전문

인용시는 『질마재 신화』의 첫 페이지에 실린 작품이다. 신랑은 첫날밤에 화장실에 가다가 옷자락이 문돌쩌귀에 걸리자, 신부가 붙잡는 줄 알고 음탕하다면서 집을 나간다. 사오십년이 흐른 뒤 돌아와 보니 신부는 첫날밤 모습 그대로 앉아 있었고, 안쓰러운 생각이 들어 어깨를 어루만지자 재가 되어 내려앉더라는 내용이다.

이 작품에서 신부의 행위는 결혼의 정조를 신성시하는 헤라 원형과 동일시될 수 있다. 결혼의 정조를 신성시하는 헤라 원형은 죽을 때까지 신랑이 돌아오기만을 기다리기 때문이다.

신랑이 옷고름 풀어주기만을 기다린 신부의 행위는 가부장제사회 문화가 여성에게 강요한 그릇된 정조관념의 표현이라고 할 수도 있다. 그렇다면 「신부」의 배경 설화는 조선시대 사대부가에서 만연한 정절비나 열녀비와 다를 바 없는, 그릇된 관념 혹은 사상이 만들어낸 산물로 이해해도 좋을 것이다.

바닷물이 넘쳐서 개울을 타고 올라와서 삼대 울타리 틈으로 새어 옥수수밭 속을 지나서 마당에 홍건히 고이는 날이 우리 외할머니네 집에는 있었읍니다. 이런 날 나는 망둥이 새우 새끼를 거기서 찾노라고 이빨 속까지 너무나 기쁜 종달새 새끼 소리가 다 되어 알발로 낄낄거리며 쫓아다녔읍니다만, 항시 누에가 실을 뽑듯이 나만 보면 옛날이야기만 무진장 하시던 외할머니는, 이때에는 웬일인지 한 마디도 말을 않고 벌써 많이 늙은 얼굴이 엷은 노을빛처럼 불그레해져 바다쪽만 멍하니 넘어다 보고 서 있었읍니다.

그때에는 왜 그러시는지 나는 아직 미처 몰랐읍니다만, 그분이 돌아가신 인제는 그 이유를 간신히 알긴 알 것 같습니다. 우리 외할아버지는 배를 타고 먼 바다로 고기잡이 다니시던 어부로, 내가 생겨나긴 전 어느 해 겨울의 모진 바람에 어느 바다에선지 휘말려 빠져 버리곤 영영 돌아오지 못한 채로 있는 것이라 하니, 아마 외할머니는 그 남편의 바닷물이 자기집 마당에 몰려 들어오는 것을 보고 그렇게 말도 못 하고 얼굴만 붉어져 있었던 것이겠지요.

—「해일」 전문

「해일」과 자매시인 「외할머니네 마당에 올라온 해일」도 결혼의 정조를 신성시하는 헤라 원형을 구현하고 있다.

외할먼네 마당에 올라온 해일엔요,
예순 살 나이에 스물 한 살 얼굴을 한,

그리고 천 살에도 이젠 안 죽기로 한

신랑이 돌아오는 풀밭길이 있어요.

생솔가지 울타리, 옥수수밭 사이를

몰려오는 해일 속 신랑을 마중 나와

하늘 안 천 길 깊이 묻었던 델 파 내서

새각시 때 연지를 바르고, 할머니는

다시 또 파, 무더기 웃는 청사초롱에

불 밝혀선 노래하는 나무나무 잎잎에

주저리 주저리 매어단 듯, 할머니는

갑술년이라던가 바다에 가 묻혔다가

해일 타고 넘쳐 오는 할아버지 넋 앞에

열 아홉 살 첫사랑 쩍 얼굴을 하시고.

─「외할머니네 마당에 올라온 해일」 전문

서정주는 산문집에서 해일이 밀려오던 날의 정황을 다음과 같이 기술하고 있다.

내가 알 리 없었던 할머니의 반가움을 어른이 되어 나는 아노라 한다. 먼저도 잠깐 말한 것처럼, 외할아버지는 먼 바다에 나가 그대로 물귀신이 돼 버린 사람인데, 이 마당까지 찾아든 해일에서 남편과 일종의 상봉의 기쁨을 가지지 않으셨을까 하는 데에 생각이 미친 뒤부터다. 이렇게 생각하면서 회고해 보니, 그때 웃으셨을 때 그 분의 거동이며 얼굴빛까지가 꼭 신부의 것 같았다.[77]

서정주의 외할아버지는 젊은 나이에 바다에 나가서 돌아오지 않았다. 때문에 외할머니는 두 딸과 어린 아들을 혼자서 키우며 살아야 했다. 외할머니네 집은 질마재에서도 바다에 근접해 있었고, 집 옆으로는 소요산에서 발원된 개울물이 바다로 흘러들어가고 있었다. 해일이 밀려오든지 만조가 되면 바닷물은 개울을 거슬러 올라와 외할머니네 마당까지 차오르곤 하였다. 어린 서정주는 밀물 따라 흘러들어온 망둥이 새끼며 새우를 찾아다니느라 분주했지만, 외할머니는 불그레한 얼굴로 밀물만 바라보았다. 해일에는 외할아버지의 영혼이 실려 있어 마치 그리운 상봉이라도 하는 듯했다.

외할머니는 해일을 통해 예순 살 나이에도 스물한 살 얼굴을 하고, 천 살에도 안 죽기로 한 외할아버지를 만나는데, 그와 같은 상봉은 세계 여러 민담에서도 확인할 수 있다. 민담에 등장하는 사람은 많은 시간이 경과해도 죽을 당시의 모습을 그대로 지니고 나타난다. 죽을 때의 나이에 따라 영혼도 젊거나 늙은 모습이며, 키가 크거나 작거나에 따라 영혼의 모습도 그대로이다. 어릴 적 육체를 떠난 영혼은 계속 어린이로 존재하기 때문에 결코 어른이 되지 못한다. 때문에 스물한 살 젊은 나이에 이승을 뜬 외할아버지는 천 살이 되어도 스물한 살의 모습으로 기억될 수밖에 없다.

헤라 여신을 특징짓는 또 다른 양상은 아내의 역할에 골몰한다는 것이다. 이는 헤스티아 원형의 여성이 살림을 꾸리는 주부의 역할에 중점을 두는 것과 다를 뿐 아니라, 아테나 원형의 여성이 자신의 성장에 치중하면서 남편의 바람기에 별 신경을 쓰지 않는 것과도 다른 양상이다. 시 「해일」에서 남편만을 해바라기하는 외할머니의 행위

---

77 서정주, 「질마재」, 앞의 책, 22쪽.

는 '남편의 아내' 역할에 집착하는 헤라 원형이 구현된 사례라고 하겠다.

인용한 작품 외에도 서정주가 구현하는 헤라 원형은 대부분 돌아오지 않는 남편을 일생 동안 기다리는 양상으로 형상화되는데, 「숙영이의 나비」에서는 죽은 남편을 따라서 죽기에 이른다. 이처럼 헤라 원형이 '결혼의 정조를 신성시하는 여성'으로만 구현된 것은, 서정주 혹은 사회문화가 정조관념을 얼마나 중요시했는가 짐작할 수 있는 근거라고 하겠다. 헤라는 남편의 연인에게 가혹하게 복수하는 경향이 있었지만, 서정주는 그러한 양상의 시를 한 편도 창작하지 않았다. 이것은 남편의 정인에게 복수하는 것을 금기사항으로 정해놓고, 아내는 모든 것을 이해하며, 참고 기다려야 한다는 가부장권의 논리를 서정주 또한 깊이 체화하고 있었기 때문이다.

데메테르 원형

데메테르는 곡식의 수호신으로서 수확을 관장하였고, 강한 모성 본능을 지니고 있었다. 데메테르의 모성 본능 원형은 아이를 보살피거나 육체적·심리적·영적으로 남들을 보살핌으로써 충족되었다. 음식의 보급자로서의 데메테르는 다른 사람들이나 자식들에게 음식을 해먹임으로써 만족을 느끼고, 또한 자기가 만든 음식을 맛있게 먹는 것을 보며 그들의 어머니가 된 듯 만족해하는 여성의 원형이다.

인간은 근원으로 돌아가고자 하는 모태 회귀(母胎回歸) 본능을 지니고 있다. 고향을 그리워하고 천진했던 어린 시절로 돌아가고 싶어 히는 마음은 모태 회귀 본능에서 기인하며, 이것은 종교나 문학에서 여성성을 통해 구원받고자 하는 소망으로 표현되기도 한다. 단테에게는 여성 구원자로서 베아트리체가 있었고, 기독교에는 성모 마리아가 있으며, 불교에 관음보살이 있다면 그리스 신화에는 데메테르가 있다.[78]

데메테르의 모성애는 강하고 지속적이며 결코 포기하는 일이 없다. 외동딸 페르세포네가 하데스에게 납치되었을 때 그녀는 온 세상을 헤매며 찾아다녔다. 지치면 노천에서 비를 맞거나 바람과 부딪치며 아흐레 동안을 앉아 있기도 했다. 딸을 잃었을 때의 분노와 상실감은 데메테르로 하여금 대지를 돌보지 않도록 하였으며, 황폐화된 대지는 곡식이 여물지 않고 꽃이 피어나지 않았다. 데메테르의 자식

---

[78] 정재서, 앞의 책, 101~102쪽 참고.

에 대한 집착은 이처럼 강하고 무조건적이었다.

서정주의 작품에서 데메테르 원형은 '자식에게 집착하는 어머니'와 '대지를 경영하는 어머니'의 양상으로 나타난다.

시작품명	인물의 이름	원형의 양상
어머니(권1, 265~266쪽)	어머니	자식에게 집착하는 어머니
내 아내(권1, 305쪽)	아내	〃
음력 설의 영상 (권1, 311~312쪽)	누님	대지를 경영하는 어머니
나룻목의 설날 (권1, 313~314쪽)	누님	〃
소자 이 생원네 마누라님의 오줌 기운(권1, 345쪽)	이생원 마누라	〃
외할머니의 뒤안 툇마루 (권1, 348쪽)	외할머니	자식에게 집착하는 어머니
회갑동일(권1, 462쪽)	할머니	〃
인심 좋은 또레도 (권2, 108~109쪽)	또레도 사람들	〃
염병(권2, 440쪽)	어머니	〃
진부령의 처가집(권3, 35쪽)	장모님	〃
초가지붕에 박꽃이 필 때 (권3, 510쪽)	어머니	〃
맑은 여름밤의 별하늘 밑을 아버지 등에 업히어서 (권3, 511쪽)	아버지	〃
여름밤 소쩍새와 개구리가 만들던 시간(권3, 512쪽)	아버지	〃
계피(권3, 541쪽)	나	〃
마스끄바에 안개 자욱한 날 (권3, 564쪽)	마스끄바의 할머니	〃
우리나라 어머니(80소년, 84쪽)	우리나라 어머니	〃

자식에게 집착하는 어머니

최초의 부모에 대한 페르시아 전승을 보면, 부모는 태초에 하나의 나무처럼 자라다가 분리되고 다시 화합하여 자식을 낳지만, 자식이 너무 사랑스러워 삼켜버리고 말았다. 신은 불상사의 재발을 막기 위해 자식에 대한 부모의 사랑을 99퍼센트로 줄였다. 부모가 아기들이 너무 귀여워 먹어버리고 싶다고 생각하게 되는 것은 이러한 이유 때문이다.[79] 이처럼 자식에 대한 무한정한 사랑은 자칫 자식에 대한 집착으로 변모하기 쉽다.

그리스 신들 가운데 자식에 대한 집착이 강했던 신은 데메테르이며, 기대가 강했던 신으로는 제우스를 꼽을 수 있다. 둘 다 자식에게 집착하지만, 제우스는 권력욕과 명예욕이 강해서 자식이 최고의 권력자 혹은 통치자가 되어주기를 바란 반면, 데메테르는 강한 보호 본능이 집착으로까지 발전한다는 차이를 보인다.

서정주의 시작품에서 데메테르의 모성 원형은 아내나 누이에게서 나타나기도 하는데, 그것은 모든 여성들이 모성 원형을 지니고 있기 때문이다.

나 바람 나지 말라고

아내가 새벽마다 장독대에 떠 놓은

삼천 사발의 냉숫물.

내 남루와 피리 옆에서

---

79 조셉 캠벨·빌 모이어스 대담, 이윤기 옮김, 앞의 책, 372면.

삼천 사발의 냉수 냄새로
항시 숨쉬는 그 숨결 소리.

그녀 먼저 숨을 거둬 떠날 때에는
그 숨결 달래서 내 피리에 담고,

내 먼저 하늘로 올라가는 날이면
내 숨은 그녀 빈 사발에 담을까.

— 「내 아내」 전문

일본사람 三品彰英의 기록에 의하면, "조선에서는 부인이 정월 보름날 밤에 아직 누구도 긷지 않은 정수를 길어와 사용하는 사람에게 행복이 깃든다고 하여 아침 일찍 일어나 경쟁적으로 물을 길어온다. 이렇게 물을 길어오면 행복이 깃든다고 보는 까닭은 이 날 밤 오전 0시경에 정수중(井水中)에 달이 비치는데 그것을 용란(龍卵)이라 부르며, 그 용란을 길어 올린 자는 용이 승천하는 것과 같은 행운아를 낳을 수 있고, 또 돈이 된다."[80]라고 언급되어 있다. 그러나 우리의 어머니·할머니들이 정화수를 떠놓은 이유는 행운아를 낳게 해달라든가 돈을 벌게 해달라는 것보다 더욱 광범위한 의미에서 행해졌다. 그것은 일종의 민속신앙 혹은 생활문화로서 가족의 건강을 비롯해 개인의 모든 소망을 담은 의식이었다.

인용한 작품은 남편의 바람기를 잠재워달라고 아내가 정화수를 떠놓고 비는 형식으로 형상화되고 있다. "나 바람나지 말라고/ 아내가

---

80 三品彰英,『古代祭政과 穀靈信仰』, 296~298쪽, 박종성·강대진,『신화의 세계』, 한국방송통신대학교출판부, 2007, 10~11쪽에서 재인용.

새벽마다 장독대에 떠 놓은/ 삼천 사발의 냉숫물”이라는 표현에서 아내를 자칫 ‘남편의 아내’ 역할에 골몰하는 헤라 원형으로 오인할 수 있지만, 숙지해보면 그렇지 않다는 것을 알 수 있다. 데메테르의 모성성은 자식에게만 향하는 것이 아니라 사랑하는 사람에게도 투사되는데, 여성들이 사랑하는 남성을 모성애로써 보살피는 것은 그러한 이유 때문이다. 서정주는 어머니 같은 아내의 기도 덕분에 남루한 삶을 지탱할 수 있었던 것이다.

“나 바람나지 말라고”라는 형상화에는 실제로 바람피우지 말라는 의미 외에 데메테르 어머니가 지닐 수 있는 모든 걱정이 포함되어 있다. 우리나라 대부분의 어머니들은 새벽마다 장독대에 정화수를 떠놓고 소원을 빌었다. 정갈하게 세수하고 머리를 빗은 후 아무도 마시지 않은 처음의 물로써 의식을 치렀는데, 기도의 내용은 자식을 위한 기도뿐 아니라 가족이 성취하고자 하는 바가 이루어지게 해달라는 것이었다. 이러한 논의로써 ‘내 아내’는 데메테르의 ‘자식에게 집착하는 어머니’의 원형을 행사하는 인물임에 틀림없다고 하겠다.

> 아들이 여름에 염병에 걸려
>
> 외딴집에 내버려지면
>
> 우리나라 어머니는
>
> 그아들 따라 같이 죽기로 작정하시고
>
> 밤낮으로 그아들 옆에 가 지켜내면서
>
> 새벽마다 맑은 냉수 한사발씩 떠놓고는
>
> 절하고 기도하며 말씀하시기를
>
> “이년을 데려가시고
>
> 내자식은 살려주시옵소서”

하셨나니……

그러고는 낮이면

가뭄에 말라가는 논도랑을 찾아

거기서 숨넘어가는 송사리떼들을

모조리 바가지에 쓸어모아 담어 가지고는

물이 아직 안마른 못물로 가서

거기 넣어주면서

"너회들도 하느님께 사징을 하여

내아들을 도와 살려내게 해다우"

하시며

거듭 거듭 거듭 거듭 당부하고 계시었나니…….

— 「우리나라 어머니」 전문

이 작품은 서정주가 장티푸스에 걸려 살아날 희망 없이 수용소에 있을 때, 사지(死地)까지 따라와 일구월심 자식의 완쾌를 비는 데메테르 원형을 구현하고 있다. 데메테르가 몸을 아끼지 않고 페르세포네를 찾아 헤맸던 것처럼, 데메테르 원형의 어머니는 아들의 생명을 구하기 위해 목숨까지 내어놓는다.

아버지는 내 임종을 장식해주라고 조그만 꽃상여를 당부한 채 집을 떠나고, 어머니만이 도깨비골의 황토무덤들 밑 수용소 구석에 처박힌 장자를 따라와 잠도 자지 않고 기도하였다. 마침 지독한 가뭄이어서 말라 들어가는 논귀에 몰려 뛰고 있는 피라미들을, 그네는 나날이 물이 안 마른 못물에 방생하면서, 자식을 살려달라고 새벽마다 빌고 있었다.[81]

나이지리아 동쪽에 사는 '이보족'은 어떤 사람이 살아 있는 동안 영혼이 그의 몸을 떠나 특정한 동물 속에 거주한다고 생각하였다. 이것을 '이시 아누(ishi anu)' 곧 '동물 변신'이라고 하는데, 사람의 영혼이 머무는 동안 그 동물이 죽기라도 하면, 그 사람도 죽게 된다고 믿었다.[82] 서정주의 어머니가 자식을 살리기 위해 물고기를 방생한 행위의 근저에는 이들과 동류의 믿음이 내재한다고 할 수 있다. 자식의 영혼이 물고기에 깃들어 있기라도 한 듯, 어머니는 물고기를 살려내는 데 혼신을 다하였기 때문이다.

데메테르 원형의 어머니가 자식에게 무조건적으로 집착한 만큼, 어머니는 자식을 살릴 수 있다면 목숨을 위협하는 상황도 두려워하지 않았다. 서정주에 의하면, 어머니는 한 번도 자식에게 효행을 부탁하는 말이나 눈치를 나타낸 일이 없었다고 한다. 6·25동란이 일어나자 어머니는 큰아들네의 양식이 줄어드는 걸 걱정하여 막내딸과 함께 오류백 리를 걸어 시골로 내려갔다. 아들들은 모두 남쪽으로 피난했는데, 전쟁의 두려움을 무릅쓰고 장거리 도보를 감행한 것이다.[83]

이것은 서정주의 어머니뿐만 아니라 대부분의 어머니들이 행사할 수 있는 행위이기도 하다. 가부장권이 강요하고 선호한 것이 가족에게 희생하는 어머니였기 때문이다. 한국인의 생활문화를 지배한 유교 사상은 여성을 '삼종지도(三從之道)'로 얽어매고, 그를 따르는 것이 미덕이라고 강조하였다. 어려선 아버지의 뜻에 따르고, 결혼해선 남편의 뜻에 따라야 하며, 남편이 죽은 후에는 자식의 뜻에 따라야 한다는 사회·도덕적 윤리가 「우리나라 어머니」에서 극명하게 재현

---

81 서정주, 「문치헌밀어」, 『미당수상록』, 182쪽.
82 제임스 조지 프레이저, 이용대 옮김, 앞의 책, 870쪽.
83 서정주, 「어머니 찬」, 『서정주문학전집』 제4권, 129~130쪽.

되고 있다.

> 마스끄바에 안개 자욱한 날
>
> 호텔 뒷마당에 모이는 떠돌이 갈가마귀떼들에게
>
> 연거푸연거푸 모이를 뿌려주고 있던 러시아 할머니.
>
> 그러다가는 호텔직원에게 쫓기어
>
> 쭈밋쭈밋 어디론가 사라져가던 할머니.
>
> 무엇 때문에 그 할미니는 그린 짓을 하고 있었을까?
>
> 그 갈가마귀떼 속에는
>
> 죽어가서 거기 끼인
>
> 자기 아들딸이라도 들어 있다고 생각하신 것일까?
>
> 아니면 또 무엇 때문이었을까?
>
> 마스끄바에 안개 끼는 날이나
>
> 이슬비 오는 날
>
> 갈가마귀 까욱까욱 우는 소리 들리면
>
> 내 마음속엔 언제나
>
> 이 할머니의 모습이 떠오른다.
>
> —「마스끄바에 안개 자욱한 날」 전문

시 「마스끄바에 안개 자욱한 날」에는 호텔 직원들에게 쫓기면서도 갈가마귀떼에게 모이를 주는 할머니가 등장한다. 어려운 상황에서도 갈가마귀들의 먹이 주기에 집착하는 할머니는 데메테르 원형의 자식에게 집착하는 어머니의 양상을 구현한다. 데메테르 원형의 어머니들은 밖에서 음식을 얻으면, 대부분 먹지 못하고 집으로 가져왔다. 남의 이목을 감수하면서도 자식에게 음식을 먹이려고 애쓰는 어

머니의 모습은, 호텔 직원들에게 쫓기면서도 갈가마귀에게 모이를
주는 할머니의 행위와 동일한 선상에서 이해할 수 있다.

갈가마귀들을 자식이라고 여기지 않는다면, 할머니가 그렇게 행동
할 수 없을 것이라고 시 속의 화자는 말한다. "그 갈가마귀떼 속에는
/ 죽어가서 거기 끼인/ 자기 아들딸이라도 들어 있다고" 생각하는 모
양이라는 것이다. 그렇지 않다면 호텔 직원들에게 쫓기면서까지 그
들에게 모이를 주려고 애쓰지 않을 것이기 때문이다.

🌀 대지를 경영하는 어머니

대지모신(大地母神) 혹은 지모신이란 말은 여성의 생리적인 특성
에서 착안된 말이다. 여성의 몸은 아기를 임신하고 출산한다는 점에
서 대지와 같은 속성을 지니는데, 곡물이 자라나는 대지가 아기를 출
산하는 여성의 몸에 비유된 것이다. 대지는 농작물을 비롯하여 만물
이 자라는 터전이기 때문에 신화에서 흔히 어머니와 같은 여신, 곧
모신(母神)으로 여겨졌다.[84] 그리스 신화의 데메테르 역시 대지의 신
이면서 곡물과 농업을 주관하였다.

데메테르는 곡식을 여물게 하고 꽃이 피어나게 함으로써 '대지를
경영하는 어머니'의 성향을 강하게 지닌다. '대지를 경영하는 어머
니'의 원형은 시 「음력 설의 영상」과 「나룻목의 설날」, 「소자 이 생
원네 마누라님의 오줌 기운」, 「인심 좋은 또레도」 등에서 구현되고
있다.

---

[84] 정재서, 앞의 책, 74쪽.

소자 이 생원네 무우밭은요. 질마재 마을에서도 제일로 무성하고 밑 둥거리가 굵다고 소문이 났었는데요. 그건 이 소자 이 생원네 집 식구들 가운데서도 이 집 마누라님의 오줌 기운이 아주 센 때문이라고 모두들 말했읍니다.

옛날에 신라 적에 지도로대왕은 연장이 너무 커서 짝이 없다가 겨울 늙은 나무 밑에 장고만한 똥을 눈 색시를 만나서 같이 살았는데, 여기 이 마누라님의 오줌 속에도 장고만큼 무우밭까지 고무시키는 무슨 그런 신바람도 있었는지 모르지. 마을의 아이들이 길을 빨리 가려고 이 댁 무 우밭을 밟아 질러가다가 이댁 마누라님한테 들키는 때는 그 오줌의 힘 이 얼마나 센가를 아이들도 할수없이 알게 되었읍니다. ─「네 이놈 게 있거라. 저놈을 사타구니에 집어 넣고 더운 오줌을 대가리에다 몽땅 깔 기어 놀라!」 그러면 아이들은 꿩 새끼들같이 풍기어 달아나면서 그 오 줌의 힘이 얼마나 더울까를 똑똑히 잘 알 밖에 없었읍니다.

─「소자 이 생원네 마누라님의 오줌 기운」 전문

초기 인더스 계곡의 강력한 여신의 역할을 보여주는 증거물로서 하랍파에서 발견된 인장을 들 수 있다. 인장 앞면의 오른쪽에는 벌거 벗은 여성이 다리를 벌린 채 거꾸로 새겨져 있는데, 자궁에서는 식물 이 자라난다. 이 부조에서 확인할 수 있는 것은 여성 생식기에 대한 상상력이 식물의 생장으로까지 증폭되고 있다는 사실이다.[85] 이처 럼 신화적 상상력에서는 여성의 출산과 대지의 수확이 긴밀하게 관 련되어 있다.

중앙아메리카의 '피필족'은 씨뿌리기 40일 전부터 아내와 별거하

---

85 조셉 캠벨, 이진구 옮김, 앞의 책, 193쪽.

다가 씨뿌리기 전날 밤에 격정을 한꺼번에 쏟아 부었을 뿐 아니라, 첫 번째 씨앗을 묻는 순간 성행위를 하도록 특정한 인물을 정해두기도 하였다. 중앙아프리카의 '바간다족'은 여성의 출산과 대지의 풍요에 대한 관련성을 주장하면서 아이를 못 낳는 아내는 밭에 열매가 열리는 것을 방해한다는 이유로 쫓아내었다. 반대로 쌍둥이를 낳아 생산력을 과시한 부인은 바나나 나무의 수확을 늘여줄 수 있는 자로서 인정하였다.[86]

이집트 신화의 '이시스'는 '밀'과 '보리'를 발견한 장본인이다. 그녀는 '푸른 것의 창조주', '대지의 녹색을 닮은 여신', '빵의 여신', '맥주의 여신', '풍요의 여신'으로 불리었다. 이시스는 대지를 덮은 신록의 창조주일 뿐 아니라 여신으로 인격화되는 푸른 곡식밭 그 자체이기도 하였다.[87] 이러한 이시스를 그리스인들은 곡물의 여신으로 간주하여 데메테르와 동일시하였다. 이 같은 사실은 일찍부터 데메테르가 대지를 경영하는 어머니로서 인식되어왔다는 증거이기도 하다.

인용시에서 "소자 이 생원네 무우밭"의 무는 "질마재 마을에서도 제일로 무성하고 밑둥거리가 굵"은데, 그 이유는 "이 집 마누라님의 오줌 기운이 아주 센 때문"이다. 오줌 기운이 세다는 것은 출산력이 왕성하다는 의미이며, 출산력이 왕성하다는 것은 데메테르의 생산성과 직결된다. 보편적 인식으로 오줌줄기가 세고 굵다는 것은 성기능이 왕성하다는 의미로 받아들일 수 있다. 성기능이 왕성할 때는 오줌이 수월하게 배출되지만, 성기능이 저하되면 오줌줄기가 약해지기 때문이다. 그렇다면 오줌 기운이 센 이 생원 마누라는 성기능이 왕성

할 뿐 아니라 생식력 또한 풍부한 여성이라고 할 수 있다. 여성의 출산력이 곡식의 생장과 관련된다고 할 때, 이 생원 마누라는 대지를 경영하는 데메테르로서 부족함이 없다.

신화적 상상력에서 곡물 경작의 풍흉을 마누라의 생식력과 관련짓는 것은 얼마든지 가능하다. 오리노코 강변의 인디언들은 "돌도끼로 삼림을 베고, 나무를 불태우고, 불길 속에서 굳어진 땅을 갈아엎어 경작지를 개간하지만, 옥수수를 파종하고 채소를 심는 일은 여자들의 몫"[88]으로 남겨 놓았다. 아이를 낳는 일을 여자들만이 할 수 있듯이, 종자를 품고 수확하는 것 또한 여자들의 고유 영역이라는 인식 때문이었다.

---

[88] 위의 책, 492쪽.

남성인물의 원형

　당대의 문화는 그 시대의 가치 기준이나 의식의 형성에 영향을 미칠 뿐 아니라, 법의 제정이나 관습의 정착에도 영향을 준다. 인류 역사를 오랫동안 지배해온 가부장제사회문화의 고정관념은 여성뿐 아니라 남성들까지도 편안하게 살아갈 수 없도록 만들었다. 가부장권이 요구하고 선호하는 남성들은 환호했지만, 그렇지 않은 남성은 거부하며 소외시켰기 때문이다.

　이 연구에서는 『우리 속에 있는 남신들』에서 진 시노다 볼린이 탐구한 많은 원형 가운데, 헤파이스토스·제우스·포세이돈·하데스·디오니소스 원형만을 차용하기로 하겠다. 서정주의 시작품에 등장하는 인물들의 행동 방식이 그들의 양상을 뚜렷이 구현한다고 보았기 때문이다.

헤파이스토스 원형

헤파이스토스는 장인·발명가·외톨이로 상징되는 대장간의 신으로서 화산의 불을 이용하여 쇠를 다스렸던 올림포스의 금속 세공장이었다. 그를 숭배하는 사람들은 헤파이스토스에게 화산의 파괴력을 조절해 달라고 빌었다. 그는 튼튼한 목을 가졌고, 가슴에 털이 많이 났으며, 뒤뚱거리며 걷는 큰 체구의 남성으로 묘사되었다. 그가 절름발이가 된 이유에는 두 가지 견해가 있는데, 태어날 때부터 장애를 지니고 있었다고도 하고, 제우스와 헤라가 싸울 때 어머니 편을 들자 화가 난 제우스가 던져버려서 그렇게 되었다고도 한다.

탁월한 장인인데도 불구하고 올림포스에서 내쫓긴 헤파이스토스처럼 이 원형을 지닌 인물들은 영웅적 태도·고상한 정신적 가치·권력·적응력·예견력에 가치 판단의 기준을 두는 가부장권에서는 인정받지 못하였다. 하늘의 남신 문화는 지상의 것, 곧 어머니 대지·열정적인 감정·본능·육체·여성 그리고 헤파이스토스 원형을 지닌 남성들의 가치를 인정하지 않은 것이다. 유아 때 버림받은 헤파이스토스에게 어른이 되어서도 올림포스가 불리한 것은 마찬가지였다. 그는 올림포스 신들에게 우스꽝스러운 익살꾼, 취객 또는 부정한 아내를 둔 남편 취급을 당하였다.

서정주의 시작품에서 헤파이스토스 원형은 두 가지 양상으로 구현된다. '절망을 창조로 승화시키는 장인'과 '학대받은 아들'의 원형이 그것이다.

시작품명	인물의 이름	원형의 양상
자화상(권1, 33~34쪽)	에미의 아들	절망을 창조로 승화시키는 장인
문둥이(권1, 37쪽)	문둥이	〃
바다(권1, 58쪽)	청년	〃
바위옷(권1, 339쪽)	이화중선	〃
워싱턴 DC(권2, 37쪽)	워싱턴 DC의 깜둥이들	학대받은 아들
아프리카 흑인들의 근일의 자신만만(권2, 100~101쪽)	아프리카 흑인	〃
이화중선이 이얘기 (80소년, 34쪽)	이화중선	절망을 창조로 승화시키는 장인

절망을 창조로 승화시키는 장인

헤파이스토스는 제우스의 기대에 어긋난 자식이었을 뿐 아니라, 권력과 외모를 중시하는 제우스 사회에서 그 진면목을 인정받지 못하였다. 그렇지만 헤파이스토스와 아프로디테의 결합은 물건을 만들 때마다 접신한 것 같은 영감이 생성되면서 그를 창조적인 장인으로 거듭나도록 하였다. 헤파이스토스는 영감에 찬 매개자가 되고, 그를 통하여 아름다운 사물이 모습을 드러내었다. 대장간의 불과 도구를 이용하여 그는 원재료를 아름다운 물건으로 탄생시켰다. 헤파이스토스와 아프로디테 사이에 자식은 없었지만, 수많은 창조물이 그들 결합의 결과물로서 자식을 대신하였다.

아프로디테는 결혼하고도 많은 남성들과 연인 관계를 유지함으로써 헤파이스토스를 분노와 절망으로 치닫도록 부추기는 역할도 하였다. 하지만 헤파이스토스는 제우스 사회에서 대우받지 못하는 국외

자로서의 절망, 굴욕의식과 열등감, 아내의 바람기마저도 승화시켜 최고의 창조물을 만들어내는 장인으로 거듭났다.

서정주의 시작품에서 절망을 창조로 승화시키는 헤파이스토스 원형이 구현된 것으로는 「자화상」이 대표적이다. 「자화상」은 서정주의 첫 시집, 첫 페이지에 실린 작품으로 많은 논자들이 연구 대상으로 삼아왔다. 논자들은 이 작품에서 시인으로서의 서정주의 미래를 예견했는데, 조연현은 "23세라는 연소한 나이에 불리어진 이 작품 속에 서정주의 숙명적인 운명의 행로가 예언되어 있으며, 굴욕과 유랑과 천치와 죄의식은 서정주의 전 생애를 통해 버릴 수 없는 업고가 되어버렸다."[89]고 언급하였다.

> 애비는 종이었다. 밤이기퍼도 오지않았다.
> 파뿌리같이 늙은할머니와 대추꽃이 한주 서 있을뿐이었다.
> 어매는 달을두고 풋살구가 꼭하나만 먹고 싶다하였으나…… 흙으로 바람벽한 호롱불밑에
> 손톱이 깜한 에미의아들.
> 갑오년이라든가 바다에 나가서는 도라오지 않는다하는 외할아버지의 숯많은 머리털과
> 그 크다란눈이 나는 닮었다한다.
> 스물세햇동안 나를 키운건 팔할이 바람이다.
> 세상은 가도가도 부끄럽기만하드라
> 어떤이는 내눈에서 죄인을 읽고가고
> 어떤이는 내입에서 천치를 읽고가나

---

89 조연현, 「서정주론」, 『서정주 연구』, 동화출판공사, 1975, 10쪽.

나는 아무것도 뉘우치진 않을란다.

찰란히 티워오는 어느아침에도

이마우에 언친 시의 이슬에는

멫방울의 피가 언제나 서꺼있어

볓이거나 그늘이거나 혓바닥 느러트린

병든 숫개만양 헐덕어리며 나는 왔다.

—「자화상」 전문

시 「자화상」에서 헤파이스토스 원형의 인물은 "손톱이 깜한 에미의 아들"이다. 손톱이 까만 어미의 아들은 "애비는 종이었다. 밤이 기퍼도 오지 않었다."라고 술회하는데, 애비를 종이라고 형상화한 이유를 다음의 산문에서 유추할 수 있다.

"그것도 중앙의 교주인 동복영감으로 말하자면 내 아버지와는 동등한 신분의 인물이 아니라, 내 아버지는 대지주인 동복영감의 비서 출신의 한 농감에 지나지 않았던 만큼 어린 내 마음이 느끼는 창피는 한결 더 할밖에 없었다."[90]

서정주의 아버지(서광한)는 중앙고등보통학교의 교주인 동복영감(김기중) 댁의 농감으로 일했다. 조선시대 말엽에 전남 동복고을의 현감을 지냈다고 하여 동복영감이라고 불리는 김기중은 부안의 대농이었고, 서정주의 아버지는 그 집의 일을 봐주고 월급을 받는 처지였다. 서정주는 김기중이 설립한 중앙고등보통학교의 입학시험에 낙방했으나 보결생으로 들어갔고, 그 사실이 달갑지 않았던 그는 열등

---

90 서정주, 「문치헌밀어」, 앞의 책, 177쪽.

감에 시달리다가 아버지에게 농감 일을 그만두기를 간청하였다. 아버지가 그 일을 그만둔 사건에 대해, 아버지가 일생 동안 굳은 바위 속에서 나와 자신에게 양보했던 단 한 번의 사건이라고 서정주는 회상한다. 그 일이 실행된 것은 서정주가 중앙학교에서 퇴학당하고, 서대문 형무소를 들러 나온 뒤였는데, 아버지는 아들의 방황이 자신 때문이라고 생각했던 모양이다.

김기중의 양아들 인촌 김성수는 일하는 사람들의 나이를 고려해서 자신보다 연상인 서정주의 아버지에게는 꼭 존댓말을 썼다. 하지만 동복영감의 소실 태생인 인촌의 아우는 훨씬 연상인 사람에게도 반말을 써서 집에 오신 아버지는 늘 한탄하곤 했다. 그것을 보아온 서정주는 마음에 걸려 지내다가 아버지에게 그만둘 것을 채근한 것이다. 아버지는 인촌 댁 일을 그만둔 후 식구들을 이끌고 고창 읍내로 이사하였다.[91]

서울로 올라간 서정주는 교동의 동복영감네 바로 앞집인 김철중 댁에서 하숙하였다. 김철중은 한글학자 김선기의 아버지로서 동아일보사에 근무하고 있었다. 아버지의 배려로 환경이 좋은 집에서 하숙하게 되었지만, 그는 달갑게 받아들이지 않고 열등의식만 키워갔다. 국민학교에서 우등생이었던 그가 13등을 하면서 창피함은 더욱 고조되었고, 이러한 이유들은 서정주를 제우스 사회에 적응하지 못하는 헤파이스토스로 만들어갔다.

이렇게 좋은 환경에서 하숙하면서 마음 편안히 만족하는 아이가 되었더라면 좋았을 것을, 그렇게 되지 못하고 창피함을 느낀 것이 문제였다. 학교 성적도 1학년 1학기에 겨우 13등을 하여 국민학교 때

---

91 ______, 「아버지 서광한과 나」, 『서정주문학전집』 제5권, 20쪽.

와 비교하면 열등의식에 사로잡히지 않을 수 없었다.[92]

시 「자화상」에서 서정주는 열등감과 불만, 결핍의 감정에 지배당하는 헤파이스토스 원형의 인물을 구현한다. 서정주 외에 등장하는 인물들도 일관적으로 결핍되고 음울한 분위기를 자아내는데, 애비는 종살이를 하며 밤이 깊도록 돌아오지 못하는가 하면, 할머니는 파뿌리같이 늙어서 힘과 열정을 상실하였고, 어미는 입덧을 하여 풋살구가 먹고 싶지만 그마저도 먹을 수 없이 구차하다. 손톱이 까만 어미의 아들도 어미처럼 불결한 분위기를 자아내고 있으며, 그를 닮았다는 외할아버지조차 바다에 나가서 돌아오지 않는다.

헤파이스토스에게 죄의식과 굴욕의식·열등감으로부터 탈출할 수 있는 방법은 '창조'하는 일뿐이었다. 그에게 창조의 원동력이 되어준 것이 죄의식과 굴욕의식·열등감이었듯이, 서정주의 시창작의 출발점도 망국민의 설움과 열등의식·굴욕의식이라고 할 수 있다. 시인인 그가 식민지의 굴욕의식으로부터 벗어날 수 있는 방법은 '맑은 이슬'로서의 시를 창작하는 일뿐이었다.

「자화상」에서 서정주는 스물세 해 동안 나를 키운 건 팔 할이 바람이라고 언급하였다. "'바람'이라는 무형상의 현상이 '팔 할'이라는 수리적 개념과 연결되면서 자조적 뉘앙스를 풍겨주는 이 구절은, 식민지 시대를 견뎌내지 않으면 안 되었던 서정주의 괴로운 젊음을 반영하는 동시에, 자신의 시의 생애를 예감하고 있는 듯한 인상"[93]을 준다.

---

92 ＿＿＿, 「문치헌밀어」, 앞의 책, 177쪽.
93 천이두, 앞의 글, 199쪽.

귀기우려도 있는 것은 역시 바다와 나뿐.
밀려왔다 밀려가는 무수한 물결우에 무수한 밤이 왕래하나
길은 항시 어데나 있고, 길은 결국 아무데도 없다.

아 ─ 반딧불만한 등불 하나도 없이
우름에 젖은얼굴을 온전한 어둠속에 숨기어가지고……너는,
무언의 해심에 홀로 타오르는
한낫 꽃같은 심장으로 침몰하리.

아 ─ 스스로히 푸르른 정열에 넘쳐
둥그란 하눌을 이고 웅얼거리는 바다,
바다의깊이우에
네구멍 뚫린 피리를 불고……청년아.
애비를 잊어버려
에미를 잊어버려
형제와 친척과 동모를 잊어버려,
마지막 네 게집을 잊어버려,

아라스카로 가라 아니 아라비아로 가라
아니 아메리카로 가라 아니 아프리카로
가라 아니 침몰하라. 침몰하라. 침몰하라!
오 ─ 어지러운 심장의 무게 우에 풀닢처럼 훗날리는 머리칼을 달고
이리도 괴로운나는 어찌 끝끝내 바다에 그득해야 하는가.
눈뜨라. 사랑하는 눈을뜨라……청년아,
산 바다의 어느 동서남북으로도

밤과 피에젖은 국토가있다.

아라스카로 가라!
아라비아로 가라!
아메리카로 가라!
아푸리카로 가라!

― 「바다」 전문

식민지 청년의 절망감이 바다의 뒤채임으로 절묘하게 형상화된 시 「바다」는 서정주의 시작품 중 시대적 배경이 뚜렷하게 드러나는 작품이다. 밀려왔다 밀려가는 무수한 물결 위에 무수한 밤이 왕래하듯이 길은 항시 어디에나 있지만, 길은 결국 아무 데도 없다. 항상 열려 있는 게 '길'이지만 아무 데도 갈 곳이 없다는 극한의 상황은 절망에 치달은 헤파이스토스의 외로움과 고독함이 구현된 사례이다. 헤파이스토스는 본심을 나눌 만한 친구가 없었다. 귀 기울여도 역시 바다와 나뿐이라고 자조하는 청년의 고독은 헤파이스토스의 외로움에 해당한다. 반딧불만한 등불조차 없는 암흑의 상황에서 '한낱 꽃 같은 심장으로 침몰할 수밖에 없다'고 한 부분에서는 극한의 절망으로 내몰린 망국민의 존재가 확인된다.

헤파이스토스 원형의 남성은 일에서뿐만 아니라 인간관계에서도 미와 사랑으로 환기되는 아프로디테 원형과 결합하려고 노력하였다. 헤파이스토스에게 잠재되어 있는 깊고도 열정적인 느낌은 아프로디테와 같이 격정과 관능미를 지닌 여성에 의해 고조되는데, 그것은 아프로디테가 그의 직업에 영감을 불어넣어주고 감정을 자극하기 때문이다. 그녀가 헤파이스토스를 심리적으로 수태시키는 과정에서 남성과 여성의 역할이 뒤바뀌고 있음을 알 수 있다.

인용시가 형상화하는 망국민의 울분과 갈망은 아프로디테와 완전한 결합을 이루지 못한 헤파이스토스의 절망으로 환기할 수도 있다. 길은 있으나 갈 곳이 없는 절망과 망국민의 치욕스런 감정은 아프로디테를 온전히 소유하지 못해 갈급해하는 헤파이스토스의 감정과 동궤에서 이해할 수 있다는 것이다. 그리하여 시인은 아비와 어미를 버리고 친척과 동포까지도 잊어버리자고 울부짖는다. 유교 사상이 지배적이던 한국사회에서 아비와 어미를 버린다는 것은 상상조차 할 수 없는 일이다. 친척과 동포도 잊어버리고 계집까지도 버려야 하는 상황은 이승의 인연을 끊는 것에 버금가는 절망 상태를 의미한다. 산과 바다, 어느 동서남북으로도 어둠과 피에 젖은 국토만이 존재할 뿐, 헤파이스토스 청년이 가야 할 길은 결국 아무 데도 없다.

이 상황에서 청년은 아라스카나 아라비아·아메리카·아프리카로의 탈출을 모색한다. 아라스카 혹은 아라비아·아메리카·아프리카는 구체적인 지명으로서의 대륙을 지칭하는 것이 아니라, 시인이 갈망하는 탈출구로서의 해방 공간이다. 암흑과 절망 상태로부터 탈출하여 시인의 자율의지가 보장된다고 믿어지는 상상의 공간인 것이다. 아니면, 아프로디테와 완전한 결합을 이룰 수 있는 꿈의 공간으로 상정할 수도 있다.

정현종은 "「바다」에서 보여주는 시인의 괴로움은 나라 잃은 민족의 정신적 거세 상태와 깊이 연결되어 있어서 '수컷인 신'을 회복하고자 안간힘을 다하는 것이 괴로움의 근원"[94]이라고 언급한 바 있다.

인용한 작품 외에도 헤파이스토스 원형이 '절망을 창조로 승화시

---

94 정현종, 앞의 논문, 107쪽.

키는 장인'의 양상으로 구현된 예는 「문둥이」, 「바위옷」, 「이화중선이 이야기」가 있다. 그 중 「바위옷」과 「이화중선이 이야기」는 서정주와 동시대를 살면서 망국민의 아픔을 공유했던 명창 이화중선을 소재로 하고 있다.

이화중선(1898~1943)은 일본의 탄광을 돌면서 일본으로 끌려간 한국 노동자들을 위해 노래를 부르다가 피로와 영양실조, 예술적 절망에 빠져 '오사게' 군수기지로 가는 연락선에서 투신자살하였다. 서정주는 「이화중선이 이야기」에서 '이 여자의 육자배기 노래 소리는 음력 보름달은 보름달이지만, 구름에 송두리째 다 가려져버린, 그런 침침한 달빛 같아서 서럽고도 어두워 견딜 수 없었'다고 고백하고 있다. 이화중선 역시 암울한 식민 시대에 망국민의 고독과 절망을 소리로 승화시킨 장인이다. 천부적인 소리꾼이었지만 세속적인 영화를 누려보지 못한 이화중선에게서 헤파이스토스의 '절망을 창조로 승화시키는 장인'의 원형을 읽은 것이다.

학대받은 아들

헤파이스토스는 부모에게 버림받은 후 바다의 요정 테티스와 에우리노메에게 장인의 기술을 배우며 열아홉 살까지 자랐다. 상처 입은 그의 원형은 치유 받지 못한 채 감정적인 불구로서 세상을 긍정적으로 보지 못하고, 언제나 화가 나 있는 상태였다. 외향적이거나 충동적인 헤파이스토스 원형을 지닌 아이가 학대당한 경우, 남들을 때리거나 못 살게 구는 성향을 보일 수도 있다. 그는 고통스런 경험에서 나온 결과를 격렬하게 표현하기도 하지만, 누군가와 얘기를 나누면서 상대방의 어려움에 관심을 기울일 수도 있다. 아니면 자신이 얼마나 상처받고, 화나고, 두려움에 떨고 있는가를 드러내지 않은 채, 감정적인 불구 상태를 지속시킴으로써 남들로부터 소외당하기도 한다.

서정주의 시작품에서 헤파이스토스의 '학대받은 아들'의 원형이 구현되는 예로는 「워싱턴 DC」와 「아프리카 흑인들의 근일의 자신만만」이 있다. 아프리카 흑인들은 백인들에게 무차별적으로 포획되어 노예가 되었다. 그들은 노동력이 부족한 아메리카로 팔려온 후 짐승과 다름없이 학대받으며 노동력을 제공했다. 그들의 내면은 억울함과 분노로 가득할 수밖에 없었을 것이다. 헤파이스토스가 제우스 사회에서 대접받지 못한 것처럼, 백인 사회의 흑인들도 인간으로서 대접받지 못하였다.

> 미국의 수도 ― 워싱턴 DC에서 볼 것 같으며
> 미국의 백인시민 제씨는
> 너무나 점잖하고 또 겸손하오.
> 깜둥이가 응뎅이를 들이미는 쪽쪽이
> 슬슬 비끼어 가시노라고
> 워싱턴 DC의 깜둥이 수는 이미 65%,
> 시장님도 무색으로 모시게 됐으니깐…….
>
> 그건 그렇긴 하지만
> 해만 지면 깜둥이들이 왜 저 행패지?
> 왜 저리 원수져서 육혈포를 빼들지?
>
> 워싱턴 DC에는
> 무언가 모자란 것이 있기는 있다.

무언가 얼빠진 것이 있기는 있다.
사랑이란 것도 제대로는 다 못된
무언가 반편인 것이 있기는 있다.

―「워싱턴 DC」 전문

시작품에 형상화되는 워싱턴 DC는 인종차별이 없는 평등한 사회이다. 그러나 그것은 '평등'이라는 구호에 편승한 겉모습일 뿐, 내면 깊이 뿌리박인 백인들의 우월의식과 흑인들의 열등의식은 치유할 수 없는 병이 되어버렸다. 조상 대대로 학대받은 흑인들의 상처는 내면 깊숙이 응고되어 폭력적인 헤파이스토스가 되기에 충분하였다. 제우스 사회에서 인정받지 못하는 억울함을 폭력과 방종으로 해소하려는 내면을 인지한 백인이라면, 그들의 행패에도 시시비비를 따지기 어려웠을 것이다.

방종으로 치닫는 그들에게 맞대응하지 않는 백인들을 풍자하여, "미국의 백인시민 제씨는/ 너무나 점잖하고 또 겸손하오./ 깜둥이가 응뎅이를 들이미는 쪽쪽이/ 슬슬 비끼어" 가신다고 표현하고 있다. 그리하여 "워싱턴 DC에는/ 무언가 모자란 것이 있기는 있다./ 무언가 얼빠진 것이 있기는 있다./ 사랑이란 것도 제대로는 다 못된/ 무언가 반편인 것이 있기는 있다."라고 지적하였다.

워싱턴 DC는 흑인 시장이 재직하고, 시민의 65%가 흑인들로 구성되었다. 시민의 다수가 흑인이라면 비교적 그들의 자율성이 인정되는 공간이라고 할 수 있다. 따라서 워싱턴 DC는 방종으로 치닫는 행위들이 만연할 가능성 또한 짙다. 폭력과 방종이 난무하는 도시에 대해 서정주는 "무언가 모자란 것이 있기는 있다./ 무언가 얼빠진 것이 있기는 있다."라고 형상화한 것이다. 이와 같은 형상화는 방종으로 치닫는 그들을 제어하지 못하는, 사회 정의의 부재에 대한 비판으로 보아야 할 것이다.

이 작품에서 주목해야 할 구절은 "사랑이란 것도 제대로는 다 못된"이라고 형상화한 부분이다. 헤파이스토스는 유아 시절 부모에게 버림받고, 사랑의 결핍을 숙명처럼 짊어지고 살았다. 아프로디테와 완전한 결합을 지속적으로 갈망했지만, 그녀의 관심은 늘 다른 곳을 향해 있었다. 따라서 그의 사랑은 언제나 미완이며, 제대로는 다 못된 것이 될 수밖에 없었다. 때문에 헤파이스토스의 '학대받은 아들'의 원형을 지닌 흑인들은 백인사회에서 일탈을 일삼으며 반항적이 되어갈 수밖에 없다. 그들과 맞대응하지 않는 백인들의 행위는 자유를 정직하게 인정하지 않을 뿐 아니라, 그들의 소외를 가중시킬 뿐이다.

우리는 살빛이 검다는 이유 하나만으로
백인들의 총에 수없이 죽었고,
또 그들의 시장의 매매물이 돼
세계의 구석구석에서 종노릇을 했지만
그래도 그 백인들을 유능하다고만 믿었었다.
그렇지만 이제는 우리 생각이 달라졌다.
그깟것들이 유능이면 몇푼어치나 유능이냐!
우리 깜둥이들의 시인 셍고르의 말처럼
그들은 우리보다 총을 잘 쏘고
또 해금같이 잘은 빨아먹었다.
하지만 그들이 무력이니 금력이니 정치력이니 하는 것,
또 그들의 문명사의 전통이니 뭐니 하는 것,
그것들은 그 얼마나 우스꽝스런 싱거운 것이냐!

> 종교에서도 철학에서도 전쟁에서도 과학이란 것에서도
> 그들은 아무것도 살 맛대가리를 찾지 못하니까
> 그들은 할수없이 결국
> 우리의 재즈, 우리의 고고, 우리의 디스코나 빌려다가
> 겨우겨우 춤추고 노래하고 지랄지랄 하는 것 아니냐?
> ―「아프리카 흑인들의 근일의 자신만만」 일부

시에서 형상화되듯이, 아프리카 흑인들은 "살빛이 검다는 이유 하나만으로/ 백인들의 총에 수없이 죽었고" 또 그들 시장의 매매물이 되어 세계 곳곳으로 팔려나갔다. 그러한 사실은 권력과 외모를 중시하는 제우스 사회에서 헤파이스토스가 절름발이라는 이유로 무시당했던 것과 동일한 맥락이다. 그러나 작금의 흑인들은, "그들은 우리보다 총을 잘 쏘고/ 또 해금같이" 피를 잘 빨아먹었을 뿐이라고 야유하고 있다. 약자를 착취하여 권력과 부를 축적하는 데만 능했을 뿐이라는 의미이다.

백인으로 환기할 수 있는 제우스는 부를 축적하고 권력을 행사하는 데 남다른 능력을 지니고 있었다. 하지만 그러한 것들에서 더 이상의 가치를 느낄 수 없게 되자, 흑인들의 재즈·고고·디스코를 빌려다가 춤추고 노래하기에 이른다. "우리의 재즈, 우리의 고고, 우리의 디스코"는 제우스에게 부와 권력에 버금가는 매력을 제공한 것이다. 여기서 "우리의 재즈, 우리의 고고, 우리의 디스코"는 헤파이스토스의 창조물에 견줄 수 있다. 제우스는 헤파이스토스가 지은 궁전에서, 헤파이스토스가 만든 벼락을 행사하면서 권력과 위엄을 유지할 수 있었다. 헤파이스토스를 존중하고 대접하지는 않았지만, 그의 창조물이 제우스의 삶에 절대적인 가치를 제공한 것처럼, 흑인들을 존

중하지 않으면서도 그들의 춤을 사랑할 수밖에 없었다.

인용한 시 「워싱턴 DC」와 「아프리카 흑인들의 근일의 자신만만」은 세계여행 중에 쓴 작품이기 때문에 시인의 주관이 반영되었다기보다는 상황의 묘사나 설명에 치우쳐 있다. 그럼에도 불구하고 작품에 등장하는 흑인들이 헤파이스토스 원형의 '학대받은 아들'을 구현하고 있는 것은 분명하다.

제우스 원형

제우스는 올림포스의 최고 통치자로서 의지와 권력을 상징한다. 그는 전략을 세우고 동맹을 맺어 아버지 크로노스와 티탄들을 물리치고 권력의 중앙을 차지하였다. 따라서 제우스는 자신의 왕국을 건설하려는 야망과 능력을 지닌 원형이다. 자기 영토를 관장하고 싶어 하는 마음은 이러한 원형이 야기하는 욕구이며, 제우스처럼 되고 싶어 하고 행동하는 남성과 여성들을 특징짓는 원형이다.[95]

제우스는 가이아 여신의 막내인 티폰과 싸워 승리를 거둠으로써 올림포스 산의 부권적인 신들이 어머니 여신들의 위협에서 벗어나는 계기를 만들었다. 여신들의 형제인 티탄은 반은 인간, 반은 뱀으로서 무척 컸기 때문에 때때로 머리가 별에 부딪치고, 두 팔을 뻗으면 그 길이가 일출에서 석양에까지 이르렀다. "제우스의 승리 이야기는 베다 만신전의 인드라가 우주의 뱀 브리트라와 싸워 승리한 이야기와 유사하다."[96]

서정주의 시작품에 구현되는 제우스 원형은 '자식의 삶을 결정짓는 아버지'와 '권위적인 아버지', '권력과 부에 집착하는 제우스', '협상에 능한 제우스', '바람둥이 제우스' 등 다섯 가지 양상으로 수렴할 수 있다.

---

95 진 시노다 볼린, 유승희 옮김, 앞의 책, 69쪽.
96 조셉 캠벨, 정영목 옮김, 『신의 가면 III-서양신화』, 까치글방, 2006, 33쪽.

시작품명	인물의 이름	원형의 양상
내가 또 유랑해 가게 하는 것은(권1, 240쪽)	나	자식의 삶을 결정짓는 아버지
무궁화 같은 내 아이야 (권1, 303~304쪽)	내 아이	〃
할머니의 인상(권1, 318쪽)	할머니	권위적인 아버지
석공 기일(권1, 327쪽)	석공	자식의 삶을 결정짓는 아버지
내가 여름 학질에 여러 직 앓아 영 못 쓰게 되면(권1, 350쪽)	아버지	〃
이삼만이라는 신(권1, 351쪽)	이삼만	〃
고향난초(권1, 421쪽)	아버지	〃
사과 하늘(권1, 450쪽)	황동이 할아버지	권위적인 아버지
얌순이네 집 밥상머리 (권1, 453쪽)	할머니	〃
몬트리얼의 북극풍설 (권2, 55~56쪽)	진시황 징기스칸 히틀러 시이저 클레오파트라	권력과 부에 집착하는 제우스
나뽈레옹 장군의 무덤 앞에서 (권2, 124~125쪽)	나폴레옹	〃
덴마크의 공기 속에서는 (권2, 152~153쪽)	오딘	자식의 삶을 결정짓는 아버지
토이기 신사의 지혜 (권2, 201쪽)	토이기 신사	협상에 능한 제우스
기자의 피라믿들을 보고 (권2, 202~203쪽)	이집트의 왕	권력과 부에 집착하는 제우스
젯다의 석유졸부 (권2, 210~211쪽)	석유 졸부	〃
단군(권2, 250~251쪽)	단군	자식의 삶을 결정짓는 아버지
북부여의 풍류남아 해모수 가로대(권2, 264쪽)	해모수	바람둥이 제우스
왕건의 힘(권2, 348쪽)	왕건	협상에 능한 제우스

사내자식 길들이기 3 (권3, 87~91쪽)	아버지	자식의 삶을 결정짓는 아버지
줄포 3 (권3, 107~111쪽)	김종곤	권력과 부에 집착하는 제우스
노초산방 (권3, 137~140쪽)	아버지	자식의 삶을 결정짓는 아버지
영호종정 스님의 대원암강원 (권3, 146~149쪽)	박한영 스님	〃
큰아들을 낳던 해 (권3, 179~183쪽)	나, 아버지	〃
종천순일파? (권3, 208~211쪽)	나, 최재서	권력과 부에 집착하는 제우스
이승만 박사와 함께 (권3, 231~235쪽)	이승만	권위적인 아버지
6.25 남북전쟁 속의 한여름 (권3, 244~248쪽)	나	권력과 부에 집착하는 제우스
차남 윤 출생의 힘을 입어 (권3, 282~286쪽)	서정주 부부	자식의 삶을 결정짓는 아버지
4·19 바람(권3, 287~291쪽)	서정주	〃
내가 천자책을 나 배웠을 때 (권3, 505쪽)	아버지	〃
야채 장사 김종갑씨 (80소년, 36~37쪽)	김종갑	〃
'질마재'의 내 생가 (80소년, 58쪽)	나	〃
우리나라 아버지 (80소년, 83쪽)	우리나라 아버지	〃

자식의 삶을 결정짓는 아버지

제우스는 하늘의 신들 가운데 일인자로서 여러 아들과 딸에게 관대하고 믿음직스런 보호자였다. 디오니소스의 어머니가 임신 중에 죽었을 때는 태아를 자신의 허벅지에 꿰매어 넣어 태어날 때까지 데리고 다녔고, 어린 딸 아르테미스에게는 사냥의 신이 되는 데 필요한 활과 화살·말·동반자를 선택할 권리를 주었으며, 아테나에게는 힘의 상징들을 맡겼다. 또한 헤르메스가 아폴론에게서 빼앗은 소들을 돌려주고 친구가 되도록 함으로써 이복형제간의 싸움을 중재하기도 하였다.

제우스는 파탄자 아버지라는 어두운 측면의 모습도 지니는데, 딸 페르세포네를 강간하였는가 하면, 하데스가 그녀를 유괴할 때 도움을 청했으나 응답하지 않은 비정한 아버지였다. 또한 부부싸움을 할 때 아들 헤파이스토스가 제 어머니 편을 들자 어린 소년을 올림포스에서 끌어내버렸다. 또 다른 아들 아레스도 아버지의 미움을 얻어 인정받지 못했으며, 메티스가 왕좌를 빼앗을 가능성이 있는 아들을 임신한 것이 두려워 그녀를 삼켜버렸다.

제우스는 자신의 뜻을 거스르지 않는 자식은 전심전력으로 후원했지만, 유지를 따르지 않는 자식은 가차 없이 밀어내는 비정한 아버지였다. 아버지의 후계자로 알려질 만큼 총애한 아들은 아폴론이었으며, 가장 학대받은 아들은 헤파이스토스였다. 그는 자식의 자율권을 인정하지 않았으며, 오직 자신만을 믿고 따라주는 자식을 원했다. 제우스의 이러한 성향을 본 연구에서는 '자식의 삶을 결정짓는 아버지'로서 상정하였다.

제우스 원형을 지닌 아버지는 자신의 권력이 오래오래 보존되어 대물림되기를 바라고, 자손만대 영화가 이어지기를 바라기 때문에 자식을 엄격하게 교육시키면서 당대뿐 아니라 후대의 일까지도 결정짓는 성향을 보여주었다. 다음 글에는 그와 같은 제우스 원형의 특징이 잘 나타나 있다.

"내가 알고 있는 항목 가운데 가장 좋은 것은 전북 고창의 선운사에서 산출하고 있는 침수향이 아닐까 한다. 이것은 물속에 참나무 토막을 집어넣어 오래 잠가두었다가 꺼내 말려 빠개서 피우는 것인데, 그 물속에 잠가두는 기간은 몇 십 년 그런 정도의 세월을 가지고는 안 되고, 적어도 몇 백 년은 지내야만 향다운 향내가 배여 나오는 것이라니, 이건 그 향 자체가 벌써 영생의 상징체로 되어 있다. 이것을 피우며 우리는 이것을 물속에 집어넣었던 몇 백 년 혹은 몇 천 년 전의 우리 선인들의 마음이 그들을 위해서 이 일을 한 것이 아니라, 먼 후대인 우리를 위해서 그리한 것이라는 것을 돌이켜 곰곰 생각하게 될 것이니, 이런 향이 우리의 사사로운 시름을 씻어 완화하는 효력은 더 막대할밖에 없다."[97]

먼 후대에 쓰일 것까지 계산해서 향목을 강물에 담그는 행위는 제우스 원형이 행사할 수 있는 특징 중의 하나라고 하겠다. 제우스 원형은 천년 뒤까지 지속될 수 있는 사업을 계획하고 이를 추진해 나아가는 성향을 지니기 때문이다.

제우스 원형은 가정을 이루기를 소망하고 그를 소중히 여겼는데, 그에게 있어서 가정은 '남성의 성(城)'이며, 그의 작은 왕국과 다름없었다. 제우스 원형은 자신의 왕국이 대대손손 영화를 누리기 바라기 때문에 잘 따라주는 자식에게는 훌륭한 아버지였지만, 기대에 어긋나는 자식에겐 비정한 아버지로서 군림하였다. 또한 가문이 번성할 수 있도록 많은 자식과 손자·손녀들을 두고, 그들이 자신의 왕국을 유지해주기를 바랐다. 다음 글에도 자신이 성취하지 못한 권력과 부를 자식이 대신 이루어주기를 바라는 제우스 원형의 양상이 구현되고 있다.

"내 아버님 석오선생은 그분의 자녀들의 교육 하나만을 그분 인생

---

97 서정주, 「분향」, 앞의 책, 48~49쪽.

의 최상의 소원으로 생각하고, 실천하고 살다 가셨기 때문에 그 다 못하신 소원을 이어, 내가 내 형제들도 우리 자녀들에게도 그렇게 하고 있고, 또 나는 직업까지도 훈장직을 택해서 제자와 후진들에게 되도록이면 무언가 힘이 될 만한 영향을 내 사후에 그들 마음속에 남길 것에 주력해 오고 있는 것이다."[98] 이처럼 제우스 원형을 지닌 아들은 아버지의 유지를 충실히 이행하고 확장함과 동시에 자식들도 따라줄 것을 확신하고 있다.

가부장적 사회는 가족이기주의가 팽배하였는데, 그 이유는 가정이 사회생활의 기초 단위이자 개인의 사회적 지위를 결정해주는 기준이 되었기 때문이다. 개인의 사회적 지위는 그가 어떠한 신분의 가정에서 태어났느냐에 따라 결정될 뿐, 업적에 의해서 획득되는 것이 아니었다. 이처럼 "가족주의가 절대적으로 우세한 사회에서는 어떠한 공동체보다 가족공동체의 중요성이 크게 작용하였다."[99] 가족중심주의 사회에서 제우스는 가족공동체를 보호하고 이끌어가는 가장의 역할에 충실한 인물이다.

> 내고향 아버님 산소옆에서 캐어온 난초에는
> 내 장래를 반도 안심못하고 숨 거두신 아버님의
> 반도 채 다 못감긴 두 눈이 들어 있다.
> 내 이 난초 보며 으시시한 이 황혼을
> 반도 안심못하는 자식들 앞일 생각타가
> 또 반도 눈 안 감기어 멀룩 멀룩 눈감으면

---

98 ______, 「아름다운 죽음」, 위의 책, 51쪽.
99 임희섭, 「가치지향의 변화와 적응」, 『한국의 사회변동과 가치관』, 나남출판사, 2003, 100쪽.

내 자식들도 이 난초에서 그런 나를 볼 것인가.

아니, 내 못보았고, 또 못볼 것이지만
이 난초에는 그런 내 할아버지와 증조할아버지의 눈,
또 내 아들과 손자 증손자들의 눈도
그렇게 들어있는 것이고, 들어 있을 것인가.

—「고향난초」 전문

서정주는 지리책에서만 배운 만주 벌판이나 중국의 상하이에 가보고 싶은 충동을 포기할 수 없었다. 그곳에 가면 중앙학교 때 일본 경찰을 피해 달아난 '간디'라는 소년을 만날 수 있을 것만 같아서 여비를 훔쳐 도망갈 궁리만 하였다. 아버지는 그러한 아들이 몹시 못미더웠을 것이다. 농지를 관리하느라 아버지는 삼사십 리 밖 마을을 돌다 가끔 오셨는데, 서정주는 동생을 염탐꾼으로 하여 그와의 대면을 피할 수 있었다. 그러던 어느 날 선운포 개울에서 머리를 감다가 아버지에게 붙들리는 일이 벌어졌다. "이놈……" 분노가 충천한 아버지는 부르르 떨면서 차마 내리치진 못하고 돌멩이로 아들을 짓이기기 시작했다. 서정주도 돌멩이를 든 채 떨리는 손을 점점 굳게 움켜쥐었다고 한다. 그러자 아버지는 돌멩이를 내려놓고 또 한 개의 돌을 놓듯 아들을 놓아버렸다. 가까스로 풀려난 서정주는 새끼거북이 기어가듯 노여움 옆을 비껴갈 수 있었다.[100]

자수성가한 아버지는 자신이 못 다한 공부를 아들이 대신해주기를 간절히 바랐지만, 서정주는 어느 측면으로도 아버지의 기대를 채워

---

[100] 서정주, 「아버지 徐光漢과 나」, 『육자배기 가락에 타는 진달래』, 삶과 꿈, 2009, 148~150쪽 참고.

주지 못하였다. 그는 사회주의 학생운동을 하다가 두 학교에서 자퇴를 권고 받았고, 학승이 되려고 하다가도 중도에 포기하는 등 아버지를 거듭 실망시켰다. 아들이 권좌의 주인이 되어주기를 학수고대한 아버지의 절망이 얼마나 깊었는가는 앞의 글이 잘 말해준다.

그와 같은 사건들로 인해 서정주는 결국 아버지의 죽음을 앞당겨 부르는 까마귀밖에 되지 못했다고 자책하기에 이른다. 그토록 자식의 공부에 집착하던 아버지는 과거를 보려다가 못 보고는 군 백일장에서 장원하여 현감이 주는 잔을 받은 소년이었다. 과거를 못 보고 군 백일장에서나 장원한 아버지의 모습이 서정주는 자신이나 다름없다고 생각한다.

임종을 지키던 서정주가 "아버님, 저에게 부탁하실 말씀이 있으면 해주십시오." 하자, '너같이 한심한 놈에겐 할 말이 없다.'는 표정으로 아버지는 돌아누워 버렸다고 한다. 서정주는 사는 내내 그 날의 사건이 괴로움으로 다가왔다. 못미더워하던 아버지를 생각하다가 "반도 안심 못하는 자식들 앞일 생각다가/ 또 반도 눈 안 감기어 멀룩멀룩 눈감으면/ 내 자식들도 이 난초에서 그런 나를 볼 것인가" 하고 생각하기에 이른다. 그리고 한 번도 만나보지 않았고, 만나보지 못할 "내 할아버지와 증조할아버지의 눈/ 또 내 아들과 손자 증손자들의 눈도/ 그렇게 들어 있는 것이고, 들어 있을 것인가" 하고 생각한다.

인간은 자식을 낳아서 다음 세대로 생명을 전하지만, 그것으로써 죽음이라는 공포가 사라지는 것은 아니다. 자식의 존재가 죽음의 공포를 얼마 정도 해소시켜준다 할지라도, 그것은 자식에게서 자기 존재의 연장을 보고 있는 한에서 그칠 뿐이다.[101] 따라서 아들의 행위에서 자기 존재의 연장은커녕, 오히려 단절을 절감하는 제우스 아버지의 절망이 어떠했을는지는 충분히 짐작할 수 있다.

제우스 원형을 지닌 아버지는 자신이 죽더라도 자식의 삶 속에 영원히 존재함으로써 죽음이라는 공포에서 자유롭고 싶었는지 모른다. 아들의 행위를 목격하면서 자신의 유지가 이어지지 않을 것이라고 생각하는 아버지는 실망감보다 공포감이 앞섰을 것이다. 가문을 일으켜 세워야 할 장남의 어리석은 행위는 가족주의의 고정관념에 지배당하는 아버지의 절망을 부추길 수밖에 없다.

자식에게 집착하는 제우스 원형의 아버지는 가부장권의 모든 아버지들의 원형이기도 하다. 제우스 원형을 지니지 않고는 가족중심의 사회문화에서 훌륭한 아버지로서 인정받기 어려웠기 때문이다.

> 헌 트럭에 야채들을 실고다니며 파는
>
> 야채장시 김종갑씨는
>
> 한 다리는 절지만
>
> 그 아들 하나를 명문대학에서 공부시키는걸
>
> 재미로 여겨 살고있는 사내로서,
>
> 봄부터 가을까지는
>
> 내가 사는 서울의 남현동에서 야채를 팔고,
>
> 겨울에는
>
> 그의 고향인 경상북도 선산에 가서
>
> 고구마를 삶어먹고 살다가 오는데,
>
> (중략)
>
> '박정희 전직 대통령이나

---

101 기시다 슈, 앞의 책, 174쪽.

> 그를 쏘아죽인 김재규의 고향도
>
> 경상북도 선산이지만
>
> 같은 선산 출신으로는
>
> 김종갑씨가 훨씬 더 윗사람이다.'고
>
> 생각해본다.
>
> ―「야채 장사 김종갑(金鍾甲)씨」 전문

제우스 원형을 지닌 아버지는 자식의 성공이 자신의 성공이라고 확신하기 때문에 자신이 쟁취하지 못한 권력과 출세를 자식이 대신 이루어주기를 바란다. 그는 자식을 출세시키는 일이라면 어떠한 어려움도 감내하는데, 그들 대부분은 고등교육을 받는 것만이 성공하는 길이라고 생각하였다.

인용시에 등장하는 김종갑은 "그 아들 하나를 명문대학에서 공부시키는 걸" 최고의 보람이라고 생각하기 때문에 다리를 절면서도 야채장사를 한다. 다리를 절면서도 일하는 사람은 많지만, 그 목적이 아들을 공부시키기 위해서라는 사실에 주목해야 한다. 아들이 명문대학을 졸업하면 경제력과 권력이 수반되는 직업을 가지게 될 것이고, 아버지 또한 권위를 세울 수 있기 때문이다.

김종갑은 "박정희 전직 대통령이나/ 그를 쏘아죽인 김재규"와 동향인으로서 경상도 선산이 고향이다. 다른 점이 있다면, 박정희와 김재규는 권력과 부를 좇으며 권좌를 탐한 제우스 원형의 인물인 반면, 김종갑은 자식의 교육을 위해 헌신한다는 것이다. 서정주는 김종갑을 박정희나 김재규보다도 "훨씬 더 윗사람"이라고 추켜세움으로써 김종갑이 그들보다 바람직한 제우스 원형의 인물임을 부각시키고 있다. 따라서 이 작품은 '권력과 부를 좇는 제우스' 원형과 '자식의 삶을 결정짓는 아버지'의 원형을 대비시키는 방법으로 어떠한 삶이 바람직한가를 제시했다고 할 수 있다. 서정주가 '자식의 삶을 결정짓는 아버지'의 양상을 긍정적으로 부각시킨 것은 자신 또한 그러한 삶을 지향하고 싶은 의지의 표현이라고 하겠다.

> 둘째이자 막내아들인 이 아이가 자라며
> 우리말을 익히고 있는 걸 보고 있다가
> 나는 이 아이가 크며 읽을 독서 범위도 생각하게 되고,
> 우리말로 번역된 문명국들의 책이 아직도 너무 적은 것도 생각하게 되고,
> 그러자니 자연히 영어라도 하나 일찍부터 더 가르쳐야겠다는 작정도 갖게 되고,
> 그래 이 애 나이 너댓 살 때부터는
> 그 영어 교육까지에 골몰하다 보니
> 어언간에 그걸 돕는 나 자신이 영어 공부부터 늘게도 되고,
> 하여 나도 눈에 새로운 불을 켜고
> 그 덕으로 서양 현대시들의 좋은 걸 재음미도 하게 되었으니,
> 이 어찌 이것을 〈복이 아니라〉고 하겠는가?
>
> ―「차남 潤 출생의 힘을 입어」 일부

제우스 왕가의 아버지 원형은 많은 자녀와 손자를 원하고, 살아서뿐만 아니라 사후에도 자식들이 유지를 받들도록 충고한다. 따라서 자식을 많이 두었던 제우스 아버지의 생식력은 그의 본질적인 측면이라고 하겠다. 그에게 있어서 '가족'은 자신의 왕국을 세우겠다는 포부의 출발점에 지나지 않으며, 자신의 왕국을 성공적으로 이룩하

기 위해 아들의 교육에 골몰함으로써 권력을 쟁취하고 갑부 혹은 명망 있는 사람이 되기를 바란다. 그는 아들의 미래까지도 독단적으로 결정하며, 아들이 그 결정에 따라 성장해주기를 요구하는 것이다. 부양자 아버지라는 본성에 의해서뿐만 아니라, 왕조의 필요성에 의해 제우스 원형을 지닌 남성은 자기 사업의 조직적 뼈대를 만들고, 다음 세대들이 유지를 계승하여 실행에 옮기리라고 확신한다.

제우스 아버지는 자식의 근본을 뒤흔들어 놓음으로써 적절한 후계자를 얻지 못할 수도 있지만, 그의 주변에는 지배력이 약화될 때를 기다려 왕국을 인계받을 태세를 갖춘 남성들이 항상 존재한다. 제우스는 유언장을 통해 죽어서까지도 재산을 통제하고자 하는데, 이처럼 지배를 유지하려는 승산 없는 욕망은 일생을 제우스 원형에 종속시키려는 남성의 운명이다.

시 「차남 윤 출생의 힘을 입어」에는 이러한 제우스 원형이 잘 구현되고 있다. 늦게 얻은 둘째아들의 교육에 아버지가 직접 개입함으로써 교육에 적극적인 아버지의 모습을 보여주기 때문이다. 아들 때문에 새로운 지식을 접하게 된 것을 '복'이라고 생각하는 것은 제우스 아버지가 지닐 수 있는 양상으로써, 그들의 교육열은 어떠한 상황에서도 포기되지 않는다.

> 내가 여섯 살 되던 해 봄에
> 나는 한문서당에 천자문을 배웠는데요.
> 한 열흘 만에 그 1,000자를 다 외웠더니
> 선생님과 내 아버지는 아조 좋아라고
> 쇠주를 몇 잔씩 들이마시고는
> 날 받아서 며칠 뒤엔 나를 데리고 뒷산에 올랐어요.

> 머슴의 지게에 술과 안주를 지우고
>
> 어머니도 따라가시어서
>
> 모다가 따모은 진달래꽃으로
>
> 화전을 부쳐
>
> 하늘과 땅에 알리시며 축하해 주셨어요.
>
> 맛진 술에 거나해지신 아버지와 선생님은
>
> 어깨춤도 한바탕씩 추어주셨는데요.
>
> 이런 잔치는
>
> 아조 먼 옛날부터
>
> 우리나라에선 전해져 온 듯해요.
>
> —「내가 천자책을 다 배웠을 때」 전문

여섯 살 된 서정주가 천자문을 떼자 자식의 교육에 몰입하는 제우스 아버지는 책거리로서 성대한 잔치를 베푼다. 어머니와 머슴까지 동반하고 뒷산에 올라가 화전을 부쳐 술잔치를 벌이는데, 흥이 고조된 아버지는 선생님과 함께 춤까지 춘다. 예부터 사람들은 소망하는 바가 있거나 좋은 일이 생기면 하늘과 땅에 고하는 제사를 지냈다. 서정주의 아버지 역시 아들이 영특함을 보이자 하늘과 땅에 고하고자 잔치를 베푼 것이다. 이것은 아들이 권력자로서의 면모를 지녔다고 생각할 때 제우스 아버지가 행사할 수 있는 행위라고 하겠다.

하늘과 땅에 고하는 잔치는 "아조 먼 옛날부터" 책을 뗄 때마다 벌여온 의식이었다. 이로써 제우스 아버지들이 자식의 교육에 얼마나 큰 비중을 두었는가를 짐작할 수 있다. 자식에게 집착하는 제우스 원형은 「4·19 바람」에선 "데모대에 끼는 일이 있더라도 위험은 피해야 한다"면서 데모에 적극적으로 가담하지 말라고 당부하는 형식으로 나타난다. 국가·사회적인 정의를 실현해야 함에도 불구하고 목숨에 위협이 된다면 외면하라는 논리이다. '가정'이라는 '작은 왕국'을 유지·번영시킬 책임을 지닌 장남은 아버지에 버금가는 권위를 부여받으며 목숨 또한 귀중하게 대접받은 것이다.

가부장제사회문화에서 '가정'은 개인의 신분을 결정짓는 중요한 기본 단위였다. 사회의 구성원들은 인정받는 일가를 이루기 위해 혼신의 노력을 기울여 왔는데, 자식의 교육에 골몰하는 것도 그러한 노력의 일환이었다. 제우스 아버지들이 자신보다 강력한 제우스 아들을 원했듯이, 서정주의 아버지도 여러모로 자신보다 나은 아들이 되기를 희망했을 것이다.

🌊 권위적인 아버지

제우스 원형의 특징 중 하나는 권위적인 아버지의 역할을 훌륭하게 수행한다는 점이다. 유교 이념을 기반으로 하는 한국의 가부장제사회는 가장 중심으로 구성되는 가족중심주의가 지배적이었다. 가정과 사회의 도덕과 윤리 규범은 남성 가장의 권익을 옹호하고 권위를 세워주는 데 치중되었고, 이러한 상황은 남성들에게 제우스의 '권위적인 아버지' 원형을 행사할 것을 강요하였다. 가부장제사회에서 제우스 아버지는 합의적으로 권위를 인정받으며, 정당하게 군림한 것이다. 다음 글은 서정주가 남성의 입장을 옹호한 사례이다.

"여보. 별수 없소. 사내라는 건 말이요, 남녀동등이라고는 하지만, 아무래도 우리나라에선 아직도 당신네 여자들하곤 지내 내려오고 있는 습관이 상당히 다르오. 당신네들은 그래선 안 되겠지만, 우리 사내들은 술

집에 가서 취하면 가끔 술 따르는 여자 손목도 잡고, 경우에 따라서는 그보다 더 좀 난잡하게도 논단 말이오. 당신네들은 그래서는 아직도 안 되지마는……. 그러니, 여보. 우리나라에서는 당신네들이 사내보다 깨끗하니, 당신이 우리 어린것들을 위해서 그냥 꾹 참고, 깨끗한 걸 잘 좀 지켜 가 주. 사내가 그러기보다는 여자가 그러기는 아직 훨씬 더 쉬우니. 사내야 여자만큼 깨끗하자면 어디 그게 그리 쉽게 되우. 더구나 벌써 지내 놓은 일들이 있으니 말이오. 별수 없소. 같은 사람으로 사내가 하고 다니는 걸 일일이 생각하면 눈에 쌍심지가 서는 일도 있겠지만, 자식들을 생각해서 꾹 좀 참고, 영화도 가족끼리만 가고, 혼자만의 외출은 특별한 때가 아니면 그만두고, 오는 공일에는 위로로 같이 갈 터이니, 어디 맑은 산에나 올라가봅시다 그려. 어머니 할머니가 하시던 식으로, 당신도 또 한 번 더 견뎌내야 하겠구만.……"102

이 글을 보면 남편에게 허용되는 일이 아내에게는 금기로 작용하고 있음을 알 수 있다. 제우스 원형의 남편은 납득하기 어려운 말로써 아내를 설득하는데, 자신은 남성들이 권위를 누려온 관례대로 행동할 수 있지만, 아내는 그래선 안 된다는 것이다. 선대의 어머니·할머니들이 그랬던 것처럼 인내하고 희생하며 살아달라고 부탁한다. 그리고 마침내는 그러한 삶이 아내의 미덕인 양 오인하도록 유도하고 있다.

하늘이 왼통 새로 물든 풋사과 한 개 맛이 되는 가을날이 사과나무라곤 한 그루도 없는 질마재 마을에는 있었읍니다. 사과밭은 재 넘어 시오

---

102 서정주, 「요즘도 생각하는 것」, 『서정주문학전집』 제4권, 117쪽.

리 밖에 멀찌감치 눈에 안 띄게 있었지마는 소금장사 황동이 아버지가
빈 지게로 돌아드는 저녁노을 짬이면 하늘은 통째로 사과 한 개가 되어
가지고 황동이네 지붕과 마당에 그뜩해졌읍니다.

    효자 황동이 아버지의 아버지영감님 손에만 쥐여지는 이 마을선 단
한 개뿐인 사과. 그 껍질 얇게 벗겨서는 야몽야몽 영감님 혼자만 잡수시
는 그 기막힌 속살 맛으로요. 또 겨우 영감님의 친손자 황동이만이 얻어
먹게 되는 그 참 너무나 좋게는 붉은 그 사과 껍질 맛으로요. 그러고 또
그 할아버지와 그 손자 그 속실과 그 껍질을 다 집어 세도록까지, 그 턱
밑에 바짝 두 눈을 갖다대고 어린 목당그래질만 열심히 열심히 하고 서
있는 내 또래 아이들의 목에서 나와 목으로 다시 넘어가는 그 꿈에도 차
마 못 잊을 군침 맛으로요.

— 「사과 하늘」 전문

가부장권에서는 어른과 아이, 남자와 여자의 위계질서가 확고하였
다. 아버지와 할아버지는 가정에서 표리부동한 위치에 존재하며, 그
권위는 누구도 침해할 수 없었다. 귀한 음식일수록 어른의 몫이었고,
손아래 사람들은 그들이 남기는 것이나 얻어먹었다. 「사과 하늘」에
서 귀하게 얻은 사과 한 개는 황동이 할아버지가 먹고, 그 껍질은 황
동이가 먹으며, 동네 아이들은 먹는 모습이나 지켜보며 침만 삼킨다.
따라서 황동이 할아버지는 제우스의 '권위적인 아버지' 원형을 구현
하며, 가족 모두는 할아버지의 권위를 합의적으로 인정하고 있다.

    제우스의 '권위적인 아버지' 원형은 남성뿐만 아니라 여성에게서
도 나타난다. 그 대표적인 예가 「할머니의 인상」에 등장하는 '할머
니'이다.

> 할머니는 단군 적 박달나무 신발을 신고
> 두루미 우는 손톱들을 가졌었나니…….
> 쑥 같고 마늘 같고 수숫대 같은
> 숨쉬는 걸 조금 때 가르쳐 준 할머니는…….
>
> —「할머니의 인상」 전문

"우리 아버지는 수월찮이 성격이 세어서 마을에서도 호랑이는 아니나 참모 장군의 하나였음엔 틀림없었는데, 그래도 이 할머니 앞에서만은 언제나 젖먹이 같았다. 아버지만 그런 게 아니라 일가친척의 남녀노소 없이 이 분 앞에 오면 모두가 마음의 머리들을 숙이는 게 보였다."[103]라고 서정주는 피력하고 있다.

할머니는 일찍이 남편을 여의고 빚만 떠안은 채 홀몸이 되었다. 세 자식을 두었으나 둘은 죽고, 서정주의 아버지만 살아남았다. 가계를 홀몸으로 영위해가자면 권위적이며 의지가 확고한 제우스 원형을 활성화시켜야만 했을 것이다. 자식을 홀로 키운 할머니는 서정주의 아버지에겐 아버지의 역할을 겸한 어머니였다. 따라서 한 가정을 일으켜 세운 할머니의 권위에 아무도 대적할 수 없었던 것이다. 그러한 "할머니는 단군 적 박달나무 신발을 신고" 다녔다고 형상화되고 있다.

샤머니즘에서 우주나무 혹은 우주나무사람은 하늘과 땅의 매개자로서 구실하였다. 하늘과 땅 사이의 동물이나 사람의 영혼이 내왕할 때 이 나무를 통했음은 두말할 나위가 없다. 혈통을 유지하기 위해 니비흐인들이 하늘세계와 지상세계의 매개체인 나무에 제물을 바친

---

103 서정주, 「질마재」, 앞의 책, 12~13쪽.

사례는 단군신화에서 웅녀가 신단수를 세워 혼사를 치렀다든가, 신단수의 혈통을 이은 여성으로서 혼사를 치른 한국의 사례를 연상시킨다. 이때 박달나무는 '박달아기'로 일컬어지며, 한국인들이 가장 두려워하는 신의 구현체로서 작용해왔다. 니비흐족의 세계나무와 마찬가지로 한국인의 박달나무는 천신이나 인간 영혼이 하늘에서 지상에 내릴 때 사다리와 같이 활용되었다.[104]

위 글에서 할머니가 단군 적 박달나무 신발을 신었다고 형상화된 이유를 유추할 수 있게 된다. 단군은 우리 민족의 시조로서 제우스 중의 제우스라고 할 수 있다. 더구나 우리 민족의 세계나무인 박달나무로 만든 신발을 신었다고 형상화한 것은 할머니에게 단군 못지않은 권위를 부여하고자 의도한 것임에 틀림없다. 또한 세계나무가 사람의 등뼈, 가옥 등으로 은유된다고 할 때, 박달나무 신발을 신은 할머니는 한 집안의 중추적인 역할을 수행하는 인물로서도 부족함이 없다. "두루미 우는 손톱"이 시사해주는 '두루미' 역시 일반적인 새는 아니며, '쑥'과 '마늘'도 곰이 백일 동안 동굴에서 나오지 않고 먹음으로써 사람이 될 수 있도록 해준 식물이다. 할머니는 때론 쑥 같기도 하고, 마늘 같기도 하며, 수숫대 같기도 한 인물로 상정되면서 그 권위가 신화적인 차원으로까지 승화되었다고 할 수 있다.

서정주는 할머니를 단군과 웅녀에게 대응시킴으로써 남성성과 여성성을 함께 지닌 '최고로 힘이 센' 제우스 원형을 구현하고자 한 것이다. 할머니는 수월찮이 성격이 센 아버지마저도 머리를 숙이도록 하면서 권위적인 가장의 역할을 빈틈없이 수행한 인물임에 틀림없다.

---

104 김열규, 『동북아시아 샤머니즘과 신화론』, 아카넷, 2004, 239쪽 참고.

권력과 부에 집착하는 제우스

'라캉'에 의하면, 균등한 사회는 우리가 믿고 싶은 생각 속에만 존재하며, 그러한 사회는 욕망을 제거한 사회이기에 죽음의 세계라고 언급된다. 차별받을 때마다 인간은 평등을 원하지만 그것은 환상에 불과할 뿐이라는 것이다. 언제나 더 나은 것을 얻으려 하고, 더 많이 얻으려고 하는 것이 욕망의 본질이기 때문에 평등이란 얻으려고 한 것을 얻지 못했을 때의 환상에 지나지 않는다.[105] 그렇다면 인간사회는 본질적으로 계급을 떠나서 존재할 수 없다는 언급이 가능하다. 타인보다 월등한 권력을 지니고 싶은 마음은 실제로 그와 같은 계급을 생성시키기 때문에 인간사회에서 평등은 형이상학적인 개념에 불과할 뿐이다. 이와 같은 사고를 지니고 평등을 용납하지 않는 인간유형 중 대표적인 것이 제우스 원형의 인물이다.

제우스 원형을 지닌 남성은 권위와 권력을 갖고 싶어 하고, 그 목표를 달성하기 위해 어떠한 위험과 고통도 감내한다. 그는 고용되어 일하기보다 스스로 주인이 되기를 원하며, 사업을 시작할 때는 원대한 미래를 구상한다. 산문집에서 서정주는 제우스 원형의 인물을 다음과 같이 묘사하고 있다.

"마을의 큰 세력은 근조(近朝)나 다름없이 여전히 유자(儒者)들한테 있었다. 그 중에는 마을에서 제일 점잖은 이장의 아버지 선달 영감도 있고, 훈장 송무술 씨도 있으며, 아들 잘 치고 마누라 잘 치는 그런 매운 얼굴로 마을 사람들한테까지 위엄을 떨치던 조인술 씨도 있고, 또 우리 아버지도 있고 하여, 분명히 마을의 제일 세력임엔 틀

---

105 권택영, 앞의 책, 51쪽.

림없었으나, 지금 내겐 이 세력이 매력 있는 것으로 기억되진 않는다. 그들의 위엄과 그들의 치산(治産)은 그 중 나아서, 그건 그들의 자손과 마을 사람들을 강다짐으로 다져내는 데는 힘이 되었을 것이다. 하나, 어린 내게 그들은 너무 무서웠고, 또 인색하게 인상지어져 있다."[106]

서정주는 고향 질마재 사람들의 원형을 세 유형으로 분류하면서 유자파와 자연파, 심미파로 나누었다. 유자는 인용한 글과 같이 권력과 부를 축적한 사람들이고, 지연파는 쟁기질 잘하고 낚시질 잘하는 진영이 아재와 선봉이, 정규 같은 사람들이다. 그리고 심미파는 노래 잘 부르고, 춤 잘 추고, 장구·꽹과리를 잘 치며, 멋 부리기를 좋아하는 사람들이다. 여기서 유자파로 분류된 사람들은 권력과 부에 집착하면서 권위적인 제우스 원형을 행사한 인물이라고 할 수 있다. 이들은 재산이 넉넉하여 큰소리치면서 마을 사람들을 부리고 자존심을 지켜나갔다.

> '내 나이는 천년을 갈 것이라'며
> 이태리의 밀라노로 쳐들어가던 그대.
> 알프스산을 뛰어넘어서 로시아까지
> 온 세상을 말발굽 밑에 짓이겨대던 그대.
> 그대더러 우리 한국 한방의들은
> '사람이 아주 표범 같아서
> 못참아 법석을 떨었느니라'고
> 소양이라고 핀잔도 하기는 하더구만서두

---

106 서정주, 「질마재」, 앞의 책, 26쪽.

나는 양발릿드의 그대 무덤을 와 보군

생각을 좀 돌려 고치긴 고쳤노라.

'나는 싸움에 패망한

한낱 패잔의 병졸일 뿐이다.

그러니 이 나라의 모든 폐병들 사이

한자리만 주어서 영원히 있게 하라'던

그대의 임종의 그 뜻 그대로 놓인

공동묘지 속의 그대의 무덤을 보고

생각을 새로 고쳐 가졌노라 ─

'나뽈레옹 그대는

한낱 소양인 줄로만 알았더니

태양 ─ 그 사자 같은 데도 있기는 있었다'고.

─「나뽈레옹 장군의 무덤 앞에서」 전문

나폴레옹을 능가하는 정복자로서 칭기즈칸을 꼽을 수 있다. 다른 황제들과 마찬가지로 칭기즈칸도 신의 사명을 부여받았다고 믿으면서 상상력 속의 유일한 세계이던 유라시아 최고의 권력자가 되기를 꿈꾸었다. 그는 20만 명에 달하는 기마병을 진두지휘했다. 이 기마병들은 유목민적 전쟁을 치른 적 있는 기술자들로서 세계에서 가장 좋은 말을 타고, 모피를 댄 외투와 바지를 입고, 장화를 신고 털목도리를 두르고 있었다. 그들의 모습이 야기하는 두려움과 선전 효과만으로도 승리를 보장하기에 충분했다.[107]

정복 전쟁을 일으킨 칭기즈칸이나 나폴레옹은 제우스 원형의 대표

---

[107] 자크 아탈리, 이효숙 옮김, 앞의 책, 215쪽 참고.

적인 인물이다. 제우스 원형의 인물은 전략가이며 권력을 쥐고자 하는 욕망이 강하였다. 어느 자리에서든 최고가 되기를 원하면서 강한 정복욕을 과시하는데, 시「나뽈레옹 장군의 무덤 앞에서」에 등장하는 나폴레옹이 그런 인물이다. 그는 유럽에 이어 러시아까지 정복하기 위해 '내 사전엔 불가능이 없다'라고 호언하며 알프스를 넘는 대장정을 이루어내기도 하였다.

"내 나이는 천년을 갈 것이라"고 자만하는 그의 행위는 '권력과 부에 집착하는 제우스' 원형을 적절하게 구현한 예이다. 그에 대해 "우리 한국 한방의들은/ 사람이 아주 표범 같아서/ 못 참아 법석을" 떨었다고 하지만, 서정주가 그의 무덤을 가보니 그렇지 않더라는 것이다. 그 이유는 "나는 싸움에 패망한/ 한낱 패잔의 병졸일 뿐이다./ 그러니 이 나라의 모든 폐병들 사이/ 한자리만 주어서 영원히 있게 하라"고 한 유언 때문이었다.

그는 원대한 정복욕을 실현하기 위해 전쟁을 벌였지만, 비난받으며 전쟁에서 패하고 말았다. 만약 "나는 싸움에 패망한/ 한낱 패잔의 병졸일 뿐이다./ 그러니 이 나라의 모든 폐병들 사이/ 한자리만 주어서 영원히 있게 하라"는 유언을 남기지 않았다면, 그는 비참한 패잔병에 지나지 않을 뿐 아니라, 침략자·광기어린 정복자라는 비난을 면치 못했을 것이다. 그러나 그는 패전의 치욕을 한꺼번에 뒤집을 수 있는 유언을 남김으로써 후대 사람들에게 용감한 정복자로서 인식될 수 있었다. 치명적인 과오를 저질렀음에도 불구하고 자신의 상황을 정확하게 파악하고 행동함으로써 영웅으로 추앙받게 된 것이다. 나폴레옹은 무력으로써 '권력과 부에 집착하는 제우스' 원형을 실현하고자 했지만, 그것이 실패하자 유언이라는 전략으로써 제우스의 권좌를 지켜내는 데 성공했다고 할 수 있다.

수원에 들어선 건 황혼이었는데,

여기 특기해 둘 건 이때부터 내 마음이

내 눈에 안 보이는 어떤 기구의 노력에 붙잡혀

강제로 공중에 공개당하게 된 사실일세.

그로부터 이 글을 쓰고 있는 지금까지도

텔리퍼시랄까 이심전심의 그런 기구 속에

37년 남아나 늘 걸리어 살아오고 있는데

그 시작은 1950년 6월 28일 저녁 때

수원에 피난의 무거운 다리를 들여놓고 있던 바로 그때부터였었네.

나는 이때의 우리 대통령 이승만 박사의 전기를 쓴 사람이고

그 자료를 꽤 오랫동안 이박사에게서 직접 구수(口授)받아

필기도 한 사람이라

북괴가 그 정보를 얻어

나를 이박사의 마음을 낚기 위한 낚시밥으로 이용하려 한 것이라고

지금은 짐작하고 있지만,

처음 이 일을 당하던 한동안은

그 전기가 이박사의 마음에 안 들어 몰수당했던 만큼

나의 행방을 우리 정부가 감시하려는 것이나 아닌가 싶어

서글프고 괴롭고 캥기기까지도 했었네.

— 「6·25 남북전쟁 속의 한여름」 일부

서정주는 이승만 대통령의 부탁으로 전기를 집필한 적이 있었다. 하지만 책은 출간되자마자 모두 폐기처분되기에 이른다. 그것은 이승만 대통령의 혈족이나 주변 인물들의 이름에 '씨', '님' 등의 존칭을 생략했다는 이유에서였다. 당시 서구사회에서는 아무리 훌륭한 인

물들이라 하더라도 지면에서는 '씨'나 '님' 같은 존칭을 생략하는 것이 일반화되어 있었고, 현재(2013년) 한국 문법에서도 공적인 글에서는 그와 같은 존칭을 붙이지 않아야 한다고 규정하고 있다. 그러한 관례에 따라 전기를 집필한 것이 대통령을 진노하도록 만든 것이다. 그 사건 이후 서정주는 보이지 않는 권력에 대한 두려움으로 시달리게 된다.

1950년 6월 25일 동족상잔의 전쟁이 터지자 그는 환청에 시달리는 정신질환을 앓게 된다. 가족을 서울에 남겨둔 채 천신만고 끝에 한강을 건넜지만, 불안감은 피해망상증으로 확대된 것이다. 누군가에게 끊임없이 감시당하고 조롱당하고 있다는 피해의식은 실어증으로 발전되어 심각한 지경에까지 이르고 만다. 전기를 집필했으나 찬사는커녕 대통령을 진노하게 만들면서 권력에 의해 감시당하고 있다는 피해의식이 극한의 상황을 만든 것이다.

어버이가 자식에게 환상아를 투영한 경우, 자식은 전면적으로 어버이에게 의존하고 있기 때문에 자신에게 투영된 환상아에 어떻게든 부합하려고 노력한다. 그 결과 자기소외가 발생하고, 종내에는 정신병자나 신경증자 또는 부적응자가 될 수도 있다.[108] 서정주는 권위적인 아버지, 즉 대통령의 기대에 부합하고자 노력했으나 그를 실망시키는 결과를 초래했을 뿐이다. 그와 같은 좌절감이 전쟁이라는 극한의 상황에서 피해망상증으로 확대된 것이다.

제우스적인 사회는 표준 인간상을 선호하며 또한 요구하였다. 그 표준 인간상에 자신을 맞추는 일은 자신의 원형을 변화시키지 못하는 사람에게는 괴로운 일이 아닐 수 없다. 서정주는 권력에 협조함으

---

[108] 기시다 슈, 우주형 옮김, 앞의 책, 35쪽.

로써 영달을 꾀하였지만, 그 일에 실패하면서 아버지의 요구에 미치지 못하는 못난 아들이 되어버린 것이다. 심약했던 그는 누군가가 자신을 해치려고 한다는 피해망상증에 걸리게 되고, 그 병은 일생동안 그를 따라다니며 괴롭혔다.

협상에 능한 제우스

성공한 제우스 원형의 인물은 권력을 지닌 다른 인물들과 일을 도모하기를 좋아한다. 그는 동맹을 제의하고 각자의 영역을 정하여 보상 협정을 체결하는 등의 '정상회담'에 강하다. 언변이 좋은 그는 권위 있고 단호한 사람들을 상대하고 싶어 하는 한편, 자신처럼 남들도 최대 이익을 추구할 것을 기대한다. 권력의 토대를 굳건히 하고, 그것을 바탕으로 권세를 확장하려는 것은 협상에 능한 제우스 원형에게 자연스러운 목표이다.[109]

> 이스탄불 거리에서
> 관광객이 택시를 기다리노라면,
> 영·불어가 능란하고 웃수염 좋은
> 토이기의 신사는 나타나서
> '어느 쪽으로 가시옵니까?'
> 방향을 물으시지.
> 그래 그 방향이
> 운 좋게도 일치할락시면

---

109 진 시노다 볼린, 유승희 옮김, 앞의 책, 71쪽.

'내가 그 택시 요금일랑은

반으로 보기좋게 에누리시킬 테니

같이 좀 타고 갑시다요'

점잔하게 흥정을 걸어 오시지.

그리하여, 관광객에겐 두루 갑절 바가지인

그 택시 요금을

영낙없이 절반으로 에누리해 놓고는

웃수염 쓰다듬으시며 공으로 붙여 가시지.

— 「토이기 신사의 지혜」 전문

인용한 작품에서 '토이기 신사'가 취한 행동은 제우스의 협상에 해당한다. 제우스 원형은 협상에 능하며, 협상을 토대로 하여 자신의 이익뿐 아니라 상대에게도 이익을 안겨준다. 이스탄불 거리의 택시 기사들은 자신의 손님이 외국인인 줄 알면 택시 요금을 턱없이 많이 부른다. 그런데 토이기 신사가 나타나 "어느 쪽으로 가시옵니까?" 묻고, 자신과 가는 방향이 일치하면 택시 요금을 반으로 깎아내려줄 테니 자기 좀 태워다 달라고 제안한다. 이보다 멋진 흥정은 없을 것이다. 본인은 돈 안 내고 택시를 탈 수 있고, 관광객도 택시 요금을 적게 지불하게 되므로 양쪽에게 이득을 가져다주는 협상이 되는 것이다.

고려 태조 왕건이 고려 맨 처음의 왕이 된 가장 큰 힘은 그 포섭력이고, 그 포섭력 중에서도 제일 큰 포섭력은 쬐끔치라도 이용할 모가 있는 사람들한테는 두루 아양을 적당히 피우고 있던 점이다.

천하의 쌍놈인 후백제왕 견훤이가 할 수 없이 숙이고 그의 앞에 항복

해 왔을 때도 '아버님, 아버님, 올라와 앉으십시오' 응석을 부렸고, 그 견훤의 사위 박영규 장군 부부가 그들의 몸을 맡겨 왔을 때에도 '형님, 형님, 형수씨, 형수씨' 어쩌고 고분고분 달보드레한 아양을 매우 잘 떨었다.

이 힘인 것이다. 그의 상전이었던 궁예를 넘어서서, 그의 강적이었던 견훤이를 깔고서, 망국 신라를 기분 좋게 살살 달래, 고려의 왕통을 세워 낸 것은…….

─「왕건의 힘」 전문

궁예를 젖히고 고려를 세운 왕건의 협상 능력은 익히 알려져 있다. 그는 전략적으로 스물여덟 번이나 결혼하여 많은 후손을 두었을 뿐 아니라, 각지의 호족들과 사돈 관계를 맺음으로써 지방의 권력을 중앙으로 집결시키는 데 성공하였다. 이것은 제우스가 티탄을 평정하기 전에 일곱 번의 결혼을 했던 사실과 동등한 맥락을 지닌다. 자신의 영역 확장을 최고의 목적으로 삼는 제우스에게는 결혼도 동맹을 이루고, 권력을 공고히 하기 위한 수단이 되었다. 제우스에게 결혼은 가족들 간에 맺는 동맹이었으며, 그러한 결혼에서는 재산과 자손이 주요 관심사가 되었다. 그의 일곱 번의 공식적인 결혼은 이 같은 본보기를 반영해준다.

작품은 고려 태조 왕건이 고려 맨 처음의 왕이 된 가장 큰 힘은 그 포섭력이고, 포섭력 중에서도 제일 큰 포섭력은 조금이라도 이용할 모가 있는 사람들한테는 두루 아양을 적당히 피운 것이라고 풍자하고 있다. 이와 같은 풍자에는 제우스 원형의 특징이 적절하게 형상화되고 있다. 견훤이 아들 신검과 불화를 겪을 때 그를 따뜻이 받아주었고, 그의 사위·딸까지도 받아들이며 부린 '아양'은 제우스의 '전략'

에 해당하기 때문이다. 그럼으로써 왕건은 후백제를 손쉽게 복속시킬 수 있었고, 견훤과 사위와 딸 또한 대우받으며 운신할 수 있었다. 왕건의 탁월한 전략은 "상전이었던 궁예를 넘어서"고, "강적이었던 견훤이를 깔고서, 망국 신라"까지 "기분 좋게 살살 달래, 고려의 왕통을 세"우는 데 적중한 것이다.

바람둥이 제우스

제우스는 최고의 통치자가 되기 전에 일곱 번 결혼했는데, 정식 결혼으로는 헤라가 마지막이며, 그 이후엔 스물세 건의 연애 사건이 전해지고 있다. 그는 여성을 유혹할 때 헤라를 속이기 위해 다른 모습으로 변신하지만, 숨기는 데는 번번이 실패하였다. 그때마다 헤라는 무서운 보복을 감행하였고, 제우스는 자식들은 구해내지만 헤라와 맞선 여성들은 구하지 못하였다.

서정주의 시작품에서 '바람둥이 제우스' 원형을 구현하는 인물은 「북부여의 풍류남아 해모수 가로대」의 해모수뿐이다.

짐은 조선의 하눌이 낳은 아들, 태양의 정기, 단군 때부터의 그 풍류 정신의 신이요 사람을 겸한 자로다.

희랍의 태양의 신 아폴로는 강물의 여신 다프네에게 채인 사실도 있었지만서두, 짐의 힘과 매력은 매우 숭글숭글하고 빈틈이 없이 직선과 곡선을 다하기 때문에, 내 비록 노경의 나이일지라도 한번 마음먹은 처녀가 만일에 높은 산을 좋아하면 나는 꼭 높은 산같이 되고, 처녀가 또 만일 맑은 강물을 좋아하면 나는 어김없이 또 그리 되며, 햇빛 냄새 띠앗한 보리밭이 좋다면 그 보리밭같이, 거기 날아오르는 노고지리 목청

이 좋다면 또 그렇게도 되나니, 이렇게 사람이요 신인 자 나를 따돌리고 말 길은 이 하눌 밑에서는 영 없도다. 가령 누구의 아내 된 여자가 그 남편의 애기를 갖는 자리일지라도 나 해모수가 기억해 떠 오른다면 그 마음만은 나를 인해 애기를 배리로다.

흠! 일이 이러하므로, 짐의 양손자인 왕·금와의 아내 유화가 처녀때 내 기운을 받아 애기를 가진 사실도 잘 덤을 붙여 보아 주길 바래노라. 흠!

―「북부여의 풍류남아 해모수 가로대」 전문

인간 여인이 신령스러운 동물이나 거인을 만나 그 기운으로 임신하고, 훌륭한 존재를 낳았다는 이야기는 신이나 영웅의 탄생을 거론할 때마다 등장하는 모티프로서, 신화학에서는 이를 감생신화(感生神話)라고 부른다. 감생신화는 아버지는 모르고 어머니만 알 수 있었던 모계사회의 현실을 반영하고 있다.[110] 유화가 해모수의 아이를 낳았다는 주몽신화 역시 아버지인 해모수가 신화적 인물로 추정되기 때문에 감생신화라고 할 수 있다.

하백의 딸 유화는 천제의 아들 해모수에게 유혹당하지만, 얼마 지나지 않아 버림받는 운명에 처하고 말았다. 분노한 하백이 딸 유화를 먼 호숫가로 추방하였고, 물고기를 잡아먹으며 연명하는 그녀를 동부여의 금와왕이 발견하여 궁으로 데려왔다. 얼마 후 유화는 알을 낳았고, 놀란 금와왕이 알을 버렸으나, 짐승들이 소중히 품어주는 걸 보고는 다시 유화에게 돌려주었다. 그 알에서 사내아이가 태어났으니 그가 곧 주몽이다.

해모수는 천제의 태자로서 아버지의 명을 받아 새 깃털관을 쓰고

---

110 정재서, 앞의 책, 148쪽.

새들과 함께 부여의 고도에 내려왔다. 하늘에서 하계로 내려온 것은 환웅과 비슷하지만, 환웅은 천제의 서자로서 본인 스스로 내려온 반면, 해모수는 '아침이면 정사를 보살피고 저녁에는 하늘로 올라갔다.'고 기록된 것으로 보아, 지상계에 아주 정착한 인물이 아니라는 것을 알 수 있다. 그러나 환웅은 모든 점에서 지상계에 정착한 존재로 나타난다. 신화는 두 인물의 출신에 대해 해모수는 천제의 태자로, 환웅은 천제의 서자로 밝히고 있다. 따라서 환웅이 지상계를 동경하게 된 데는 서자라는 그의 출신과 관련이 깊다. 그는 동경하던 지상계에서 홍익인간의 사업을 펼침으로써 고대 한국인에게 문화와 질서를 가져다준 영웅이 되었다.[111]

시 「북부여의 풍류남아 해모수 가로대」에서 '해모수'는 바람둥이 제우스 원형을 구현한다. 제우스는 권위적이며 재물과 권력의 축적에 몰두하고, 혼외정사를 일삼은 인물로 함축할 수 있다. "짐은 조선의 하늘이 낳은 아들, 태양의 정기, 단군 때부터의 풍류정신의 신이요, 사람을 겸한 자"라고 스스로 권위를 세우는가 하면, 마음에 드는 처녀는 자신의 뜻대로 취할 수 있다고 장담하기도 한다. 그 자신감은 "가령 누구의 아내 된 여자가 그 남편의 애기를 갖는 자리일지라도, 해모수가 기억해 떠오른다면 그 마음만은 나로 인해 애기를 배리로다." 하고 단정하는 데서 극치를 보여준다.

제우스는 요정과 인간 여성, 여신들을 유혹하여 여러 아이를 둔 아버지이다. "처녀가 만일에 높은 산을 좋아하면 나는 꼭 높은 산같이 되고, 처녀가 만일 맑은 강물을 좋아하면 나는 어김없이 또 그리 되겠다."고 하는 것은, 제우스가 원하는 여성을 취하기 위해 변신했던

---

111 황패강, 『한국신화의 연구』, 새문사, 2006, 222쪽 참고.

모티프를 패러디한 사례라고 하겠다.

"가령 누구의 아내 된 여자가 그 남편의 애기를 갖는 자리일지라도 나 해모수가 기억해 떠오른다면 그 마음만은 나를 인해 애기를 배리로다"라고 한 부분에서는 해모수와 유화부인의 전설을 유추할 수 있다. 유화부인은 부여의 금와왕과 살면서도 해모수의 아들인 주몽을 낳아 길렀기 때문이다.

포세이돈 원형

　프로이트는 "문명이 발달하는 것 혹은 지식인이 된다는 것은 본능을 포기하고 수치심과 치부, 더 나아가 일체의 사적(私的)인 부분들을 감추는 과정"[112]이라고 말하였다. 본능을 포기하고 욕구를 억제하면서 승화시키고, 지연시키는 것을 배우는 과정을 문명의 발달과 일치한다고 본 것이다. 통치자·권력자로서의 제우스가 문명 세계를 다스리는 데 적합한 인물이었다면, 바다의 신 포세이돈은 본능과 감정의 세계를 관장하는 데 적합한 인물이었다.

　제우스와 하데스, 포세이돈이 제비뽑기를 하여 세상을 나눈 결과 포세이돈은 바다에 왕국을 건설하였다. 따라서 그가 의인화하는 감정, 그가 다스리는 심리적 영역을 파악하기 위해서는 파도가 거칠게 몰아치는 바다를 생각하면 된다. 그는 엄청난 파괴력으로 제 길을 가고 있는 것들을 닥치는 대로 때려 부수고, 포효하는 파도처럼 감정의 격랑을 전횡하면서 감정과 본능의 세계를 의인화하였다. 인간의 합리성을 마비시키는 감정의 격랑과도 같이 포세이돈은 깊은 바다 속에서 나타나 사납게 날뛰다가 다시 바다 밑 세계로 물러나곤 하였다. 그리하여 자연과 인간 본성이 지닌 혼란스럽고 파괴적인 힘인 홍수를 가져오는 자, 대지를 흔드는 자로 불리기도 하였다.[113]

　서정주의 시작품에서 포세이돈 원형은 '의협심이 강한 남성'과 '감

---

112 피터 브룩스, 이봉지·한애경 옮김, 앞의 책, 47쪽.
113 진 시노다 볼린, 유승희 옮김, 앞의 책, 94쪽.

정에 지배당하는 남성'의 양상으로 수렴할 수 있다.

시작품명	인물의 이름	원형의 양상
라인 강가에서 (권2, 142~143쪽)	히틀러	감정에 지배당하는 남성
덴 하그의 이준선생 묘지에서 (권2, 151쪽)	이준 선생	의협심이 강한 남성
옥색과 홍색(권2, 355쪽)	김부식	감정에 지배당하는 남성
광주학생사건(권3, 112~116쪽)	서정주	의협심이 강한 남성
제2차년도의 광주학생사건 (권3, 122~126쪽)	나, 한용필 조경인 이동정	〃
청산가리와 함께 (권3, 249~253쪽)	서정주	〃

🍃 의협심이 강한 남성

포세이돈 원형은 불의를 보면 참지 못하고 격렬하게 대응하는 측면을 지니고 있었다. 포세이돈 원형의 그러한 양상은 자신의 환상아가 '국가'라고 하는 이데올로기에 투영될 때면 강한 충성심으로 변환되어 나타나기도 하였다. 시작품에 등장하는 포세이돈 원형이 '의협심이 강한 남성'의 양상으로 구현되는 것은 「덴 하그의 이준선생 묘지에서」와 「광주학생사건」, 「제2차년도의 광주학생사건」, 「청산가리와 함께」가 있다.

선생께선 지내치게 강하십니다.
조국을 위해서라고 하시지만은
서른 아홉살의 그 젊은 나이로

어떻게 이 머나먼 타국 구석에 홀로
'죽어서 묻히겠다' 하실 수가 있었습니까?

제 나이는 선생의 그때 나이보다
갑절에 거의 가까웁지만
아직도 그렇게까지 할 용기는 없사옵니다.

무척은 많이도 외로우셨지요?
여기서 유럽 대륙과 인도양 태평양을 건네서
우리 한국에까지 뻗치는
선생의 그 머언 머언 외로움의 그늘!
저는 그 그늘의 아주 작은 한 귀퉁이밖에는
아직도 감당할 힘이 없사옵니다.

―「덴 하그의 이준선생 묘지에서」 전문

1907년 6월, 제2차 만국평화회의가 네덜란드 헤이그에서 열리자, 이준은 일본의 침략 행위를 규탄하고 국권을 회복하고자 고종황제의 윤허를 받아 국제회의장으로 향하였다. 특사로는 이상설과 이준, 이위종이 임명되었고, 이들은 의회에 임하는 우리 대표단의 활동에 편의를 제공해달라고 부탁하는 고종황제의 친서를 니콜라이 황제에게 전달한 후, 1907년 6월 29일 헤이그에 도착하였다.

이준을 비롯한 세 특사는 연일 각국의 사신과 기자들 앞에서 1905년 일본과 체결한 보호조약은 강압에 의한 것이므로 마땅히 파기되어야 한다고 역설하였다. 또한 일제의 침략야욕과 무력에 의한 침탈을 규탄하면서 대한제국은 주권국임을 천명하였다. 그러나 일본 대표 가등고명(加藤高明)은 고종황제가 보낸 위임장의 진위를 거론하면서, 이준 일행에게 회의장에서 퇴장할 것을 요구하였다. 이에 격분한 이준은 일본 대표를 반박하고 할복함으로써 붉은 피를 만국의 전당에 뿌리는 거사를 감행하였다.

이때 이준이 보여준 충성심은 '의협심이 강한' 포세이돈 원형이 행사할 수 있는 양상이다. "제 나이는 선생의 그때 나이보다/ 갑절에 거의 가까웁지만/ 아직도 그렇게까지 할 용기"가 없다면서 서정주는 이준의 의협심을 부러워한다.

의협심이 강한 포세이돈 원형은 환상아가 투영된 이데올로기를 위해 목숨 바치기를 두려워하지 않는다. 환상아와 현실아를 일치시키지 못할 경우, 죽음을 선택함으로써 환상아에 현실의 자아를 합일시키고자 한다. 이준은 자신의 목숨을 버리는 일만이 조국의 독립을 실현시킬 수 있는 유일하고도 완전한 방법이라고 생각한 것이다.

포세이돈 원형의 이러한 양상은 현대사회 곳곳에서도 드러나는 바, 대표적인 사례로 중동의 자살폭탄테러를 들 수 있고, 거슬러 올라가 일본의 가미가제 특공대의 자살공격을 들 수 있다. 이들은 몸에 폭탄을 장착한 후 대상 목표물을 향해 투신함으로써 자신의 이데올로기를 실현시키고자 했다는 점에서 공통분모를 지닌다.

> 드디어 북괴군은 대구 북방 3, 40리 언저리에까지 쳐들어와서
> 그 포소리에 우리 합숙소의 벽이 쿵쿵 울리고
> 마산서 채병덕 총사령관이 전사하며 함락되었다는
> 기별이 들어오는 어느 날
> 우리 일행은 유재홍 사단장 휘하의 최전선을 위문하러 갔었는데
> 그때 이어서 후송되어 나오던 전사상자들의 피 냄새에 취하여

우리는 처소로 돌아오자 대두 한 말들이 정종을 몽땅 다 마시고

「가자! 우리도 총 달래서 메고 일선으로 나가자!」

고래고래 소리를 합쳐 부르짖고 있었네.

뒤에 국립묘지장이 된 이종태 소령이

음악가기 때문에 우리를 동정해 가져온 술이었는데,

총도 쏠 줄도 모르면서

이때 이 무모한 출전론을 맹렬히 선창한 사람은

딴사람이 아니라 바로 서정주였다고

뒤에 웃음거리가 됐었지.

— 「청산가리와 함께」 일부

6·25전쟁이 터지자 남하한 시인·소설가들은 '문총구국대'라는 문인단체를 조직하여 문화 활동으로써 전의를 고취하고자 하였다.

시 「청산가리와 함께」를 보면, 전장에서 후송되어 나오는 사상자들의 피 냄새에 동요한 서정주 일행이 대두 한 말들이 정종을 마시고, 우리도 총을 메고 일선으로 나가자고 부르짖는 구절이 있다. 이들은 무기를 다룰 줄도 모르면서 순간적으로 애국심에 고취된 것이다. 이들을 고무시킨 것은 알코올의 역할도 있지만, 의협심이 강한 포세이돈 원형이 활성화되었기 때문이라고 하겠다.

이준의 경우처럼 이들도 자신의 이데올로기를 실현시키지 못할 경우, 죽음을 선택하자고 뜻을 모은 후, "나와 조지훈이는 국방부 정훈국을 찾아가/ 비상시에" 사용할 독약을 요청하기에 이른다. '의협심이 강한' 포세이돈 원형은 자신의 이데올로기를 위해 신명을 다하지만, 그것이 실현되지 않을 경우는 죽음으로써 환상아와 하나가 되고자 한다. 그것만이 자신의 이데올로기를 실현시킬 수 있는 유일한 방

법이라고 믿기 때문이다.

감정에 지배당하는 남성

꿈과 은유의 세계에서 바다는 무의식을 나타낸다. 표면 바로 밑에는 개인적인 감정과 기억들이 존재하고, 심연에는 정체를 알 수 없는 원초적인 것들과 가지각색의 형태들 그리고 집단 무의식이 존재한다. 물과 감정은 상징적으로 연결되기 때문에 화나면 감정적으로 강렬하게 반응하는 포세이돈에게 바다는 적합한 영역이었다.

포세이돈 원형의 인물은 주기적으로 감정을 주체하지 못하고 격앙되는 측면이 있는데, 그와 같은 양상은 시작품에서 대부분 부정적으로 드러난다. 서정주는 감정에 지배당하는 포세이돈 원형을 상반적인 원형과 대비시킴으로써 그에 대한 부정을 더욱 확고히 하고 있다. 시 「라인 강가에서」도 '괴테'와 '히틀러'를 동시에 등장시킴으로써 '감정에 지배당하는' 포세이돈 원형을 부정적으로 구현한 사례이다.

라인 강가의 산 밑에 앉아

시름 겨운 뻐꾹새 소리를 듣고 있다가

괴테와 히틀러가

문득 내 가슴에 함께 들어와서,

그 뻐꾹새 울음 사이에

그 둘을 끼어 두고 생각해보고 있었다.

「서러운 인류의 공동의 고향에서 오는

가슴앓이 소리 같은 저 뻐꾹새 소리는

아돌프 히틀러의 그 과격한 살육의 사이사이에서도

뻐꾹 뻐꾹 뻐꾹 뻐꾹 되풀이 되풀이

분명히 이어서 울고 있었을 것이지만

그는 마음이 시끄러워 듣지를 못했고,

또 알아 들었대도

그 서러움의 무게를 감당치도 못했을 것이다.

그렇지만 괴테는 고요한 사람이라

저 뻐꾹새 소리에 담겨 퍼지고 있는

그 서러움을 들을 만큼 들었고,

또 그것을 감당할만도 했었다.

그러니 독일 사람들은

이 둘 중에선 괴테의 편이 되어

뻐꾹새 소리를 잘 알아 들어야 할 것이라」고 …….

—「라인 강가에서」 전문

이 작품은 '영원'의 시적 장소로서 '인류 공동의 고향'을 도입하고 있다. 대부분 '고향'에 대한 이미지는 어머니의 자궁을 의미하며, 한 인간의 시원(始原)을 상징하기도 한다. 욕망이 배제된 공간으로서의 고향은 원죄가 잉태되기 이전의 에덴동산일 수도 있다. 현실의 거리를 누비는 중에도 고향을 깨끗한 심성으로 인식하게 되는 것은 고향은 원죄가 끼어들지 않은 최초의 시원이기 때문이다. 따라서 인용시 「라인 강가에서」에서 형상화되는 '인류 공동의 고향'은 '에덴동산'으로서 상정할 수 있다.

히틀러는 인류 공동의 고향에서 들려오는 가슴앓이 소리를 듣지 못한다. 그가 살육을 하는 사이사이에도 뻐꾸기는 가슴앓이 소리로써 살육의 부당성을 간곡히 전하지만, 마음이 맑지 못한 그는 알아들을 수가 없다. 설혹 들었다고 해도 그 의미를 가늠하지 못하여 깨닫지 못한다. 따라서 히틀러는 감정에 지배당하는 포세이돈 원형을 구현하는 인물이라고 하겠다. 그러나 괴테는 고요한 사람이라 뻐꾹새 소리를 들을 만큼은 들었고, 그 의미도 알 만큼은 알 것이라고 표현되고 있다. 그리하여 독일 사람들은 괴테와 같은 심성으로 인류 공동의 고향에서 들려오는 소리, 하늘의 소리 혹은 영원의 소리를 알아들어야 할 것이라고 형상화하고 있다.

서정주는 시「옥색과 홍색」에서도 정지상과 김부식을 대비시킴으로써 감정에 지배당하는 포세이돈 원형의 양상을 부정적으로 구현하고 있다.

시인 정지상이는 무슨 빛보다도 만물의 본고향 빛 — 하늘의 옥빛을 가장 숭상하는 신선 마음으로 살다가, 인류의 붉은 핏빛을 얼굴에 자주 나타내는 시비유생 김부식이한테 몰려서 잡혀 죽어 귀신이 되었것다.

그래 그 뒤 어느 날 김부식이가 뒤깐에 들어갔을 때 또 얼굴을 붉히고 있는 것을 뒤따라 들어간 정지상이 귀신이 보고「네 낯빛이 또 왜 그리 붉으냐?」고 물으니, 김부식이는 본심은 숨기고 시쪼의 거짓말로「저 언덕의 단풍빛이 비쳐 와서 그랬나뵈」한 마디로 그냥 얼버무려 넘겨 버리려고 했었지.

그러니까 정지상이 귀신은 이번엔 김부식이 불알을 매우 되게 잡아 쥐고「이래도 거짓말 할 테냐? 이래도 거짓말 할 테여?」거듭 거듭 그 불알을 죄고만 있었지.

「지상아. 불알을 쥐이고도 너는 낯도 안 붉힐 수도 있니? 그렇다면 네

애비 불알부터 그건 무쇠로나 만들었나 부다」

　부식이는 그래도 안 지겠다고 이 한 마디를 마지막으로 뇌까리고 강그
라져 죽어 버리고 말았는데, 이 유생과 이 선도(仙徒)의 색채의 대조는
아쉰 대로 꽤나 볼 만하여서 여기 불가불 몇 글자로 적어 놓아 두노라.

―「옥색과 홍색」 전문

　시 「옥색과 홍색」에 등장하는 김부식과 정지상은 역사적으로 실
재하는 인물이다. 정지상은 고려 인종의 총애를 받은 문신으로서 시
뿐만 아니라 문(文)에도 능하여 동시대의 김부식과 쌍벽을 이루는 사
이였다. 정지상은 묘청과 함께 서경 천도를 주장했는데, 중앙문벌귀
족의 중심세력이었던 김부식은 이를 반대하여 정치적으로도 정지상
과 대립되는 위치에 있었다. 묘청은 인종의 서경 천도의 뜻이 미약해
지자 성급하게 난을 일으켰고, 반란 진압에 나선 김부식은 정지상을
사명(私命)으로써 궁문 밖에서 죽이고 말았다.

　정지상은 세속의 번거로움과 갈등을 초월하여 맑고 깨끗한 세계를
추구한 반면, 김부식은 나라를 경영하고 백성을 다스리는 데 유용한
관인문학에 매진한 관료문인으로, 둘은 모든 측면에서 지향점이 달
랐다. 이들의 관계를 인지한 서정주는 정지상을 만물의 본고향 빛인
하늘빛을 숭상한 사람으로 묘사하고, 김부식은 인류의 붉은 핏빛을
얼굴에 자주 드러내는 시비유생으로 표현하였다. 또한 옥색의 색채
이미지를 생명의 근원인 '만물의 본고향' 빛으로 규정한 반면, 긴장적
이며 역동적인 '붉은 핏빛'에 김부식을 대응시킴으로써 가변적·역동
적인 인물로 함축하였다.

　고대 동양에서 옥(玉)은 종교적으로나 제의적인 측면에서 매우 중
요시되었다. "옥은 사악한 기운을 물리치는 데 효과가 있다고 믿어

졌으며, 신성한 존재와의 소통을 가능하게 하는 매개물"[114]로 여겨졌다. 옥은 단순한 액세서리가 아니라 나쁜 기운으로부터 몸을 보호해 주는 호신부(護身符) 같은 것으로, 신과 소통하기 위해 바치는 제물이었다. 또한 옥은 세계의 기운을 조화롭게 다스려 세상을 평화롭게 만드는 왕권을 상징하는 신물(神物)이기도 했다. 반면에 홍색은 정열적·관능적 아름다움을 상징하지만, 다혈질적·가변적이라는 부정적 이미지를 함축하기도 한다. 특히 불순물이 걸러지지 않은 탁한 홍색은 인간의 승화되지 않은 욕망의 상징이었다.

가스통 바슐라르(Gaston Bachelard)에 의하면, 촛불은 조잡한 불꽃과 흰 불꽃의 투쟁 속에서 자신의 흰 불꽃을 유지하기가 얼마나 힘든가를 보여주는 사례라고 하였다. "촛불은 가치와 반가치의 투쟁에 의해 자신을 태운다. 흰 불꽃은 다른 색깔의 불꽃에 대한 반가치로서 스스로 조잡한 불꽃을 근절해야 하며, 이것은 사회적 투쟁과도 비교된다. 인간의 윤리적 교훈도 여기에 있는 바, 모든 인간의 이상은 사회에 깃든 부정을 태우면서 흰 불꽃이 되는 것이다."[115]

김부식은 사회적 욕망으로부터 자신을 정화하지 못한 탁한 불꽃으로 환기할 수 있으며, 정지상은 가치와 반가치의 투쟁에 의해 욕망을 제거한 하얀 불꽃으로 환기할 수 있다. 서정주는 얼굴에 붉은 빛을 자주 드러내는 김부식에게서 욕망을 다스리지 못한 채 '감정에 지배당하는' 포세이돈 원형을 읽어낸 것이다.

---

114 정재서,『이야기 동양 신화 2』, 황금부엉이, 2004, 246쪽.
115 가스통 바슐라르, 민희식 옮김,『불의 정신분석·초의 불꽃·대지와 의지의 몽상』, 삼성출판사, 1983, 24쪽.

하데스 원형

하데스는 '저승의 신·지하의 신·영계의 신'이라 불리며, 영혼과 무의식의 세계를 관장하였다. 그는 제우스가 왕으로 있는 올림포스 산에서 공포의 대상으로 통했다. 가부장제와 가부장적 종교들은 하데스가 사는 곳을 사탄이 지배하는 악마들의 소굴 또는 산 사람들에게 가치를 인정받지 못할 뿐 아니라, 죽어서까지 피해야 하는 곳으로 여겼다. 문화와 개인이 제우스와 하늘의 신들에게만 자신을 동일시하는 한 저승은 풍요로움의 원천이라기보다 공포에 싸인 곳으로 존재할 수밖에 없다. 그러나 우리가 온전하게 되는 데 필요한 것들은 뭐든지 저승에 있다. 그곳에 사는 망령들은 집단무의식과 같은 것으로 생명력, 구체화되지 않은 잠재력을 필요로 하는 원형·형태와 같은 것들이기 때문이다.[116]

시작품에 구현되는 하데스 원형은 대부분 '이미지가 풍부한 내면 세계를 지닌 하데스'의 양상으로 나타나고 있다. '정신분열증에 걸린 하데스' 원형이 「1950년 겨울-북괴와 중공 연합군 대거 침략의 때까지」에서 구현되고, '사회적 불가시성을 지닌 하데스' 원형이 「북간도의 청년 영어교사 김진수옹」에서 구현되고 있을 뿐이다.

---

[116] 진 시노다 볼린, 유승희 옮김, 앞의 책, 123~124쪽 참고.

시작품명	인물의 이름	원형의 양상
다섯살 때(권1, 158쪽)	나	이미지가 풍부한 내면세계
1950년 겨울-북괴와 중공 연합군 대거 침략의 때까지 (권3, 254~258쪽)	나	정신분열증에 걸린 하데스
뻐꾹새 소리뿐(권3, 513쪽)	다섯 살의 나	이미지가 풍부한 내면세계
북간도의 청년 영어교사 김진수옹(권3, 521~522쪽)	김진수	사회적 불가시성을 지닌 하데스
노처의 병상(권3, 539~540쪽)	나	이미지가 풍부한 내면세계
부산의 해물잡탕(권3, 542쪽)	나	〃
가을비 소리(권3, 572쪽)	나	〃
기러기 소리(권3, 573쪽)	나	〃
봄 가까운 날(권3, 584쪽)	나	〃
이슬비 속 창포꽃(권3, 592쪽)	나	〃
우리집의 큰 창소 (80소년, 17~19쪽)	나	〃
일곱살때 할머니에게서 드른 흰 암여우 이얘기 (80소년, 20~21쪽)	나	〃
첫사랑의 시(80소년, 28쪽)	나	〃
〈쿨란다〉 산의 〈나비의 성역〉에서(80소년, 29쪽)	나	〃
80세의 추석날 달밤에 (80소년, 43쪽)	나	〃
손바닥을 보며(80소년, 44쪽)	나	〃
열두살때의 중굿날 (80소년, 45쪽)	나	〃
지난해와 새해 사이 (80소년, 52쪽)	나	〃
〈바이칼〉 호숫가의 비취의 돌칼(80소년, 56~57쪽)	나	〃
1996년 음력 설날에 (80소년, 61~62쪽)	서울 와 사는 시골 사람들	〃

도로아미타불의 내 햇살 (80소년, 69쪽)	나	〃
추석 전날 달밤에 송편 빚을 때(80소년, 79쪽)	어머니	〃

엘리야데는 샤먼을 정의하며 '영매(靈媒)'라는 말을 도입했다. 샤먼은 자신의 것이 아닌, 다른 영혼에 대한 조절과 관리 기능을 확보하고 구사하는 것 외에 영혼과 영혼 사이의 통교를 가능하게 하는 매체라는 뜻이다. 그러기 위해서는 샤먼 자신이 영혼 자체가 되어야 하며, 영혼으로 하여금 샤먼 자신의 최종적인 인격이 되게 하고, 육체와는 별개로 독립된 실체가 되게 함으로써 육체와 무관한 행동도 취할 수 있어야 한다. 이 점에서 '샤먼은 육체가 아니라 영혼'이라고 해도 좋을 것이다. 샤먼은 문화의 전통을 등에 지고 영혼의 탈신(脫身)이 가능한 인간인가 하면, 다른 영혼을 임의로 자신의 육체 속에 입신(入身)토록 하는 초인적 존재이다.[117]

보통사람에게 탈령(脫靈)은 혼절이나 죽음이 되고, 입령(入靈)은 질병이나 정신적 부조(不調)가 된다면, 샤먼의 권능은 '영혼의 통어자(通御者)'라는 데 있다. 생명이 붙어 있는 동안에 영혼의 저승 나들이가 가능한 인간이 샤먼이며 무당이다. 탈령이나 입령이 보통사람에게는 부정적 · 소극적으로 작용하지만, 샤먼에게는 긍정적 · 적극적으로 작용한다는 점을 감안하면, 샤먼은 '역(逆)의 인간'이라고 할 수 있다.[118]

---

117 김열규, 앞의 책, 37~38쪽 참고.
118 위의 책, 38~40쪽 참고.

내가 고독한 자의 맛에 길든 건 다섯 살 때부터다.

부모가 웬 일인지 나만 혼자 집에 떼놓고 온 종일을 없던 날, 마루에 걸터앉아 두 발을 동동거리고 있다가 다듬잇돌을 베고 든 잠에서 깨어났을 때 그것은 맨 처음으로 어느 빠지기 싫은 바닷물에 나를 끄집어들이듯 이끌고 갔다. 그 바닷속에서는, 쑥국새라든가 — 어머니한테서 이름만 들은 형체도 모를 새가 안으로 안으로 안으로 초파일 연등밤의 초록등불 수효를 늘여가듯 울음을 늘여 가면서, 침몰해가는 내 주위와 밑바닥에서 이것을 부채질하고 있었다.

뛰어내려서 나는 사립문 밖 개울 물가에 와 섰다. 아까 빠져있던 가위눌림이 얄따라이 흑흑 소리를 내며, 여뀌풀 밑 물거울에 비쳐 잔잔해지면서, 거기 떠 가는 얇은 솜구름이 또 정월 열나흗날 밤에 어머니가 해입히는 종이적삼 모양으로 등짝에 가슴패기에 선선하게 닿아 오기 비롯했다.

—「다섯살 때」 전문

성무(成巫) 과정의 샤먼은 공동체를 이탈하여 자폐(自閉)에 묻힘으로써 정신적·육체적 질병의 고통을 혼자 힘으로 감내하였다. 성무 기간 내내 혼자였듯이, 그는 평생 고독한 운명을 벗어나지 못하였다. 중·근세의 한국 무당들은 마을 공동체에서 격리되어 '계층 바깥의 존재'였는 바, 중세기적 계층사회가 무당을 공인된 계층 밖으로 내몰기 전에 그 스스로 출타한 것이다. 이 세상에 살되, 그는 피안에 사는 것이나 마찬가지의 시공에 존재하는 인물이었다.

샤먼이 영혼의 통어자라는 점, 고독한 인간이었다는 점을 감안하면, 그리스 신화에 등장하는 하데스와 동일한 맥락에서 이해할 수 있다. "하데스가 다스리는 무의식의 세계는 개인적인 것과 집단적인 것이 포함되며, 그곳에는 우리가 억누르고 있던 기억·사고·느낌들이 존재한다. 너무 고통스럽거나 수치스럽고, 남들에게 받아들여질 수 없기 때문에 이승에서 볼 수 없는 것, 우리가 구체화해보지 못한 열망과 희미한 윤곽으로 남은 가능성들이 존재하기 때문이다."[119]

다섯 살의 서정주가 낮잠에서 깨어나 "빠지기 싫은 바닷물에 나를 끄집어들이듯" 이끌려간 곳은 잠재의식의 세계이다. 그곳에서는 쑥국새라든가 어머니한테서 이름만 들은, 형체도 모를 새들이 초파일 밤의 초록 등불 수효 늘여가듯 울음을 늘여가고 있다. 서정주는 온갖 기억과 사고·느낌·열망들이 존재하는 잠재의식의 세계를 여행하면서 현실에서는 존재하지 않는 상황들을 체험한 것이다.

어린이의 삶은 상상력의 이상 즉 원형적 상태에 가장 가까이 존재한다. 어린 시절의 추억이 아름답게 느껴지는 것은 그 추억 자체가 강렬하면서도 자주 느꼈던 어린 시절의 감동을 포함하고 있기 때문이다. 어린 시절 추억 자체의 아름다움과 거기에 포함되어 있는 그때의 아름다움, 이 이중의 아름다움으로 인해 어린 시절은 그 자체가 인간의 이상향, 인간의 상상력이 지향하는 원형이 된다.[120] 서정주에게 기억되는 다섯 살 때의 추억은 이중의 아름다움으로 내면의 중심에 자리하게 된 것이다.

유년기의 하데스 원형은 내성적이므로 남에게 강한 인상을 주지 못한다. 좀처럼 남의 눈에 띄지 않지만 어쩌다가 눈에 띄게 되는 것은 낯선 상황에서 별나게 반응할 때이다. 어린 하데스는 수줍음을 많이 타고 혼자서 놀기를 좋아하며, 다른 아이들이 상상하기 어려운 사

---

119 진 시노다 볼린, 유승희 옮김, 앞의 책, 122쪽.
120 가스통 바슐라르, 곽광수 옮김, 『공간의 시학』, 동문선, 2003, 79쪽.

유를 펼치면서 혼자만의 세계를 구축하였다. "내가 고독한 자의 맛에 길든 건 다섯 살 때부터"라고 표현한 것으로 미루어, 서정주는 어려서부터 하데스의 영적인 세계에 가까이 있었음을 알 수 있다. 따라서 이 작품에 등장하는 어린 서정주는 '이미지가 풍부한 내면세계'를 지닌 하데스 원형을 구현한다고 하겠다.

인간의 내면에는 여러 원형이 공존해 있다가 때와 장소에 따라 특정한 원형이 지배적으로 나타난다. 시인처럼 내면세계를 계발해야 하는 사람은 하데스 원형의 도움이 더욱 필요할 것이다. "하데스는 우리의 신체 감각과 내장의 반응을 통해, 내면의 소리와 눈에 보이는 빛을 통해, 우리가 사물이나 사람에 대해 어떤 반응을 보이는가를 알 수 있도록 도와주기 때문이다."[121] 즉, 눈으로 확인되는 현상보다 내면세계의 정경이 예술가들에겐 풍요로운 재산이 될 수 있다.

> 단풍에 가을비 내리는 소리
> 늙고 병든 가슴에 울리는구나.
> 뼉다귀 속까지 울리는구나.
> 저승에 계신 아버지 생각하며
> 내가 듣고 있는 가을비 소리.
> 손톱이 나와 비슷하게 생겼던
> 아버지 귀신과 둘이서 듣는
> 단풍에 가을비 가을비 소리!
>
> ― 「가을비 소리」 전문

---

121 진 시노다 볼린, 유승희 옮김, 앞의 책, 130쪽.

샤먼에게 나타나는 환시(幻視)·환청(幻聽)·환접(幻接) 등 신령과의 직접적인 신체 접촉은 초월적 세계와의 소통이라고 할 수 있다. 이로써 샤먼은 공간을 초월할 뿐만 아니라 산 자와 죽은 자 사이의 시간 격차도 쉽게 뛰어넘는다. 그는 어느 문화사적 시점에 존재할지라도 신화적인 시공을 향유하기 때문이다. 따라서 인간정신을 샤머니즘과 관련지어 논의할 때, 가장 중요하게 전제해야 할 것은 샤먼이 '보는 사람', '아는 사람'으로 불린다는 점이다. 이때 그가 보고 아는 것은 보통사람이 보통 상황에서는 보지 못하는 것, 알지 못하는 것이다. 그 자신에게도 보통 상황에서는 역시 금기되어 있을지 모르는 것에 관한 앎이야말로 그의 지식의 몫이다. 즉, 그의 앎은 '미가지(未可知)의 지(知)'이고, '불가시(不可視)의 시(視)'로서 초자연과 맞닥뜨리고 비현실과 마주치는 길목에서의 지식이다.[122]

시인은 감성의 언어로써 세계를 자아화하는 사람이다. 이때의 감성은 단순한 감정이 아니라 '신명의 정신'을 함의하는 감성이다. 신명은 주로 무당의 정신 영역에 거주하지만 시인이나 화가, 무용가들처럼 예술인의 정신영역에도 존재한다. 정신의 어두움의 영역이 긍정적으로 활성화되는 경지에 신명의 정신은 거주하며, 이때의 정신은 보통사람들이 보지 못하고 알지 못하는 것을 보게 되고 알게 되는 능력을 지닌다. 신명의 정신이 본분을 다할 때, 샤먼의 '우주여행' 또는 '영혼여행'으로 환기할 수 있을 것이다. 영혼여행 또는 우주여행은 샤먼만이 누리는 특권이 아니라, 예술가들이 창작 활동할 때, 또는 보통사람이라도 특별한 경우에는 활성화되는 경지이다.

인용한 작품에서 서정주는 "손톱이 나와 비슷하게 생겼던/ 아버지

---

122 김열규, 앞의 책, 318쪽.

귀신과 둘이서” 가을비 소리를 듣는다. ‘사람’과 ‘귀신’은 이승과 저승이라는 다른 차원의 공간에 존재하지만, 이미지가 풍부한 시인의 내면에선 둘 사이의 괴리감을 느끼지 못한다. ‘이미지가 풍부한 내면세계’를 지닌 하데스 원형은 영혼의 세계까지도 통찰할 수 있는 심미안을 지니기 때문에, 나이가 든다는 것은 내면에 하데스 원형의 영역이 넓어진다는 의미이기도 하다.

서정주의 시작품에서 ‘이미지가 풍부한 내면세계’를 지닌 하데스 원형은 시인의 나이가 많아질수록 활성화되면서 후기의 시작품에 집중적으로 나타난다. 그것은 나이가 들수록 살아 있는 육신이 전부가 아니라, 육신을 떠난 마음의 대집단, 즉 귀신들이 대하(大河)와 같이 연결되어 있으면서 사색과 언어와 행동을 유발시키는 원류로 작용하기 때문이다. 어느 해 여름, 참선과 병고 끝에 다다른 서정주는 형이상학적 성찰 중에 사망한 사림 전체의 호흡이 정기가 되어 자신을 에워싼 것 같은 의식이 들었다고 한다. 그와 같은 의식들이 활성화되면서 후기의 시세계를 형성하는 요인이 된 것이다.

그 큰 황소가
언제부터 우리집에 와서 살고 있었는지
그것까지는 모르지만,
내 어린눈에 처음 뜨인 이 나그네는
아주 점잔하고 깨끗하고 믿음직해서
우리집의 누구보다도 더 어른다워 보였다.
여름밤엔 마당가의 모깃불 옆에서
풀을 먹으며 새김질을 하다가는
한숨을 후우 내쉬었는데

이것도 할머니껏보다도 훨씬 더 크고 높아서

우리집 지붕에 가즈런하여

그가 사실은 우리집 주인인것만 같았다.

이세상 사람들과 가축들 중에서

가장 구리지않은 푸른똥을 누던 소,

그 소에게 좋은 무엇을 줄까

나는 늘 망설이고만 있었는데,

어느해 봄날 우리집 머슴이

이쁘게 산에 핀 진달래 꽃다발을 만들어서

이 황소의 두 뿔 사이에다 걸어준건

아주 썩 잘한 일이라고 생각했었다.

이 착한 나그네 소는

여러햇동안을 날이날마다

어른 몇갑절의 일을 하고 지내더니,

어느날엔 고삐에 끌려 나간채

영영 돌아오지 않고 말었는데,

뒤에 알아보니

도살장이라는데 끌려 들어가서

도끼로 머리를 얻어맞고 죽어서

그 쇠고기라는게 되었다나.

그러나 나는 지금 확실히 생각한다. ―

〈그는 전생(前生)의 무슨 죄로

이렇게 살고 갔거나간에

지금 저승에서는

한 신선의 자리로 되돌아 가

제법 그럴사한 관도 하나 쓰시고

어느 좋은 소나무 밑에쯤에

아주 점잖게 앉어계실거라.〉고……

─「우리집의 큰 황소」 전문

시「우리집의 큰 황소」에서 이야기의 주체는 어린 화자이며, 시적 주인공은 황소이다. 유년 시절 서정주의 집에는 이 세상 사람들과 가축들 중에서 가장 깨끗한 푸른똥을 누는 황소가 있었다. 이 황소는 아주 점잖하고 깨끗하고 믿음직해서 집안의 누구보다도 어른다워 보였다. 할아버지를 여윈 후 집안을 일으킨 할머니의 권위는 아버지보다도 높고 견고했는데, 황소가 내쉬는 숨은 할머니의 그것보다도 크고 높아서 지붕에 닿을 것만 같다. 할머니보다도 한숨이 크고 높다는 시적 형상화는 할머니가 세상을 이 우르던 폭과 깊이보다도 황소의 그것이 상위에 존재한다는 의미가 될 것이다.

유목민들에게는 아끼는 소가 한 마리씩 있는데, 그들은 다른 고기는 먹어도 이 소의 고기만은 먹지 않는다고 한다. 이유는 그 소를 친구로 생각하기 때문이다. 작품에 등장하는 황소도 사람과 감정의 교류가 가능한 인격체로 상정되고 있다. 집안 식구들 모두 황소를 소중히 여겼지만, 머슴이 진달래 꽃다발을 뿔에 걸어주는 행위에서 황소에 대한 사랑은 절정에 닿는다. 때문에 황소가 팔려나간 후에도 하늘나라 어느 곳에서 신선이 되어 있을 것이라고 믿고 싶은 것이다.

하데스 원형은 '이승에서는 볼 수 없는 것, 구체화해보지 못한 열망과 희미한 윤곽으로 남은 가능성'들을 함의한다. 그것은 예술가들이 '풍부한 내면세계의 이미지'를 형상화하도록 도와주는데, 이 작품을 쓸 당시도 그러한 도움을 받았을 것이 분명하다. 신선이 된 황소가 그럴싸한 관도 쓰고, 소나무 밑쯤에 점잖게 앉아 있을 것이라고 형상화한 것은, 이미지가 풍부한 하데스의 내면세계에서 가능한 상상력이 될 것이다.

인용시는 윤회의 관점에서도 살펴볼 수 있다. 윤회는 인간을 비롯한 생명체들이 삶과 죽음을 무한히 반복한다는 불교적인 사고체계이다. 하나의 행위는 반드시 어떤 과보를 동반한다고 생각하는 것으로, 업이 작용하는 한 윤회는 계속되지만, 지속적으로 수행하면 해탈하게 됨으로써 윤회의 고리에서 해방된다고 하는 불교 사상의 핵심 내용이다.

시적 화자는 황소를 전생에 업보를 많이 지은 '생명체'로 인지한다. 윤회사상의 견지에서 보면, 전생에 업을 많이 지은 생명체는 현생에서 그 업보를 갚아야 하는 생명체로 태어나기 때문이다. 서정주는 일생동안 짐을 나르고 밭을 일궈야 하는 소의 일생을 신산하다고 생각한 것이다. 그렇지만 현생에서 성실하게 노동하고, 가족과 화합하면서 선한 삶을 견지했기 때문에 내세에서는 신선이 될 것이라고 믿고 있다.

디오니소스 원형

　디오니소스는 술과 황홀경의 신으로, 신비주의자·연인·방랑자를 의인화한다. 그는 올림포스의 막내이면서 유일하게 인간을 어머니로 둔 남신이다. 세멜레에게 반한 제우스가 인간 남성의 모습으로 변신하여 그녀를 잉태시키지만, 세멜레는 헤라의 계략에 빠져서 죽고 만다. 제우스는 디오니소스를 불사신으로 만들어 세멜레의 자궁에서 끄집어내 자신의 허벅지에 꿰매어 넣었다. 그 후 디오니소스는 이모 부부에게 보내졌으나 헤라가 그들을 미치게 하자, 다시 니사 산의 요정들에게 보내졌다. 그곳에서 디오니소스는 스승 실레노스를 만났고, 그에게서 자연의 비밀과 술 만드는 법을 배웠다.

　환대의 신인 디오니소스는 그 어디에도 자기 집이 없었다. 올림포스의 다른 신들과 달리 그의 이름은 어느 도시국가에도 붙어 있지 않다. 반인반신인 디오니소스는 고뇌하고 열광하는 유혹자이며, 아버지 제우스의 허벅지에서 두 번째 태어난 '미래의 신'이었고, 기쁨의 신·고통의 신·여행의 신·열광의 신·비극의 신·가면의 신·광란의 신·불안의 신·야만의 신·모호함의 신이기도 했다.[123]

　디오니소스는 여러 원형 중에서도 노마드(nomad), 즉 방랑자·유랑자적인 측면을 강하게 함의하고 있다. 그리스인들은 홀로 여행하는 사람에 대한 존경심과 두려움을 동시에 지니고 있었다. 그들에게 노마드는 혼자 다니는 고독한 영웅으로 보인 것이다. 아리스토텔레

---

[123] 자크 아탈리, 이효숙 옮김, 앞의 책, 115~116쪽.

스는 이러한 여행자들에 대해, "태생적으로 국가가 없는 자는 인간보다 뒤떨어진 존재이거나 우월한 존재이다.······ 자기 혼자만으로 충족하기 때문에 공동체 안에서 살 줄 모르는 인간은 결코 국가에 속해 있지 않는다. 그렇다면 그는 괴물이거나 신이다."[124]라고 언급하였다. 신들 가운데 이러한 여행자가 바로 디오니소스이다.

포도송이가 달린 포도나무가 디오니소스를 특징짓는 표현물이지만, 그는 모든 나무의 신이기도 했다. 따라서 보이오티아에서는 그를 '나무속의 디오니소스'라고 부르기도 했다. 그의 신상은 팔이 없는 기둥에 망토를 걸치고, 턱수염 달린 가면을 쓰고, 머리나 몸통에서 무성한 나뭇가지가 뻗어 나온 모습을 하고 있기도 하다.[125]

디오니소스와 식물의 근친 관계는 그의 탄생 설화에서 특징적으로 드러난다. 그는 몰약(沒藥)나무에서 태어났는데, 10개월의 임신 기간이 지나자 나무껍질이 터지면서 사랑스러운 아기가 태어났다는 것이다. 어떤 설화에 따르면 멧돼지가 어금니로 나무껍질을 찢어서 아기가 나올 통로를 열었다고도 한다. 이 전설에 합리적인 색채를 부여해주는 설명은, 그의 어머니가 몰약이라는 이름의 여자로서, 임신한 직후에 몰약나무로 변했다는 것이다.[126]

청년 디오니소스는 여행을 계속하면서 닿는 곳마다 포도 재배법을 가르쳐주었다. 그는 광란 상태에서 살인과 폭력을 저지르기도 하지만, 시빌레 또는 리아 여신들이 그를 살인으로부터 정화시켜주고, 비법과 비의를 전수해주었다.

시작품에 구현되는 디오니소스 원형의 양상은 '유랑하는 디오니소

---

124 위의 책, 115쪽.
125 제임스 조지 프레이저, 이용대 옮김, 앞의 책, 472쪽.
126 위의 책, 406쪽.

스'와 '춤잔치를 벌이는 디오니소스', '제도와 관습을 거부하는 디오
니소스'로 수렴할 수 있다.

시작품명	인물의 이름	원형의 양상
벽(권1, 48쪽)	서정주	제도와 관습을 거부하는 디오니소스
쌈바춤에 말려서(권2, 85~86쪽)	〃	춤잔치를 벌이는 디오니소스
나이로비 시장의 매물 (권2, 87~88쪽)	〃	유랑하는 디오니소스
상아해안국 아비장의 내 깜둥이 친구 아자메 (권2, 102~103쪽)	아자메	제도와 관습을 거부하는 디오니소스
마드릿드의 인상 (권2, 110~111쪽)	스페인 술꾼	춤잔치를 벌이는 디오니소스
인도 떠돌이의 노래 (권2, 223~224쪽)	인도 떠돌이	유랑하는 디오니소스
황희(권2, 378쪽)	황희	제도와 관습을 거부하는 디오니소스
매월당 김시습 2(권2, 383쪽)	김시습	유랑하는 디오니소스
석전 박한영 대종사의 곁에서 II(권2, 456~457쪽)	서정주	〃
노자 없는 나그넷길(권3, 30쪽)	멋쟁이	〃
지금도 황진이는(권3, 54~55쪽)	황진이	〃
이 가을에 오신 손님(권3, 57쪽)	손님	〃
겨울 여자 나그네(권3, 65쪽)	여자 나그네	〃
사회주의를 회의하게 되었음 (권3, 132~136쪽)	나	〃
넝마주이가 되어 (권3, 141~145쪽)	나	〃
금강산행(권3, 150~154쪽)	나	〃
제주도에서(권3, 169~173쪽)	나	〃

레오 톨스토이의 무덤 앞에서(권3, 560쪽)	톨스토이	제도와 관습을 거부하는 디오니소스
방랑에의 유혹 (권3, 575~576쪽)	나	유랑하는 디오니소스

유랑하는 디오니소스

예수는 제자들을 받아들이면서 자신을 좇으려면 모든 것을 버리고 노마드가 되라고 하였다. "제 목숨을 보존하려고 애쓰는 사람은 목숨을 잃고, 목숨을 잃는 사람은 목숨을 살릴 것이다."(루카복음 17장 33절) 예수의 제자가 되는 것은 이 땅의 재물과 가족까지도 포기하고, 신의 왕국으로 향하는 여행을 준비해야 한다는 의미이다. 더 이상 기쁜 소식을 알리기 위해 선택된 민족은 없으며, 모든 인간이 선택된 사람이 될 수 있다고 그는 말하였다. 약속의 땅은 이 세계의 것도, 어느 한 민족만의 것도 아니요, 그것은 부활이며 천국일 뿐이다. 거기에 도달하려면 부귀로 인해 거추장스러워지지 않아야 하고, 비폭력적이며 너그러운 노마드로서 세상을 지나가야 한다. 이러한 점에서 노마디즘(nomadism)은 영원의 세계로 접근할 수 있는 유일한 생활 방식이 될 것이다.[127]

성경은 정착민들의 생각과 달리 선(善)은 노마드적이고, 악(惡)은 정착민적이라는 점을 환기시키고 있다. 진정한 야만인은 자신들의 땅에 대해 질투하는 농민이며, 그저 통과해갈 뿐인 목축민들이 문명인이라고 언급하였다. 성경이 구현하는 최초의 인간관계는 노마드

---

127 자크 아탈리, 이효숙 옮김, 앞의 책, 124쪽 참고.

와 정착민의 대립으로 형상화되는데, 최초의 부부 사이에서 태어난 카인과 아벨의 이야기가 그것이다. "아벨은 양들에게 풀을 먹이고, 카인은 땅을 경작했다."라고 한 것으로 보아, 아벨은 목자이고 카인은 농부였음을 확인할 수 있다. 그런데 신은 목자의 제물은 받아들이고, 농부의 제물은 거부하였다. 이러한 논거로써 유랑자였던 예수를 디오니소스와 동일한 맥락으로 논의할 수 있을 것이다.

서정주의 시에는 유랑의식이 강하게 함의되어 있다. 그가 개인적으로 가정과 직장의 범주에서 벗어나 자연으로의 유랑을 갈망하는 내용이 시집『떠돌이의 시』머리글에도 표기되어 있다.

"나는 아주 젊었을 때 한동안 떠돌이의 자유를 누려보고는 가정과 직장에 매여 오랫동안 그걸 마음대로 못하고 지냈는데, 인제는 멀지 않아 대학의 정년도 되고 하니 다시 그 자유가 가능할 듯해서, 그 예비연습을 조금씩 해보고 있는 중이다. 그래서 이 책 제목을 그렇게 한 것이다. 나는 아직도 웃음이 서투른 사람이어서, 이것을 좀 더 원만히 되도록 노력하며 잘 흘러 다녀볼 생각이다."

시작품에 나타나는 유랑의식 외에 실제의 삶에서도 서정주는 떠돌이로서의 정체성을 견지해나갔다. 떠돌이 의식이 내재된 삶의 모습은 도처에서 드러나지만 세계여행에 많은 시간을 할애했다는 점에서도 그 단서를 찾을 수 있다.

이 새로운 아프리카의 지팽이는

온몸이 두루 푸른 아프리카 밀림빛

그 위엔 자욱한 銀의 밤별들을 박았나니,

나도 이걸 짚고 가는 이제부터는

수풀이요 또 별인 것만을 두둔할 뿐,

일체의 잔 사설은 빼어 내던지리로다.

(중략)

이윽고 깊은 하늘의 바닥 없는 대적멸에

내 역마살의 거치른 팔자가

아조 몽땅 잠겨버리고 말도록까지는 ……

— 「나이로비 시장의 매물」 일부

「자화상」에서 "스물세 해 동안 나를 키운 건 8할이 바람"이라고 선언한 서정주는 창작의 전 시기에 걸쳐 '떠남과 돌아옴'을 반복하는데, 『떠돌이의 시』 이후에는 그러한 현상이 더욱 심화되어 나타난다. 즉, 떠돌이 의식은 서정주의 60여년 시세계를 관류하는 기본 형질이자 핵심 내용이라고 할 수 있다.

인용시의 화자는 그동안 지니고 다니던 지팡이와 괴나리를 벗어버리고 '나이로비' 시장에서 새 지팡이와 '풀가방'을 산다. 지팡이는 아프리카 밀림처럼 푸른빛을 띠고, 별빛 은장식이 빼곡하다. 시적 화자는 자신의 방랑벽에 대해 "나도 이걸 짚고 가는 이제부터는 수풀이요 또 별인 것만을 두둔할 뿐"이라고 합리화하고 있다. 수풀과 별은 자연현상 또는 자연물로 환기할 수 있는데, 화자는 자신을 기계문명 혹은 물질문명의 향유자임을 부정하고 자연물로서 환기한 것이다. 사회적 계약 속의 인간이 아니라 자연물이 되었을 때, 유랑은 긍정적으로 합리화될 수 있기 때문이다.

불안정한 자아와 합일할 대상을 모색하기 위해 떠나면서도, 여독이 밀려올 때면 편안한 정착을 꿈꾸게 되는 바, 그러한 소망을 충족시켜주는 공간이 '깊은 하늘의 바닥없는 대적멸'이다. 하늘 자체만으로도 깊을 것이 자명하지만, '깊은'이라는 수사를 덧붙임으로써 더욱 깊은 하늘임을 강조하고 있다. '적멸'의 의미는 '생멸(生滅)이 없어져 무위적정(無爲寂靜)함' 또는 '번뇌의 경계를 떠남'으로 정의할 수 있다. 따라서 서정주가 "내 역마살의 거치른 팔자"를 "아조 몽땅 잠겨버리"게 하고 싶다는 '바닥없는 대적멸'은 우리가 인지하는 한 가장 큰[大] 적멸이 될 것이다.

대적멸은 열반을 의미하기도 하므로 '죽음' 혹은 '영원'과 동궤에서 이해할 수도 있다. 그렇다면 인용시는 '대적멸' 또는 '영원'에 닿아 유랑을 마무리하고 싶은 소망이 형상화된 작품으로 보아야 할 것이다. 그러한 소망은 "깊은 하늘의 바닥없는 대적멸에/ 내 역마살의 거치른 팔자가/ 아조 몽땅 잠겨버리고 말도록까지는" 유랑할 수밖에 없다는 형상화가 증명해주고 있다.

> 봄이 익어 보리모개가 팰 무렵이면
>
> 기쁘다는 것들도 슬프다는 것들도
>
> 내게는 두루 다 승겁기만 해
>
> 보리꽃 물결치는 밭둑길 따라
>
> 줄달음쳐 줄달음쳐 달아나기만 했나니
>
> 나는 아마도 달아나려 생겨난 사람일 게다.
>
> (중략)
>
> 하지만 이런 희랍 신화풍의 신의 연습이라는 것도
>
> 오래 이어 하자면 매우 고단한 것이라,

> 제주도 대유 석 달 만엔가
> 마지막으로 또 한번
> 정방폭포의 쏟아지는 물을 실컷 맞고는
> 다시 고향으로 돌아가는 배에 올랐나니,
> 집에 오자 그 피곤한 「자화상」이란
> 시를 쓴 걸 보면
> 나는 꽤나 지쳐 있었던 모양이다.
>
> —「제주도에서」 일부

봄이 익어 보리모개가 팰 무렵은 서정주에게 특별한 바람이 불어오는 시기이다. 서정주가 마르셀 프루스트(Marcel-Valentin-Louis-Eugene-Georges Proust)의 『잃어버린 시간을 찾아서』를 옮겨놓은 것을 요약하면 다음과 같다.

"나는 스왕이 며칠을 지내려고 랑에 자주 가는 것을 알고 있었다. 랑까지는 몇 십 리가 되었지만, 더운 오후 지평선에서 불어오는 바람이 보리밭을 나부끼며 뻗쳐와, 토끼풀 사이에서 쉬는 것을 보면, 이 들판이 우리들을 결합시키려고 하는 것처럼 생각되곤 하였다. 이 바람은 그 애의 옆을 지나온 것이다. 그 애의 소식을 내게 소곤거리지만, 나는 뜻을 알 수가 없을 뿐이라고 생각하면서, 바람이 지나갈 때마다 나는 그것에 입을 맞추었다."[128]

바람은 떠돎·유랑의 의미를 지니고 있다. 서정주가 바람의 이미지를 작품에 지속적으로 구현하고 있는 것은, 프루스트의 『잃어버린 시간을 찾아서』의 영향을 배제할 수 없다는 판단이다. '꽁부레' 고원

---

[128] 서정주, 「바람의 해석」, 『육자배기 가락에 타는 진달래』, 10~11쪽.

의 보리밭과 토끼풀밭에 서서 사랑하는 소녀 쪽에서 불어오는 바람에 입맞춤하는 소년을 그는 연민하지 않을 수 없었다고 한다. 그리하여 자신을 닮아오는 소년의 어깨를 어루만지며 위무하게 된다는 것이다. 주인공 소년의 행위에서 그는 자신의 모습을 발견한 것이다.

서정주의 유랑벽은 보리모개가 팰 무렵이면 걷잡을 수 없이 되살아났다. 그리하여 보리꽃 물결치는 밭둑길을 줄달음쳐 달아나다가 마침내는 제주도로 떠난다. 그는 배꼽을 드러내놓은 채 바닷가 언덕에서 빈둥거리면서 창생 초년의 모습을 재현하고자 노력하였다. 밥은 저속해보여서 먹지 않고, '벼락'이라는 제주도 특산 소주와 해산물, 산초열매만 먹으며 지내다가 급기야는 자신을 '신'으로 상정하고, 해녀들을 여신으로 환기하면서 신화를 창조하기 시작하였다. 그러나 희랍 신화풍의 신 흉내를 내는 것도 싫증이 나자, 석 달 만에 돌아와 정체성 형상화에 한 획을 긋는 바, 바람 이미지가 강하게 채색된 시「자화상」을 창작한 것이다.

인간은 새로운 세계에 대한 호기심으로 집을 떠나지만, 귀소 본능은 집으로 돌아오도록 부추긴다. 그래서 여행은 반드시 돌아옴을 전제로 하는 것이다. 유랑에서 지칠 때마다 귀착하기를 소망한 '대적멸' 또는 '영원'의 세계는 살아서는 부합할 수 없는 실재계이다. 영원한 안식은 베일에 가려진 환상일 뿐, 인간의 갈증을 해소해주지 못하므로 반복적으로 떠날 수밖에 없는 것이다.

디오니소스 원형의 인물은 가부장제사회문화에서 자신의 역할을 원만하게 수행하지 못한다. '유랑하는 디오니소스'와 '춤잔치를 벌이는 디오니소스', '제도와 관습을 거부하는 디오니소스' 등 대부분의 양상들이 가부장제사회문화가 요구하는 가장의 역할과 거리가 멀기 때문이다. 그는 계획성 없이 순간의 감정에 따라 행동하고, 유랑으로써 삶을 일관하는 원형의 인물이기도 하다.

집이라니요? 집이라니요?
하늘이 서러워서 비 내리는 날에는
절깐에 지붕 밑에 그치면 되지,
집은 따로 하여서 무얼 하나요?

옷이라니요? 옷이라니요?
하늘옷은 바느질도 않는다는데,
구름처럼 두루루루 몸둥일 감는
〈싸리〉 한장 있으면 고만입지요.

밥이라니요? 밥이라니요?
굶는 것이 먹는 것보다 많아야
마음은 캬랑캬랑 맑는 겁니다.
먹는 것은 한숟갈! 굶는 것은 열숟갈!

삶이라니요? 삶이라니요?
갠지스 강물이 안마르고 흐르듯
영원히 하늘 함께 흐르면 되는걸.
아들딸 이어이어 흐르면 되는걸.

— 「인도 떠돌이의 노래」 전문

　인도는 명상의 나라, 수행자의 나라로 인지될 만큼 떠돌이 수행자
가 많은 나라이다. 인도의 떠돌이 수행자들은 최소한의 물건으로 생

활하면서 삶을 유랑으로 점철한다. 친자연적인 사고를 지닌 그들에게는 좋은 집도, 호화스러운 옷도 필요하지 않다. "하늘이 서러워서 비 내리는 날에는" 절간이나 남의 집 지붕 밑에 들면 될 뿐, 따로 집을 장만할 필요도 없다. "하늘옷은 바느질도 않는다는데/ 구름처럼 두루루루 몸둥일 감는" '싸리' 한 장이면 그만이며, "먹는 것은 한 숟갈! 굶는 것은 열 숟갈!"로 소식(小食)을 한다. 소식할수록 정신이 맑아진다고 믿기 때문에 많은 열량을 섭취할 필요가 없다.

세계여행 중 서정주는 인도의 항심(恒心)을 만나고 싶어 '올드 델리'의 장거리를 찾았다. 서민들이 푸른 잎사귀에 싼 것을 먹기에 들여다보니, 퍼슬퍼슬한 쌀밥이 두 숟갈쯤 담겨 있고, 가늘게 썬 이름 모를 풀이 양념처럼 뿌려져 있었다. 그것의 값은 반 루피로서 한국 돈으로는 이십 원쯤 된다. "이걸 먹고 끼니를 때웁니까?" 하고 물으니, 그렇다는 말 대신 고개를 끄덕이며 조용한 미소만 지을 뿐이다.[129] 이들은 떠돌이 무숙자로서 인도의 장거리는 그들로 붐빈다.

인용시에 형상화되는 수행자들은 '싸리' 한 장을 몸에 두르고, 절간의 지붕 밑에서나마 잘 수 있다면 더 이상의 것은 바라지 않는다. 중국어 방언을 찾아보면 '자연스럽고 편안하다' 또는 '소탈하다'를 의미하는 말로 '싸리'가 존재한다. 싸리는 마름질하지 않은 한 장의 '베'로서, 몸을 둘둘 감을 수 있다는 측면에서 소탈하고 소박한 이미지를 함의한다.

인간은 자연에 대한 총칭 혹은 대표하는 공간으로서 '하늘·산·들녘·강' 등을 상정해왔다. 여기서 '싸리'를 '하늘옷'으로 형상화한 의도를 짐작할 수 있다. 인공이 가미되지 않은 '싸리'의 자연스러움을

---

129 서정주, 『미당의 세계방랑기』 제2권, 민예당, 1994, 202~203쪽 참고.

대표적인 자연공간인 '하늘의 옷'으로 환기한 것이다.

싸리 한 장만 걸친 떠돌이 무숙자(無宿者)들은 밤마다 인도의 플랫폼에 모여들어 땅바닥에 웅크린 채 아무렇지 않다는 듯 잠을 잔다. 이들은 거리 구석구석에 포진해 있다가 누군가가 나타나면 사방에서 다가오는데, 여유로운 걸음걸이가 마치 숨어 다니던 빚쟁이를 찾아낸 듯 당당하여 오히려 당황스러운 것은 이쪽이라고 한다. 그들은 그만큼 천연덕스런 도인이 되어 있는 것이다.

이들은 권력과 부를 축적하는 일에 가치를 두지 않으며, 자식을 제도권의 교육기관에 보내려고도 하지 않는 디오니소스 원형의 사람들이다. 제도권의 아버지가 느끼는 책임감이 없으며, 자식의 성공에 집착하지 않기 때문에 일가족이 떠돌기를 멈추지 않는다. 이들의 유랑은 갠지스 강물이 흐르는 이상 영원히 하늘과 함께 지속될 것이며, 아들딸이 생겨나도 이어서 계속할 것이라고 형상화되고 있다. 이와 같은 형상화는 그들의 유랑의식을 함축적으로 표현한 사례가 될 것이다.

서정주의 삶은 유랑으로 점철됐다고 해도 좋을 만큼 안정적이지 않았다. 당시의 시대 상황이 불안정하기도 했지만, 교직이나 그 어디에도 확고하게 자리 잡지 못하고 떠돌아다녔다. 사회주의 학생운동을 하다가 서울의 중앙고등보통학교와 고창의 고창고등보통학교에서 자퇴를 강요받았고, 우여곡절 끝에 입학한 중앙불교전문학교마저 졸업하지 못한 것이 그 예이다.

> 1934년 봄 진달래꽃 공기에
> 절 뒤채 툇마루에서 담배를 피우노라니,
> 누가 귀창이 쨍히 울리는 소리로

「야! 정주, 거 굴뚝 같구나!

이 맑은 날에 미안치도 않은가뵈?

최남선이는 서른셋까지 피우던 담배도

공부하느라곤 끊기도 했는데,

자네 나이에 그래 가지고 마음이 어찌 되지?……」

하고 있어, 눈여겨보니 석전 스님이었다.

그 말씀이 뜻보다도 그 소리에서는

애처러워 못 견디시는 울이 뻗쳐와서

나는 손에 든 담배를 무심결에 떨구었다.

그 뒤 며칠 뒤에 그분 방에 불려갔더니

「자네는 중노릇할 그릇은 아닌가부네.

이백이니 소동파니 그런 사람들마냥으로

황새처럼 화알화알 날아다니면서

시나 쓰고 어쩌고 살 사람인 모양이여.」

—「석전 박한영 대종사의 곁에서 II」 일부

사회주의 이론에 경도되어 있던 서정주는 가난한 삶을 가치 있는 것으로 판단하여 넝마주이들과 함께 생활한 적이 있는데, 그 소문이 중앙불교전문학교 교장이던 '석전 스님'에게 들어가 공부 좀 해보라는 권유를 받는다. 스님이 생각하기엔 특별한 정신의 소유자로서 불교 공부를 하면 대성할 수 있을 것이라고 판단한 것이다. 그러나 진달래꽃이 만발한 봄날 유랑의식을 주체하지 못하고 절 뒤채에서 담배를 피우다가 스님에게 들켜버리고 만다.

"자네는 중노릇할 그릇은 아닌가 보네. 이백이나 소동파마냥 황새처럼 화알화알 날아다니면서 시나 쓰고 살아야 할 모양이여.”

스님의 이 말에는 서정주의 삶과 시작품에 구현될 유랑의식이 예견되어 있다고 할 수 있다. 황새처럼 훨훨 날아다니며 시나 쓰며 살라고 하는 권고 속에는 유랑의식을 구현할 수밖에 없는 시인의 모습이 함축되어 있기 때문이다. 그와 같은 유랑벽으로 인해 서정주는 사회문화에 적응하지 못하고 분열적인 정열에 지배당하는 디오니소스적인 삶을 영위할 수밖에 없었던 것이다. 불교 공부를 하려면 계율을 지키면서 집단생활에 부합해야 하는데, 유랑의식의 간섭은 그를 자유롭지 못하도록 만들었다. 그러나 최남선은 피우던 담배도 끊었다고 형상화되고 있다. 따라서 최남선은 그곳의 제도와 계율을 소화할 뿐 아니라, 집단을 이끌어갈 수 있는 능력 또한 충분히 갖춘 자라고 할 수 있다.

지금도 황진이는 떠돌아다니는가?
짚세기는 벗어서 저승에다 감추고,
농구화나 한 켤레 두 발에 꿰고,
청바지나 하나 입고 헤매고 있는가?
‘물은 옛물 아니라’며 흘러서 가는가?
‘산은 옛날산이라’며 황혼길을 가는가?

황진이 황진이양 어디에서 묵는가?
평양이라 기림리의 붉은 대감댁인가?
개성이라 붉은 유수 사랑방 신센가?
아니면 부산이라 자갈치 판인가?
비 내리는 목포항구 왕대포집인가?

아니면 청량리의 싼 여인숙인가?

오늘은 황진이여 어디메로 가는가?

쇠주 한잔 얻어먹고 시조 한수 뽑으며

맥주 한잔 얻어먹고 유행가 한곡 뽑으며

갈지(之)자 걸음으로 비칠비칠 가는가?

학두루미 날아가듯 뺑소니쳐 가는가?

답답쿠나 황진이양 어느 만큼 갔는가?

—「지금도 황진이는」 전문

금강산을 여행하고, 전국을 유랑한 황진이의 행적은 디오니소스 원형을 설명하는 데 적절한 사례가 될 것이다. 그녀는 여러 방면에 탁월한 재주를 타고났으나 첩의 소생이라는 신분 때문에 기생의 삶을 선택한 인물이다.[130] 기생은 '조선'이라는 신분사회에서 그나마 자율성을 인정받으며 자기실현을 도모할 수 있는 여성이었기 때문이다. 말년의 황진이는 유랑으로써 전국을 떠돌 만큼 자율의지를 실현한 인물이다. 산수 좋은 곳을 찾아다니다가 잔칫집을 만나면 노래 한 수 불러주고 술을 얻어 마시며, 세속의 욕망으로부터 자유롭고자 하였다.

황진이의 자유로움은 '평양 기림리의 붉은 대감댁', '개성의 뾰은 유수 사랑방', '부산의 자갈치 판', '비 내리는 목포항구 왕대포집', '청

---

130 고정희는, 그의 시 「황진이가 이옥봉에게」에서 황진이가 기생이 된 이유를 "남자와 더불으나 예속되지 않는 삶/ 세상에 속하나 구속받지 않는 길/ 풍류적인 희롱으로 희롱으로/ 양반사회 체면치레 확 벗겨내"고 싶어서였다고 피력하고 있다.

량리의 싸구려 여인숙' 등을 유랑한 것으로 형상화되고 있다. 그녀는 귀천을 가리지 않았고, 장소를 가리지 않았기 때문에 사랑방·여인숙·시장통·왕대포집도 드나들 수 있었던 것이다. 작품에 구현한 황진이의 자유분방함은 시인 자신이 지향하고 선호한 삶의 방식이라고 할 수도 있다.

최동호는 황진이의 작품에 구현되고 있는 사상과 삶을 천착하면서, "황진이는 영원한 사랑과 같은 이상을 동경했음에도 불구하고, 이상적인 세계에서 삶을 영위할 수 없는 신분과 시대적 배경 속에 살았기 때문에 현실적이며 풍류적인 일생을 살지 않을 수 없었다."[131] 라고 언급하고 있다. 이러한 견해는 황진이의 떠돎을 자유스러운 영혼의 발현이 아니라, 이상적인 삶을 누릴 수 없는 현실에 대한 반작용으로 해석한 데서 기인한다.

어떤 것에도 얽매이지 않는 황진이의 행위는 질서와 형식을 중요시하는 가부장권에서는 지탄의 대상이 되었다. 그러나 예술인의 자율적인 정신을 논의한다면, 정반대의 해석이 가능해진다. 예술은 순수한 나르시시즘의 세계로서, 일상생활에서 나르시시즘에 사로잡힌 행위를 하면 조소와 경멸을 사게 되지만, 현실 원칙에 얽매일 의무가 없는 예술의 영역은 허용되지 않는 것이 허용되는 어른들의 유원지이기 때문이다. "예술은 인간존재에 있어서 환상아와 현실아가 갈등할 때, 환상아의 보호를 위해 특별하게 설정된 금렵구(禁獵區)"[132]이다. 따라서 황진이의 유랑은 '예술'이라는 금렵구 안에서 인정받고 보호받을 수 있는 일탈 행위가 될 것이다.

---

131 최동호, 「황진이 시에 나타난 물의 이미지와 현대적 변용」, 『한국 현대시와 물의 상상력』, 서정시학, 2010, 276~277쪽.

132 기시다 슈(岸田 秀), 우주형 옮김, 앞의 책, 39쪽.

시공간을 초월하여 그녀를 만나고 싶은 의지가 작품에 절실하게 형상화된 것으로 보아, 서정주는 황진이의 유랑의식과 그녀의 자유의지를 선호한 것이 분명하다. 시인의 내면의식에 존재하는 황진이는 부산의 자갈치 판에도 있고, 목포 항구의 왕대포 집에도 있다. 술에 취해 갈지자걸음을 걷기도 하고, 학두루미 날아가듯 뺑소니쳐 달아나기도 하면서, 의식이 미치는 곳마다 시인이 상상하는 모습으로 존재하는 것이다. 서정주는 시작품에 유랑하는 황진이를 형상화함으로써 현실을 벗어나고 싶은 욕구를 표현했다고 할 수 있다.

서정주는 등단 작품인 「벽」에서도 암울한 시대의 벽을 무너뜨리고 유랑하는 디오니소스 원형을 구현한 바 있다. '벽'은 그가 속해 있는 사회구조와 관습 또는 규범일 수 있으며, 영혼과 정신을 압박하는 제도일 수도 있다.

"떠돌이, 떠돌이, 떠돌이……아무리 아니려고 발버둥을 쳐도 결국은 할 수 없이 또 흐를 뿐인 숙명적인 떠돌이. 겨우 돌아갈 곳은 이미 집도 절도 없는 할머니 고향 언저리 바닷가의 노송뿐인 이 할 수 없는 철저한 떠돌이 — 그것이 바로 나다."[133]라고 서정주는 진술한 바 있다. 마지막 시집을 『80소년 떠돌이의 시』라고 제명한 이유도 그의 나이가 83세인 데다가 아직도 철이 덜든 소년 그대로고, 또 도(道)도 모자라는 떠돌이 상태임을 두루 요량해서였다는 것이다.

디오니소스 원형은 떠돌이 의식과 더불어 영원한 소년의식을 지니고 있었다. 서정주가 많은 나이에도 불구하고 자신을 철부지라고 지칭한 까닭은, 내면에 소년의식이 내재하고 있기 때문이라고 하겠다. 그러나 한편으로는 가부장제사회문화의 부정적인 요소들에 지배당

---

133 서정주,『미당수상록』, 330쪽.

하지 않으면서, 어린아이의 깨끗함을 간직하고 싶은 소망의 표현일
수도 있다.

제도와 관습을 거부하는 디오니소스

디오니소스는 분열적인 정열을 불러일으켜 일상적인 옷차림, 일상
적인 환경을 벗어나려는 경향을 지니고 있었다. 제도와 관습에서 벗
어나 순간의 감정이 시키는 대로 행동하기 때문에 경제적으로나 감
정적으로 그가 어떤 삶을 살아갈는지 아무도 예측할 수 없다. 그는
순간적으로 진지하게 말하는 매력적인 남성 또는 여성이다가도 일관
성 있는 태도를 유지하지 않기 때문에 가부장제사회문화의 전통적인
가장이나 원칙주의자, 가족과 외부 세계를 중재하는 자, 스승의 역할
등은 수행하지 못한다.

코끼리 어금니의 바닷가 나라 서울
아비장의 내 깜둥이친구 아자메씨는
중말루
문패도, 번지수도,
호적도, 나이도,
중말루
전연
가지지 않았읍데.

'몇살이냐?'고 내가 물으면,
즈이집 마당의 나무를 가리키며

'저놈하고

한해에

생겨났다더라만

잊있다. 잊었어.

그건 세어 뭘하니?'

요로코롬 대답하며, 끽끽끽끽, 끽끽끽,

베짱이 소리로 웃어 자치는데,

물은 게 되려 못내 미안하더군.

아주 아주 아주 아주 미안하더군.

순 햇빛에서 금시 나온 베짱이 소리로

끽끽끽끽 끽끽끽 지랄같이 웃으며

순 고고를 한바탕 추는데

가사는 몸에서 땀에서 배어나고 있더군 —

'나이는 하여서 무얼 하노?……

호적은 하여서 무얼 하노?'

—「상아해안국 아비장의 내 깜둥이 친구 아자메」 전문

　시작품에 등장하는 깜둥이 친구 '아자메'뿐만 아니라 아프리카 혹인들 대부분은 제 나이를 모르며 호적도 없다. 문명사회의 제도와 관습에 익숙한 사람들은 이해하기 어렵겠지만, 디오니소스 원형의 세계관에 의탁하면 자연스러운 현상일 수도 있다. 나이는 인간을 총체적으로 규정하고 평가하는 기준이 될 수 없으며, 호적 또한 가부장권의 지배 권력이 피지배계층을 감시하고 통제하기 편리하도록 만들어놓은 구속 장치일 뿐이다.

자연친화적인 사고를 지닌 '아자메'는 경험적 시간에 의존하여 삶을 영위하기 때문에 문명이란 그에게 사치품에 불과할 뿐이다. 때문에 "순 햇빛에서 금시 나온 베짱이 소리로/ 끽끽끽끽 끽끽끽 지랄같이 웃으며" "나이는 하여서 무얼 하노?……/ 호적은 하여서 무얼 하노?" 하고 노래할 수 있는 것이다.

문학적 시간은 '인간적 시간'(le temps humain)이며, 경험의 일부로 인간의 생활구조 속에 포함되어 있는 시간 의식이다. 경험세계라는 맥락 속에서만 디득되는 문학적 시간은, 사적이고 개인적이며 주관적이고 심리적이다.[134] "즈이집 마당의 나무를 가리키며/ 저놈하고/ 한해에/ 생겨났다더라만/ 잊있다. 잊었어."라고 말하는 아자메의 시간관은 문학적 시간의식을 극명하게 드러낸 사례가 된다. 아자메는 나무가 탄생한 시점이 자신이 출생한 시간이라는 경험적 사실만을 인지하고 있을 뿐이다.

인용한 작품 외에도 '제도와 관습을 거부하는 디오니소스' 원형을 구현하는 인물로는 「레오 톨스토이의 무덤 앞에서」의 '톨스토이'와 「황희」의 '황희'가 있다. 톨스토이는 "2백5십만 마지기의 땅을/ 농민들에게 모조리 그저 노나주고/ 자기는 손바닥만한 비석 하나도 없"이 누워 있음으로써 가부장제사회문화의 상속 제도를 거부하는 양상으로 형상화되고 있다. 톨스토이의 그러한 행위에서 '제도와 관습을 거부하는 디오니소스' 원형이 구현된다고 하겠다.

시 「황희」에 등장하는 '황희'는 고려 말엽부터 조선 초기를 살았던 선비이다. 그는 가부장제사회에서 권력을 누릴 수 있는 신분이었는데도 불구하고, "쌍것도 하눌이 준 백성"이라면서 귀천과 나이를 따

---

134 한스·마이어홉, 김준오 옮김, 『문학과 시간현상학』, 심상사, 1979, 32쪽.

지지 않은 채 격의 없이 어울렸다. 황희의 격의 없는 행위에 대해 "차려 내온 술상 가에 와자지 모인 종새끼들이/ 황희보다 선수를 써 먼저 주워 먹는 것도/ 모조리 예뻐만 보아 내버려 두고/ 황희의 등때기를 주먹으로 갈겨 대면/ 아야! 아야! 아야! 아야!/ 엄살만 떨고 있"다라고 풍자함으로써 '제도와 관습을 거부하는 디오니소스' 원형을 형상화하고 있다.

🦢 춤잔치를 벌이는 디오니소스

인도에는 고대로부터 고피들(the Gopis)의 달빛 애인(moonlight lover)에 관한 전설이 전해오고 있으며, 그 주인공은 매력적인 청흑색의 소년—구세주 크리슈나(Krishna)이다. 궁중시인 자야데바(Jayadeva)가 쓴 「목동의 노래」는 선구적인 트리스탄 풍이 유행하는 낭만적 사랑의 세기와 정확히 일치하며, 작품보다 훨씬 에로틱하지만 그 분위기와 논리는 철저히 종교적이다.

어느 달밤에 숲속에서 흘러나오는 고독한 피리 소리를 들은 여자들은 이미 그의 희생자였다. 피리 소리는 아득하게 먼 곳으로부터 여인들의 가슴에 파고들었다. 하얀 수련 향기가 대기 중에 짙게 드리우자 고피들은 잠속에서 꿈틀거렸다. 심장이 두근거리고 눈이 뜨이면서 자리에서 일어나 그림자처럼 각자의 집을 빠져나왔다. 한 여자는 피리 소리에 맞춰 콧노래를 불렀고, 어떤 여자는 달리면서 그 소리를 들었으며, 세 번째 여자는 크리슈나의 이름을 외치다가 부끄러워하였다. 잠에서 꿈틀거리고 있던 네 번째 여자는 집안의 어른들이 깨어 있는 것을 보고는 사랑하는 자와 영원한 죽음 속에서 결합할 수 있을 것이라고 기대하며 명상에 잠겼다.

군중을 보자 소년은 이렇게 물었다. "당신들의 아버지, 형제, 남편은 어디에 있는가?" 여자들은 자기 외에 다른 고피들도 와 있는 것을 보고 놀랐다. 어떤 여자들은 발끝으로 땅에 그림을 그리기 시작하였으며, 여자들의 눈은 모두 눈물의 호수가 되었다. "우리는 당신의 연잎처럼 생긴 발로부터 떠나갈 수가 없습니다." 그러자 신은 여자들 사이를 자유롭게 오가면서 피리 소리에 맞추어 놀았다. "오, 연잎처럼 생긴 당신의 손을 우리의 가슴 위에, 머리 위에 놓아주십시오!" 드디어 춤이 시작되었다.[135]

크리슈나와 고피가 함께 춘 춤은 라사(rāsa)라고 불리며, 이 춤에 대한 해석본은 6세기부터 16세기에 이르기까지 다양한 판본으로 존재하고 있다. 6세기의 『비슈누 푸라나(Vishnu Purana)』[136]와 『하리밤사(Harivamsa)』에 실린 라사 판본에는 크리슈나와 고피의 달빛놀이가 목가적인 전원시의 분위기를 띠고 있다. 그 판본의 중심 사건은 여자들이 손을 잡고 눈을 감은 채 원을 그리며, 자신들이 크리슈나의 친구라고 상상하면서 춤을 추는 것이다. 『비슈누 푸라나』에는 이렇게 적혀 있다.

그가 손으로 여자들의 몸을 만졌다. 그러자 주술에 걸린 듯 여자들의 눈이 감기었다. 여자들은 원을 만들었다. 크리슈나가 가을을 찬미하면

---

135 조셉 캠벨, 이진구 옮김, 『신의 가면 II - 동양신화』, 393~394쪽 요약.

136 푸라나는 산스크리트어로 '고대의 전승'이라는 뜻이다. 힌두교의 성전(聖典) 문학에서 대중적인 신화 · 전설 · 계보 등을 백과사전식으로 모아놓은 작품이다.

서 한 곡조 뽑자, 고피들은 크리슈나를 칭송하면서 화답하였으며, 딸랑거리는 팔찌 소리와 함께 춤이 시작되었다. 빙빙 돌면서 어지럼을 느끼기도 하였지만, 여자들은 다투어 사랑하는 사람의 목에 팔을 감았다. 그의 땀방울은 땅을 비옥하게 하는 비와 같았고, 그녀들의 관자놀이로 흘러들었다. 크리슈나는 노래를 불렀고, 고피들은 "만세, 크리슈나!"를 외쳤다. 여자들은 그가 인도하는 곳으로 따라가다가 그가 돌아서면 서로 마주보았다. 각자에게 매순간은 무수한 세월이었다.

이렇게 '전능한 존재'는 브린다반의 여자들 사이에서 젊은이의 모습을 지닌 채 그들의 본성에 스며들었으며, 그녀들의 주인들의 본성에도 침투하였다. 모든 피조물의 요소들이 에테르, 공기, 불, 물 그리고 땅으로 이루어져 있듯이, '주'는 모든 곳에 존재하며 모든 것 안에 존재하였다.[137]

『하리밤사』는 『마하바라타』의 부록으로서, 하리(비슈누)의 화현인 서사적 영웅의 신성을 강조하고 있다. 거기에 나타나는 춤놀이는 『비슈누 푸라나』보다도 외설적이며 자유분방한데, 마침내 이러한 양식이 자리매김하게 되었다. 그에 대한 또 하나의 전설 『바가바타 푸라나』는 10세기에 쓰였지만, 오늘날까지 크리슈나 숭배 집단의 주요 명상서로 자리하고 있다. 『바가바타 푸라나』에는 젊은 신이 사랑의 기술의 정복자로 등장한다.

그는 손을 뻗어서 여자들의 손과 늘어뜨린 머리카락, 허벅지, 허리와 가슴을 어루만지고 손톱으로 간지럽혔다. 그는 웃고 농담하고 희롱하면

---

137 조셉 캠벨, 이진구 옮김, 앞의 책, 395쪽 요약.

서 사랑의 주가 가지고 있는 온갖 속임수로 여자들을 만족시켰다. 고피들은 황홀감에 젖어 소리쳤다. "확실한 보호를 약속하는 강건한 두 팔, 행운의 여신의 마음속에 사랑의 불꽃을 키울 그대의 가슴, 당신의 경이로운 눈과 미소에 우리는 사로잡혔습니다. 당신의 피리와 당신의 아름다움에 사로잡힌 천상과 지상, 그리고 지옥의 어떤 여자도 자신의 순결을 잊지 않을 것입니다. 그대의 아름다움은 세상의 영광입니다. 당신을 보면 암소와 암컷 짐승, 심지어 알을 품고 있는 새들마저도 털과 깃이 곤두서는 환희를 느낄 것입니다." 여자들이 설렘을 넘어 광란의 단계에 이를 정도로 흥분되었을 때, 그 신은 갑자기 사라졌다. 여자들은 이 숲 저 숲을 돌아다니면서 포도나무와 새와 꽃들에게 그의 행방을 물었다. 그의 이름을 외치고 찬미하면서 그의 몸짓을 요염하게 흉내 냈다. 그때 한 여자가 "이것 좀 봐! 여기에 우리 주인의 발자국이 있다!" 하고 외쳤다. 그러더니 "어머나!" 하고 다시 외쳤다. 그의 발자국 뒤에 작은 발자국이 하나 더 있었기 때문이다. 그런데 그 발자국은 더 이상 계속되지 않았다. "우리의 주인이 그녀를 안고 갔음에 틀림없다. 여기를 봐! 주인의 발자국이 더 깊어지고 있잖아. 여기서 꽃을 따기 위해 그녀를 내려놓았고, 또 여기 앉아서 꽃으로 그녀의 머리를 땋아주었어. 그녀는 누구일까?"[138]

『바가바타 푸라나』는 총애 받은 고피의 이름을 밝히지 않았으나, 그녀의 모험을 이렇게 묘사하고 있다.

그녀는 소를 치는 목동의 아내였다. 크리슈나가 나머지 여자들을 내

---

[138] 위의 책, 396~397쪽 요약.

버려둔 채 그녀만을 숲으로 데리고 가자, 그녀는 자신이 가장 축복받은 자라고 생각했다. "우리의 다정한 주인은 나머지 무리를 버리고 나를 선택한 것이다."라고 상상하면서 이렇게 말하였다. "여보, 나는 더 걸을 수 없어요. 다시 한 번 나를 안아주세요. 당신이 가고 싶은 곳으로 안내해주세요." 그러자 그는 "좋소, 내 어깨로 올라오시오."라고 말하였다. 그러나 그녀가 어깨에 올라가려고 할 때 그는 사라졌다. 놀란 그녀는 기절하여 땅바닥에 쓰러졌고, 그곳에 다른 여자들이 막 도달하여 울면서 외쳤다.

"우리 모두는 그대를 만나기 위해 결혼을 파기하였다. 기만자여, 그대는 그 이유를 잘 알고 있지 않은가? 그대 말고 누가 이처럼 밤에 한 여자를 버리겠는가?" 그러나 갑자기 여자들의 기분은 바뀌었고, 그들은 이렇게 속삭였다. "오, 불쌍하고 애처로운 그대의 발이여! 그토록 많이 달렸으니 아프지 않겠는가? 자, 당신의 발을 우리의 부드러운 가슴 위에 올려놓으세요."

크리슈나가 웃으면서 나타났다. 여자들은 물을 만난 식물처럼 동시에 일어났다. 노란 옷을 입은 그는 검고 아름다웠으며 꽃 왕관을 쓰고 있었다. 여자들이 팔을 잡고 어깨 위에 그를 태웠다. 한 여자는 씹고 있던 구장(인도산 후추과의 상록 관목)을 크리슈나의 입에서 꺼내어 자신의 입에 넣었다. 크리슈나의 발을 자신의 가슴 위에 얹은 여자도 있었다. 그리고 그가 앉을 곳을 마련하기 위하여 자신들의 웃옷을 벗어 땅 위에 던졌다. 거기에 앉아 있는 동안 그의 발을 그들의 무릎 위에 올려놓고 그의 손을 그들의 가슴에 얹어놓은 채, 그의 다리와 팔을 주물러주었다. 그에게 화가 나기는 하였지만, 여자들은 이렇게 말하였다. "자신에게 헌신하는 자에게 애착을 가지는 사람이 있는가 하면, 자신에게 헌신하지 않는 자에게 오히려 애착을 가지는 사람도 있습니다. 또 그 어느 쪽에도 애착을 가지지 않는 사람들이 있습니다. 오, 사랑스러운 크리슈나여! 이처럼 이상한 태도들이 생기는 이유를 우리에게 분명하게 말해주세요.”

상서로운 전능의 주는 이렇게 대답하였다. “사람들이 서로 애착을 가지는 것은 이해관계 때문이다. 그들은 서로에 대해서가 아니라 자기 자신에 대해서 애착을 가지고 있다. 자기에게 헌신적이지 않은 자에게 애착을 가지는 사람은 두 종류가 있다. 하나는 동정심이 있는 사람이고, 다른 하나는 다정다감한 사람이다. 앞의 사람은 종교적 공덕을 얻고, 뒤의 사람은 친구를 얻는다. 여기서도 자기의 이해관계가 작용하는 것을 볼 수 있다. 그러나 자기에게 헌신적인 사람이나 헌신적이지 않은 사람 그 어느 쪽에도 애착을 가지지 않는 사람은 네 가지로 분류된다. 첫 번째는 자신의 영혼에서 위안을 찾는 사람이고, 두 번째는 욕망의 결실을 이미 얻은 사람이고, 세 번째는 이기심에 젖어 배은망덕한 사람이고, 네 번째는 단지 남을 괴롭히기 좋아하는 사람이다. 아름다운 나의 친구들이여, 나는 어디에도 속하지 않는다. 나에게 헌신적인 사람들에게 애착을 가지지 않는 이유는 그들의 헌신을 더욱 강하게 하기 위한 것이다. 내가 사라졌던 이유는 당신들의 마음이 나에게 완전히 몰입되어 그 밖의 어떠한 것도 생각할 수 없도록 하기 위해서였다. 당신들은 나만을 위해서 옳고 그름에 대한 모든 판단, 당신들의 친척과 남편, 그리고 당신들의 의무를 모두 저버렸다. 나의 친구들이여! 그대들의 행위는 비난받을 것이 아무것도 없다. 나의 행동에도 비난할 것이 없다. 그대들의 봉사 행위에 대해서 나는 결코 보답할 수 없을 것이다. 그 보답은 그대들 자신의 더 많은 봉사 행위 속에서만 발견될 수 있다.

그는 일어섰다. 고피들도 슬픔에서 벗어나 원을 만들었다. 크리슈나가 자신의 모습을 수없이 만들어내자, 여자들은 그가 자신들의 목을 껴안고 있다고 느꼈다. 그 광경을 구경하기 위해서 모인 신들과 그들의 아내들로 천상은 가득 찼다. 천상의 큰북이 울렸고, 꽃 소나기가 떨어지기 시작하였다. 춤추는 자들은 장식 고리, 팔찌, 발목의 종에서 나는 율동 소리에 따라 원형으로 움직이기 시작하였다. 정연한 발걸음, 우아한 손동작, 미소, 요염한 눈썹의 자태, 흔들거리는 엉덩이, 뛰어오를 것 같은 가슴, 흐르는 땀, 그리고 내려온 머릿단, 이러한 모습을 하고 있던 고피들은 머리 매듭과 옷을 풀어헤친 채 노래를 부르기 시작하였다. 찬란한 주 크리슈나는 그들 사이에서 장난을 쳤으며, 장단이 안 맞은 채로 노래하는 여자에게 "잘했군!" 하며 놀렸다. 그리고 입에 있는 구장을 어떤 여자에게 주자 그녀는 혀로 그것을 받았다. 또한 연잎처럼 생긴 손으로 여자들의 가슴을 만지면서 여자들의 몸에 자신의 땀이 흐르게 하였다.

　여자들은 정신을 잃었고 감각이 마비되었다. 옷은 제멋대로 되었고, 화환과 장식이 떨어져 나갔다. 위에서 이 광경을 지켜보던 신들의 아내들은 주문에 걸렸으며, 달과 별들은 놀라움으로 반짝였다. 한 고피가 옆에서 기절하자 여러 모습 중의 하나를 취한 크리슈나는 그녀의 얼굴을 닦고 어루만지는 동시에 다른 여자에게 입맞춤을 하였다. 그러자 입맞춤을 받은 여자의 하체는 환희로 들떴다. 사랑의 신의 화살만큼 날카로운 그의 손톱은 모든 여자들에게 강한 자국을 남겼다. 그의 목에 걸린 화환들은 여자들과 부딪치면서 망가졌고, 여자들의 가슴에 있는 사프란이 그의 몸에 색을 칠하였다. 열정으로 불타는 코끼리가 똑같이 미친 암코끼리 떼 사이에서 큰 울음을 내듯이, 신은 관자놀이에서 영액(靈液)을 흘리며 무리를 이끌고 줌나 강으로 뛰어들었다. 거기서 웃고 뒹굴고 장난치면서 서로에게 물을 튕기며 놀았다. 검은 별들이 운집해 있는 줌나 강의 신은 군청색의 영광스러운 연꽃이었다.[139]

---

139 위의 책, 397~400쪽 요약.

이 푸라나에서 이야기에 귀를 기울이고 있던 왕이 물었다. "오, 선생님이시여, 덕의 법의 창조자이자 해석자이고 유지자인 그가 어떻게 다른 사람들의 아내를 유혹하여 종교의 질서를 위반할 수 있습니까?" 왕의 종교적 덕성 함양을 위하여 이 신성한 이야기를 설명하고 있던 브라민이 대답하였다. "왕이시여, 신들마저도 열정이 넘칠 때에는 덕을 망각합니다. 불이 탈 때 불이 비난받아서는 안 되듯이 그들도 이 때문에 비난받아서는 안 됩니다. 신들이 가르치는 것은 덕이고, 그 덕은 인간이 따라야 하는 것입니다. 그러나 신들이 행하는 것은 그와는 다른 어떤 것입니다. 어떠한 신도 인간처럼 판단되어서는 안 됩니다." 우리가 알고 있듯이 위대한 성인들도 역시 선과 악을 초월해 있다. 자신들의 주에 헌신적으로 몰두하고 있는 성인들은 행위에 의하여 더 이상 제약되지 않는다. 현명한 브라민은 말하였다. "살아 있는 모든 존재의 마음속에 크리슈나가 현존하듯이, 고피와 그 주인들의 마음속에도 이미 크리슈나가 현존하고 있습니다. 인간으로 나타난 환영인 크리슈나의 형상은 헌신적인 사랑의 감정과 지성이 마음속에서 움트고 있음을 깨닫게 될 것입니다. 그리고 달밤의 황홀경이 끝났을 때 고피들은 다시 그들의 남편에게 돌아왔습니다. 자신들의 아내가 계속 옆에 있었다고 생각한 남편들은 질투하지 않았으며, 세계를 창조하고 유지하는 비슈누의 달콤한 환상의 힘에 의해서 더욱 충만해졌을 뿐입니다.[140]

디오니소스 원형의 인물은 지나치게 여성적이거나 신비적이고, 반문화적인 측면을 지니기 때문에 사람들은 그와 함께 있는 것을 편안하게 여기지 않았다. 그는 여성들을 술잔치에 불러낼 뿐만 아니라,

---

[140] 위의 책, 400~401쪽 요약.

가부장권에서 제 역할을 할 수 없도록 만듦으로써 혼란을 야기하는
원형의 인물이기도 하다. 혈관을 통해 알코올이 흡수되는 만큼, 그는
숭배자들의 몸속으로 들어가 그들의 감각에 영향을 미치고, 몸과 마
음에 영향을 미친다고 생각하였다.

　인용글이 보여주는 크리슈나와 고피들의 관계는 종교적인 측면을
강하게 시사하고 있다. 후대의 기독교가 명시하는 '주'의 행적은 크
리슈나의 행적이 발전·변모했다고 유추할 수 있으며, 디오니소스
역시 크리슈나와 동일한 맥락을 지닌 신으로 추정할 수 있다. 특히
고피들의 춤잔치는 여성들을 초대하여 술과 춤의 향연을 자주 벌였
던 디오니소스의 행적과 매우 유사하다.

　인도에는 신의 자애로운 측면과 복수심 가득한 측면의 현현에 해
당하는 상반적인 춤이 전승되고 있다. 폭발적이며 난폭한 춤 '탄바
다'는 일대 혼란을 야기하지만, 우아하며 서정적인 춤 '라시야'는 감
미로움과 사랑의 감정이 넘쳐흐른다. 시바신은 두 가지 춤의 완전한
대가였다. 부드러운 측면의 춤을 현현하는 시바는 '가축의 소유자,
동물들의 주'로서 들짐승과 가축들을 이끌었다. 초기 기독교 예술에
표현된 선한 목자로서의 예수의 초상에서 '가축의 소유자, 동물들의
주'였던 시바를 유추해내는 것은 어렵지 않다. 광적인 발로인 탄바다
춤은 파괴적인 에너지들을 일깨우고 적을 대혼란에 빠트리는 전쟁의
춤인 동시에 승리자의 기고만장한 춤이기도 하다. 이에 관련된 신화
에서, 시바는 거대한 코끼리 악마를 물리친 정복자로 나타난다. 시바
는 적이 지칠 때까지 춤추도록 유도한 후, 그가 쓰러져 죽자 가죽을
벗겨 피가 뚝뚝 떨어지는 승전물을 망토처럼 걸치고 승전무를 추었
다. 박자에 맞춰 정교한 춤을 추는 그의 손에는 영웅 지배자의 전형
적인 무기인 삼지창과, 지고한 무관심의 상징인 고행자의 탁발 그릇

이 들려져 있었다. 이러한 유형은 하나의 완전하고도 불가사의한 양극성의 혼합을 표상하며, 우리는 그 속에서 생명력에 대한 디오니소스적인 모호성과 불길한 미소를 느낄 수가 있다.[141]

이처럼 디오니소스는 긍정적인 잠재력과 부정적인 잠재력을 함께 지닌 원형으로서, 감정이 지닌 가장 고상한 부분과 천박한 부분을 오가며, 마음속의 갈등과 사회와의 갈등을 야기하였다. 디오니소스의 이러한 양상은 신비주의자 남성들과, 살인자 남성들이 지닌 성향이며, 황홀경의 순간들과 모순적인 충동을 함께 지닌 남성 또는 여성들 속에 존재하는 원형이기도 하다.[142]

브라질 리오데자네이로의 밤뒷골목의 쌈바춤은

사람들이 그렇게 추는 게 아니라,

하눌이 어찌다간 한번씩

경풍난 쏘내기 마음이 되어

사람들 속에 숨어들어서

지랄 야단법석을 부리시는 거라.

더구나 그게 젊은 예편네 속에나 들어갈랑이면

음칠월에 암내낸 소보다도 더 미치는 거라.

무지개를 뛰어 넘어다니는

소보다도 훨씬 더 미치는 거라.

여(余)도 지난 무오년 늦여름밤의 리오데자네이로에서

---

141 하인리히 침머 지음, 조셉 캠벨 엮음, 이숙종 옮김, 앞의 책, 210~213쪽 참고.
142 진 시노다 볼린, 유승희 옮김, 앞의 책, 292쪽.

난생 처음으로 이 쌈바춤에 말려들어 봤는데,

나의 짝 ― 흑인예펜네가 하자는대로

한참을 껑충거리다보니 두 다리에 쥐가 나버려서

픽지건히 바닥에 주저앉았드러니,

'애개개 요새끼! 머이 이따웃게 있어?'

하며, 내게 등을 두르고 돌아서서는

그녀 볼기짝 밑의 사타구니를

저의 할아버지뻘은 되는 내 코에

몽땅 바짝 들이대는데

야! 찐하기도 찐하기도 한 그 냄새의 벌이라니!

하눌도

이런 남미 리오데자네이로의 밤 뒷골목 같은 데 와선

이런 찐한 짓거리도 가끔은 시키며 노시는 거라.

―「쌈바춤에 말려서」전문

시의 화자는 리비도를 광적으로 발산하는 무희들에 대하여, 사람들이 그렇게 추는 것이 아니라, 하늘이 한 번씩 경풍 난 소나기 마음이 되어, 사람들 속에 숨어들어 야단법석을 부리는 것이라고 형상화하고 있다. 춤은 분명히 사람들이 추지만, 사람들을 충동질한 것은 하늘이기 때문이다. '하늘'로 환기되는 춤의 신이 신바람내지 않고는 그처럼 열광적인 춤동작을 구현하기 어렵다고 본 것이다. 이처럼 시바의 긍정적인 측면의 춤은 잠재된 리비도를 자극하여 생명력을 불러일으키는 특징을 지니고 있다.

'하늘'은 사람들을 통해 자신의 춤추고 싶은 욕구를 충족시키기도 하는데, '하늘도 가끔은 이런 남미의 밤 뒷골목 같은 데 와선 이렇게 진한 짓거리를 시키며 노시는 거라'라고 형상화한 것이 그것이다. 시 바의 춤이 지닌 생명력은 "더구나 그게 젊은 예편네 속에나 들어갈 량이면/ 음 칠월에 암내 낸 소보다도 더 미치는 거라."라고 묘사함으로써 성행위에 대한 구체적인 표현으로 제시되기도 한다.

「사내자식 길들이기 2」에서 서정주는 간통 사건의 시간적 배경을 땡볕이 이글거리는 '음력 칠월'로 상정한 바 있다. 인용시 「쌈바춤에 말려서」에서도 성적인 매력을 발산하는 무희들을 '음 칠월에 발정기를 맞은 소'로서 형상화하고 있다. 그러면 '음 칠월'이라는 시간적 배경은 어떠한 이유로 상정되었는지 궁금하지 않을 수 없다.

여기서 견우와 직녀가 일 년에 한 번씩 만나는 날이 '음력 칠월 칠일'인 사실에 주목하고자 한다. 사랑함에도 불구하고 일 년에 한 번밖에 만나지 못하는 안타까움을 리비도의 총량으로 환산하면, '음 칠월에 발정난 소'보다 부족하지 않을 것이다. 이와 같은 추측에 힘을 실어주는 것은, 무희들의 춤동작이 하늘의 '무지개를 뛰어넘어 다니는 소'보다도 훨씬 더 미친 것 같다고 표현한 부분이다. 시적 상상력에서는 무지개를 견우와 직녀가 만나는 '오작교'로 환기할 수도 있기 때문이다. 무지개가 지니는 환상성을 고려할 때, 무지개를 뛰어넘어 다니는 무희들의 행위는 절정을 오르내리는 성애적 행위로서 유추해 볼 수도 있다.

한편, 간통사건의 배후와 무희들의 광기어린 춤동작에 대해, '음 칠월'이라는 시간적 환경을 선택한 것은, '음 칠월'이 리비도가 왕성하게 발산되는 시기라고 생각했기 때문일 수도 있다. 음 칠월은 태양볕이 가장 뜨거운 때로, 주체하지 못하는 성적 에너지를 불타오르는 태양열에서 유추해올 수도 있기 때문이다.

디오니소스 원형이 지니는 관심은 방법이 수반되는 목표에 있는 것이 아니라, 순간의 부딪침에서 발생한다. 어떤 일에 대응할 때, 그는 내면에서 야기되는 즉흥적인 감정에 따라 행동하기 때문이다. 디오니소스 원형의 그러한 양상은 격렬하면서도 자연스럽게 음악이나 연인과 하나가 될 수 있다. 따라서 시 속의 화자가 즉흥적·순간적으로 삼바춤에 말려든 것은 디오니소스 원형이 활성화된 때문이라고 할 수 있다. 사람들은 순간의 감정에 순응하며, 경풍 난 소나기처럼 광기어린 춤에 몰입할 뿐, 내일에 대한 계획이나 걱정이 없다.

서정주는 고향 질마재 사람들의 유형을 '유자파'와 '자연파', '심미파'로 분류하고 있는데, 그 중 심미파가 지닌 양상들이 디오니소스 원형과 매우 유사하다.

"심미파는 멋도 잘 내고 신바람도 늘 잘 나타내기는 하였으나, 어린 내가 보기에도 좀 점잖지는 못한 듯하였다. 도대체 '키스'라는 것이 조선 사람한테도 있다는 것을 어린 내 눈에까지 뵈게 한 것이 그들이다. 그들은 '양모'라는 톳쟁이(男色=가음)를 데리고는 아이들 보는 데서도 갖은 장난을 다하였는데, 하루는 누구던가(이름은 잊었으나) 양모 입에 제 입을 갖다 대고 쪽쪽 빠는 것을 내게 보여주었고, 또 누구던가는 제 손가락에다 침을 함빡 묻혀 양모 입께로 가져가며 "내 것도 빨아먹어라." 어쩌고 하는 것을 보고 듣게 한 것이다."[143]

인용글이 보여주듯, 심미파 사람들의 행동 양상은 술과 춤의 향연을 벌이는 디오니소스 원형과 맥락이 닿아 있다. 크리슈나와 고피들이 황홀경을 체험하며 춤의 향연을 벌였듯이, 심미파 사람들도 술 마시고 춤추는 행위로써 황홀경을 추구한 것이다. 그들의 행위는 감정

---

143 서정주, 「질마재」, 앞의 책, 30쪽.

이 지닌 가장 고상한 차원과 천박한 차원을 오가며, 생명력에 대한 양극성을 발현했던 디오니소스적 양상과 동일한 선상에서 해석할 수 있겠다.

> 스페인 술꾼들은
> 입으로 쐬주를 마시기 전에 먼저
> 거기 불꽃을 피워 두 누깔로 마시고,
>
> 화끈할락시면 훌라멩고 춤을 추지만,
> 장고는 지구가 몽땅 그것이어라
> 장단일랑 그러니까 발바닥으로
> 또드락 또드락 또드락딱 또드락딱딱……
> 느린몰이, 중몰이, 잦은몰이, 휘몰이,
> 아주 잘 아주 썩 잘 맞춰서 추지.
>
> 쑥하고 마늘만 먹으며 도통 중인
> 곰이 곰이 못참아서 놀아나 난다면
> 아마나도 요로코롬은 되었을 것일까?
> 또드락딱 또드락딱 또드락딱딱
> 발바닥과 땅바닥의 궁장에 맞춰
> 굼실굼실 훌라멩고 잘도 추시지.
>
> 허지만 고걸로도 직성이 영 안풀리면
> 뿔좋은 소들을 모래밭에 몰아넣고
> 칼로 뽑아 마구나 찔러대시다

쇠뿔에 받쳐 애고고고 저승엔 가네.

「골치아픈 사무일랑 내일 보세나.
아스타 마냐나, 아스타 마냐나,
위선은 불쐬주를 마시고 보세!」

깡깜히 치운 섣달 그믐밤이면
서해가 얼얼하게 종을 쳐서 울리곤,
바커스의 젖꼭지 — 포도주의 포도알을
영감도 할멈도 젖먹이도 잡숫구 ……
굼실굼실 젖먹이도 굼실굼실 잡숫구 ……

—「마드릿드의 인상」 전문

스페인의 마드리드에서 소주를 주문하면, 양푼 같은 그릇에 담아 내온 후 불을 붙여준다. 불이 잦아들면 레몬 저민 것을 넣고 향내를 맡아가며 술을 마시는데, 술이 취한 사람들은 발바닥으로 장단을 맞추며 플라멩코를 추기 시작한다. 플라멩코는 마치 느린모리·중모리·자진모리·휘모리를 시연하는 것처럼 역동적이다. 지구가 온통 악기라도 되는 듯, 그들은 발로 땅바닥을 정교하게 두드리며 '아스타 마냐나'를 부른다. '아스타 마냐나'는 그들의 말로 '내일까지'라는 의미를 지닌다. 놀이가 시작되면 하던 일을 까맣게 잊어버리는 그들의 행위를 '아스타 마냐나'가 두둔해주고 있는 것이다. '아스타 마냐나'는 놀기 좋아하는 그들의 문화가 만들어낸 그들만의 용어가 될 것이다.

"골치 아픈 사무일랑 내일 보세나./ 아스타 마냐나, 아스타 마냐나,/ 위선은 불쐬주를 마시고 보세!"라는 형상화에는 세속의 규범에 구속당하지 않겠다는 강한 의지가 함의되어 있다. '계획'이라는 것은 시간을 유효적절하게 사용하기 위한 문명세계의 산물이다. 골치 아픈 사무는 내일로 미루고 현재에 충실하자는 스페인 사람들에게서 순간에 지배당하는 디오니소스 원형을 확인할 수 있다.

이상으로 언급한 디오니소스 원형의 양상들은 대부분의 예술가들이 지니고 있는 성향이기도 하다. 일상성을 인정하지 않으려는 디오니소스적 행위는 가부장권에서는 거부되는 원형으로서 '예술'이라는 이데올로기를 획득할 때만이 그 정당성을 인정받을 수 있을 것이다.

인물원형이 지니는
특징과 의미

여성인물의 특징

서정주의 시에 등장하는 여성인물들의 행동 양식과 성격의 심층을 탐구한 결과, 그들 원형이 구현하는 양상은 다음과 같다.

아프로디테 원형은 '관능의 대상으로서의 여성'과 '창작의 영감을 주는 여성', '아름다운 여성'의 양상으로 나타나고 있었다. 아프로디테 원형의 여러 양상 중에서도 가장 활발하게 구현되는 '관능의 대상으로서의 여성'은 첫 시집 『화사집』에 다수 분포하는 바, 이는 사회 제도와 법을 인식하기 이전 불안정한 성 욕망이 표현된 것이라고 판단할 수 있다. 시인은 일제강점기 아래서 정체성의 단절로 인한 공포와 위협을 느끼게 되고, 그것은 자기 비하와 인격의 상실에 의한 동물적 상상력으로 발전하여 작품에 육체성을 형상화하는 원인이 되었다고 판단한다.

아르테미스 원형은 '지혜롭고 자율적인 여성'과 '자매들의 보호자로서의 여성'의 양상으로 나타나고 있었다. '자매들의 보호자로서의 여성'의 양상은 두 번째 시집 『귀촉도』부터 드러나기 시작하는데, 그녀들은 육체성과 모성성이 배제되고, 자율성이 강하며, 남성과 동등한 인격을 지닌 여성들이다. 아르테미스 원형은 서정주가 아프로디테 원형의 관능성을 버리고, 데메테르의 모성성과 '남편의 아내' 역할에 치중하는 헤라 원형을 구현하기 이전까지 등장하는 여성의 원형이다.

헤스티아 원형은 '고난을 승화시키는 여성'과 '인간관계나 업적, 재산, 특권에 집착하지 않는 여성', '자연인으로서의 여성', '집안일에서 성취감을 얻는 여성'의 양상으로 구현되고 있었다. 헤스티아 원형의 양상은 시창작의 전 생애에 걸쳐 일관성 있게 나타나는데, 그것은 헤스티아의 내성적이고 참을성 많은 성격이 가부장제사회문화가 선호하고 요구한 여성상과 부합되었기 때문이라고 할 수 있다.

헤스티아 원형은 아프로디테나 아르테미스, 아테나 원형의 여성들과는 상반되는 측면을 지니고 있다. 그녀의 관심과 집중력은 내부로 향해 있는 데 반해, 아프로디테나 아르테미스, 아테나 여성들의 관심과 집중력은 외부로 향해 있기 때문이다. 헤스티아 원형은 자신을 드러내지 않음으로써 땅 밑을 흐르는 물처럼 조용하지만, 사회와 문화에 중요한 영향을 미치는 원형이다.

아테나 원형은 '지혜로운 여성'의 측면만이 구현되고 있었다. 아테나는 어린 시절을 생략하고 완전무장한 모습으로 아버지 제우스의 머리를 가르고 탄생한 여신이다. 그녀는 가부장제사회문화가 여성에게 강요한 고정관념으로부터 자유로웠으며, 여성이면서도 남성의 입장에 편승해준 여신이기도 하다. 서정주가 아테나의 용감하고 진취적인 성향을 배제한 채 '지혜로움'만을 부각시킨 것은, 가부장제사회문화의 고정관념이 반영된 예라고 할 수 있다. 용맹스럽고 진취적인 성향은 가부장권의 남성성을 대표하는 성징으로서 여성에게는 금기시했음을 알 수 있다.

헤라 원형도 '결혼의 정조를 신성시하는 여성'의 측면만을 구현하고 있었다. 헤라는 제우스의 아내로서 연적에게 가혹하게 복수하는 경향이 있었다. 제우스는 혼외정사를 일삼으며 헤라의 복수심을 자극하였고, 그때마다 헤라는 제우스의 상대 여성이나 태어난 아이에게 잔혹하게 복수하였다. 그러나 시작품에 그러한 양상이 한 편도 구현되지 않는 것은, 가부장제사회문화가 남편의 외도에는 관대했으며, 아내는 참고 기다려야 한다는 논리가 지배적이었기 때문이다. 시 작품 속의 헤라 원형은 돌아오지 않는 남편을 기다리거나, 심지어 죽은 남편을 따라서 죽는 양상으로 나타나고 있다.

데메테르 원형은 '자식에게 집착하는 어머니'와 '대지를 경영하는 어머니'의 양상으로 형상화되고 있었다. 데메테르 원형의 '자식에게 집착하는 어머니'의 양상은 우리나라뿐 아니라 동서고금의 어머니들이 보편적으로 지닌 성향이기도 하다. 고대 이후 지속되어온 가부장제사회문화는, '자식에게 무조건적으로 희생하는 어머니'의 원형을 선호하고 요구하였다. 그러한 사회 분위기 속의 어머니들이 '자식에게 집착하는 어머니'의 원형을 행사하게 된 것은 당연하다고 하겠다.

남성인물의 특징

　서정주의 시에서 헤파이스토스 원형은 '절망을 창조로 승화시키는 장인'과 '학대받은 아들'의 원형으로 나타나고 있었다. 헤파이스토스의 '절망을 창조로 승화시키는 장인'의 원형이 첫 시집인『화사집』에 집중적으로 나타나는 것은, 일제강점기의 절망스런 상황을 창조로써 승화시키려는 시인의 의도가 작용한 것이라고 할 수 있다.

　헤파이스토스는 제우스와 헤라에게 버림받은 상처를 치유하지 못한 채, 권력과 외모를 중시하는 제우스 사회에서 외톨이로 살았다. 헤파이스토스의 '학대받은 아들'의 원형은 중·후기 세계여행 중에 만나는 흑인들에게서 많이 나타나고 있었다. 백인에게 무차별적으로 포획되어 노예로 살아야 했던 그들의 분노와 절망감은, 제우스 사회에서 대접받지 못한 헤파이스토스의 분노와 다름없다고 하겠다.

　제우스 원형은 '자식의 삶을 결정짓는 아버지'와 '권위적인 아버지', '권력과 부에 집착하는 제우스', '협상에 능한 제우스', '바람둥이 제우스'의 양상으로 형상화되고 있었다. 제우스 원형은 창작 활동 초기에는 나타나지 않다가 중기 이후부터 두드러지게 구현되기 시작한다. 제우스 원형은 가부장제사회문화의 법과 제도에 긍정적으로 부합하는 원형으로, 중기 이후의 작품에 집중적으로 형상화되는 이유는 시인이 가부장제사회문화의 법과 제도를 그 시기부터 인식했기 때문이다. 제우스 원형은 가부장권의 '권위적인 아버지' 원형으로, 가정이나 사회에서 권력을 행사하고, 부를 축적하며 자식의 삶을 간섭하였고, 가정뿐 아니라 사회에서도 제1인자의 위치를 차지하였다.

포세이돈 원형은 '의협심이 강한 남성'과 '감정에 지배당하는 남성'의 양상으로 구현되고 있었다. 포세이돈 원형의 긍정적인 측면은 '의협심이 강한 남성'의 양상으로 나타나며, 부정적인 측면은 '감정에 지배당하는 남성'의 양상으로 나타나고 있다. 포세이돈 원형의 '의협심이 강한 남성'의 양상은 대부분 자신의 이데올로기를 위해서 신명을 바치는 형태로 나타나지만, '감정에 지배당하는 남성'의 원형은 다른 원형의 긍정적인 측면과 대비시키는 방법으로 부정적인 요소를 부각시키고 있다.

하데스 원형은 '이미지가 풍부한 내면세계'를 지닌 하데스가 집중적으로 형상화되면서, 후기의 제2기 시작품에 치우쳐 있었다. 그러한 사실은 나이가 들어감에 따라 정신세계가 내면으로 귀착하고 있음을 입증해준다. 하데스는 지하세계를 다스렸던 만큼, 그 원형은 영적이면서도 죽음과 관련이 있다. 시인의 연륜이 깊어감에 따라 영혼의 세계에 가까워지려는 것은 자연스런 현상이라고 하겠다.

디오니소스 원형은 '유랑하는 디오니소스'와 '관습과 제도를 거부하는 디오니소스', '춤잔치를 벌이는 디오니소스'의 양상으로 구현되고 있었다. 디오니소스 원형은 『화사집』의 「벽」을 제외하곤 여덟 번째 시집 『西으로 가는 달처럼……』부터 본격적으로 드러나기 시작한다. 그 중 '유랑하는 디오니소스' 원형은 자신을 떠돌이로서 구체화한 중기 이후의 시집 『떠돌이의 시』, 『늙은 떠돌이의 시』, 『80소년 떠돌이의 시』의 제명에서도 인지할 수 있다.

인물원형이 지니는 의미

서정주가 창작 시기별로 구현한 인물원형의 양상을 도표로써 구체화하면 다음과 같다.

시기별		인물의 원형	아프로디테 원형	아르테미스 원형	헤스티아 원형	아테나 원형	헤라 원형	데메테르 원형	헤파이스토스 원형	제우스 원형	포세이돈 원형	하데스 원형	디오니소스 원형
초기	제1기	1. 화사집	8		1				3				1
초기	제2기	2. 귀촉도		3	2								
초기	제2기	3. 서정주 시선	1	1	2								
초기	제3기	4. 신라초	1	1	3		1					1	
초기	제3기	5. 동천	2				1			1			
중기		서정주 문학전집		1	2			4	1	3			
중기		6. 질마재 신화	3			1	2	2		2			
중기		7. 떠돌이의 시	2		1	1		1		3			
후기	제1기	8. 西으로 가는 달처럼…	3	4	3	1	1	1	2	6	2		5
후기	제1기	9. 학이 울고 간 날들의 시	1		1	1				3	1		2
후기	제2기	10. 안 잊히는 일들		1	1			1					1
후기	제2기	11. 노래	4	1				1	1				4
후기	제2기	12. 팔할이 바람			2					10	3	1	4
후기	제2기	13. 산시			1								
후기	제2기	14. 늙은 떠돌이의 시	1		2			5		1		9	2
후기	제2기	15. 80소년 떠돌이의 시	1		8			1	1	3		12	

　서정주는 1915년 5월 18일에 출생하여 2000년 12월 24일 타계하였다. 그는 근대정신과 문명이 유입되면서 근·현대로 이행되던 한국사회에서 태어나, 21세기로 들어서는 시점에 이르기까지 기나긴 삶을 살았다. 그가 살았던 근·현대 한국사회의 특징을 몇 갈래로 구분지어보면, 경제면에서는 시장경제 원리를 추구하는 자본주의 사회였다는 점을 들 수 있다. 물건이 대량으로 생산되면서 시장이 활성화되고, 시장을 통하여 형성된 자본은 경제의 흐름을 좌우하였다.

　또한 과학기술문명이 유입되면서 과학적·합리적 사고가 사회·문화 발전의 근간이 되는 지식사회였다는 점을 들 수 있다. 정치적인 측면에서는 봉건군주제가 폐지되고, 시민들이 투표권을 행사함으로써 민주사회를 지향하였다. 하지만, 근대정신과 근대문명의 유입에도 불구하고, 가족문화 측면에서는 여전히 가부장제가 주류를 이루고 있었다. 사회 구성의 기본 단위인 가정은 남성 가장을 중심으로 하는 가족중심주의 체제가 견고하였다.

　인간 내면의 문제들이 형상화되는 문학작품은 시대적·사회적 배경을 간과하고는 결코 논의할 수 없다. 그러한 전제하에 서정주의 시세계와 관련하여 인물원형들이 지닌 의미를 살펴보면 다음과 같다.

　첫 번째, 서정주는 초기 시작품에 아프로디테의 '관능의 대상으로서의 여성'의 원형을 구현함으로써 인간의 본능을 구속과 억압으로부터 해방시키고자 하였다.

　인간은 내면에 특정한 원형을 보유하고 있으면서도 도덕과 윤리를 의식함으로써 마음대로 드러내지 못하는 경우가 있다. 시창작 초기에 해당하는 『화사집』에 집중적으로 나타나는 아프로디테의 관능성은 가부장권에서는 억압당한 원형이다. 서정주는 억압당하고 거부당하는 원형을 자유롭게 형상화함으로써 인간 본능을 배제와 억압으로부터 해방시키고자 하였다. 이것은 청년시절의 서정주가 가부장제사회문화의 고정관념에 구속당하지 않는, 자유로운 성 윤리를 내면화하고 있었으며, 또 이를 실현하고자 노력했다는 의미가 될 것이다.

두 번째, 서정주는 헤파이스토스의 '절망을 창조로 승화시키는 장인'의 양상을 『화사집』에 두드러지게 구현함으로써 일제강점기 망국민의 지향점을 모색하고자 하였다.

서정주의 시작 활동의 출발점은 일제강점기였다. 창작 활동 초기의 헤파이스토스 원형은 주로 '절망을 창조로 승화시키는 장인'의 양상으로 나타나고 있다. 이것은 일제강점기 망국민의 굴욕감과 절망감이 헤파이스토스 원형의 그러한 양상으로 구현되었다고 할 수 있다. 헤파이스토스는 굴욕감과 분노를 창조로써 극복한 원형의 인물이다. 시인은 헤파이스토스 원형의 '절망을 창조로 승화시키는 장인'의 양상을 형상화함으로써 일제강점기라는 절망의 터널에서 출구를 모색했다고 할 수 있다.

시 「자화상」에서 서정주는 부잣집의 농감이었던 아버지를 종의 신분으로 상정하면서 열등감과 굴욕의식에 지배당하는 헤파이스토스 원형을 구현한 바 있다. 하지만, 시작품 속 헤파이스토스의 이마 위에는 언제나 시의 이슬이 얹혀 있다고 형상화되고 있다. 여기서 시는 헤파이스토스의 창조물에 견줄 수 있으며, 좋은 시를 창조하는 일만이 일제강점기의 절망스런 상황을 극복하는 방법이라고 믿은 것이다.

세 번째, 서정주는 시작품에 아르테미스 원형의 '지혜롭고 자율적인 여성'의 양상을 긍정적으로 구현함으로써 여성의 자율성을 실현시키고자 하였다.

아르테미스 원형이 드러나기 시작한 것은 두 번째 시집 『귀촉도』

부터이며, 열한 번째 시집 『노래』에 이르기까지 분포되어 나타난다. 본 연구에서 아르테미스 원형의 여성들이라고 언급한 계집애류는 주로 '자매들의 보호자로서의 여성'의 원형을 구현하지만, 「선덕여왕의 말씀」에 등장하는 선덕여왕은 '지혜롭고 자율적인 여성'의 원형을 구현하고 있다. 특히 선덕은 '여왕'인데도 불구하고 지귀와 신분을 초월한 사랑을 나누는 자율적인 존재로 형상화되고 있다. 서정주는 그들의 원형을 긍정적으로 형상화함으로써 여성의 자율성을 인정하고자 노력했다고 할 수 있다.

네 번째, 서정주는 여성의 자율성과 성 해방을 위하여 노력했지만, 창작의 전 생애에 걸쳐 헤스티아 원형을 구현함으로써 가부장제사회문화의 고정관념이 선호한 여성상을 수용한 측면이 있다.

헤스티아 원형은 시창작의 전 생애에 걸쳐 골고루 나타난다. 이러한 사실은 서정주가 아프로디테 원형과 아르테미스 원형을 구현하면서 여성 해방을 위해 노력하면서도, 헤스티아 원형의 내성적이며 참을성 많은 성향 또한 선호한 증거라고 하겠다. 가부장제사회문화의 보편적인 성규범은 여성을 이분법으로 나누어 놓았다.[144] 그것에 의

---

144 장수입, 「한국사회의 성매매와 남성 이데올로기」, 『지배 문화 남성 문화』, 또 하나의 문화, 2000, 89쪽.

좋은 여자(요조숙녀)	나쁜 여자(탕녀)
• 본질적으로 성에 대해 관심이 없다.	• 색골이라고 할 정도로 성에 대한 관심이 강하다.
• 남편에게 다정하게 대하며 정절을 지킨다.	• 남성을 원하며 성을 즐긴다.
• 저질적인 남성의 욕구에는 응하지 않는다.	• 일할 의욕이 없고 게으르기 때문에 엄하게 다스려야 한다.
• 성관계의 주된 목적은 출산에 있다.	• 성적 에너지와 취향이 남성과 다르지 않다.

하면, 헤스티아 원형은 가부장제사회문화가 '요조숙녀'로 규정해놓고 선호한 원형이며, 아프로디테의 '관능의 대상으로서의 여성'은 '탕녀'로 규정하고 있음을 알 수 있다. 헤스티아 원형의 조용하면서도 도전적이지 않은 성향은 가부장권의 고정관념이 선호한 여성의 모습이라고 하겠다.

다섯 번째, 서정주는 시작품에 아테나 원형의 '용감하고 진취적인 여성'의 양상을 배제하고 '지혜로운 여성'의 측면만을 긍정적으로 형상화함으로써 여성성을 한정적으로 제한하고, 여성의 활동 영역을 소극적인 부분으로 치부하였다.

아테나 원형은 여섯 번째 시집 『질마재 신화』부터 아홉 번째 시집 『학이 울고 간 날들의 시』에 걸쳐 나타나고 있다. 아테나 원형은 본 연구에서 천착한 원형 가운데 구현되는 빈도가 가장 낮으며, 그녀의 여러 양상 중에서도 '지혜로운 여성'의 측면만이 구현되고 있다. 아테나 원형은 가부장권에서 여성이라는 사실에 구애받지 않고 남성과 동등하게 자아를 실현한 여성이다. 따라서 아테나에게는 용감하고 진취적인 성향이 있었지만, 서정주는 아테나의 그러한 측면을 배제함으로써 여성성을 한정적으로 제한하고, 여성의 활동 영역을 소극적인 부분으로 치부하는 데 일조했다고 할 수 있다. 이 사실은 가부장제사회문화의 고정관념이 용감하고 진취적인 여성의 원형을 선호하지 않은 증거라고 하겠다. 즉, 남성의 권위 혹은 권좌에 도전하는 여성의 원형은 거부당했음을 확인할 수 있다.

여섯 번째, 서정주는 다섯 번째 시집 『동천』부터 제우스 원형을 긍정적으로 구현함으로써 가부장제사회문화의 고정관념을 적극적으로 수용하고, 아버지의 권위를 인정하려는 경향을 보였다.

제우스 원형이 구현되기 시작할 즈음 서정주의 나이는 50대였다.

젊은 시절엔 가부장권의 고정관념을 인정하지 않으려던 그가 이 시기부터 긍정적으로 수용하는 현상을 보인다. 이것은 나이가 들어감에 따라 남성 가장의 권위를 지키는 방법으로써 가부장제사회문화의 제도와 관습을 수용하는 것이 바람직하다고 생각했기 때문이다. 서정주는 제우스 원형의 권위를 인정하고, 권력과 부를 얻고 싶어 하는 한편, 선대의 아버지들이 그랬듯이 자식에게 기대를 걸면서 그들의 삶을 간섭하였다. 그리하여 초기 시작품에서 제도와 관습으로부터 자유롭고자 한 시인의 의식이 후퇴·와해되는 현상을 보여주고 있다.

대부분의 한국 남성들은 일제에 의한 식민생활, 해방 후의 혼란, 이념의 갈등과 한국전쟁, 1960년대 이후의 급속한 공업화와 같은 역사적 경험을 거치면서 자기 자신과 가족의 생존은 누구보다도 자신의 책임이라는 생활철학을 내면화하였다.[145] 이와 같은 생활철학은 제우스 원형이 지배적으로 지니고 있는 성향으로서, 그 시대의 중심에 있었던 시인의 작품에 제우스의 원형의 양상이 구현된 것은 자연스러운 현상이라고 하겠다.

일곱 번째, 서정주는 '결혼의 정조를 신성시하는' 헤라 원형을 작품에 두드러지게 형상화함으로써 여성의 자율성을 정조관념으로 구속한 측면이 있다.

헤라 원형은 네 번째 시집 『신라초』부터 열한 번째 시집 『노래』에 걸쳐 나타난다. 이 원형은 서정주가 남성 가장을 중심으로 하는 가족 중심주의의 고정관념을 인식하기 시작하면서부터 드러나며, 이는 '결혼의 정조를 신성시하는 여성'의 양상으로 부각되고 있다. 이것은 서정주 개인을 넘어 가부장권의 고정관념이 여성에게 강요한 정조관

---

145 임희섭, 앞의 책, 216쪽.

념의 표현으로 보아야 할 것이다. 서정주는 연적에게 가혹하게 복수하는 헤라 원형을 거부하고, 아내 역할에 골몰하는 양상을 선호함으로써 여성의 자율성을 속박했다고 할 수 있다.

여덟 번째, 서정주는 중기 이후의 시작품에 데메테르 원형의 '자식에게 집착하는 어머니'의 양상을 긍정적으로 형상화함으로써 어머니인 여성을 가족의 희생물로 상정한 측면이 있다.

데메테르 원형은 다섯 번째 시집 이후에 출간된 『서정주 문학전집』부터 마지막 시집에 이르기까지 나타나고 있다. 그는 데메테르 원형의 '자식에게 집착하는 어머니'의 양상을 적극적으로 형상화함으로써 여성으로 하여금 자식에게 희생하고 남편에게 복종하며, 부모를 헌신적으로 봉양할 것을 강요하고 있다. 이 양상은 제우스 원형의 예처럼 가부장제사회문화의 제도와 규범을 적극적으로 수용하면서부터 드러나고 있다. 이는 초기 작품에서 여성의 자율성을 인정한 것과 상반되는 입장으로, 나이가 들어감에 따라 가부장권의 고정관념을 수용하는 것이 자신을 합리화하고 정당화하는 데 효율적이라고 생각했기 때문이다.

아홉 번째, 서정주는 포세이돈 원형의 '의협심이 강한 남성'을 강하게 긍정함으로써 그러한 정신을 고취하고, 자신의 심약함을 단련하고자 하였다.

포세이돈 원형이 작품에 드러나는 것은 여덟 번째 시집 『西으로 가는 달처럼…』과, 아홉 번째 시집 『학이 울고 간 날들의 시』, 열두 번째 시집 『팔할이 바람』으로 한정되어 있다. 따라서 포세이돈 원형은 아테나 원형 다음으로 구현되는 빈도가 낮다. 서정주는 이준 선생의 묘지에서 그의 의협심을 부러워하면서 자신의 나약함을 부끄러워하고 있다. 6·25전쟁 중에는 문총구국대원으로 활동하면서 전쟁의 공포를 극복하고자 의협심을 빙자한 만용까지 부린다. 자신의 심약함을 누구보다 잘 알고 있는 서정주는 그것을 극복하고자 포세이돈 원형의 '의협심이 강한 남성'을 선호했다고 할 수 있다.

열 번째, 서정주는 후기의 제2기 작품에 '내면세계에 풍부한 이미지를 지닌 하데스' 원형을 집중적으로 형상화함으로써 영혼의 세계에 안주하고자 하였다.

하데스 원형은 네 번째 시집 『신라초』에 한 번 나타나고는 열두 번째 시집 『팔할이 바람』부터 마지막 시집에 걸쳐 분포하고 있다. 시창작의 후기에 하데스 원형이 집중적으로 드러나는 것은 영혼의 세계와 밀접한 하데스 원형의 특성상 시인의 나이 듦과 연관이 있다. 후기 시작품에 회상의 형식으로 형상화되는 하데스 원형은 시인이 걸어온 기나긴 삶이 영적인 차원으로 환치되고 있음을 보여준다. 나이가 든 시인은 세게와의 치열한 대립을 피하고, 지나온 삶을 '내면세계의 이미지'로 승화시키면서 세계와의 화합을 도모하고 있다. 죽음에 직면한 시인이 영혼의 세계에 친밀감을 느끼는 것은 당연한 귀결이 될 것이다.

열한 번째, 중기 이후 가부장제사회문화의 고정관념에 편승하는 듯했지만, 디오니소스 원형을 후기 작품에 집중적으로 구현함으로써 사회문화의 요구에 온전히 부합하는 데는 실패했다고 할 수 있다.

디오니소스 원형은 서정주가 세계를 여행하는 시점부터 두드러지게 나타나고 있다. '인도의 떠돌이들'이나 흑인 '아자메'에게서 활발하게 드러나는 디오니소스 원형은 '법과 제도를 거부하는 디오니소스'와 '유랑하는 디오니소스'의 양상이 지배적이다. 디오니소스 원형은 대부분 가부장권의 고정관념이 선호하는 원형과는 상반된 측면을 보여주는데, 특히 즉흥적인 성향이나 법과 제도에 얽매이지 않으려는 성향은 가부장권이 거부하는 원형의 양상이다. 가부장권의 사회 문화에 부응하고자 디오니소스적 성향을 억압해오던 서정주는 세계 여행을 계기로 잠재해 있던 유랑의식을 표면화할 수밖에 없었던 것이다.

자신의 삶이 떠돌이임을 절감한 서정주는 시집명에도 '떠돌이'라는 말을 연속적으로 붙여왔다.[146] 한 고장에 머물러 살지 못하였고, 한 직장에 매여 있지 않았으며, 인간관계 또한 끊임없이 변모시켜온 그야말로 디오니소스적 삶을 살았다고 할 수 있다. 그러나 마지막 시집 『80소년 떠돌이의 시』에는 디오니소스 원형이 구현되지 않고 있다. 나이든 시인은 순간적인 에너지를 필요로 하는 디오니소스적 성향들을 더 이상 행사할 수 없었던 것이다. 그럼에도 불구하고 『80소년 떠돌이의 시』라는 시집의 제목이 말해주듯, 디오니소스의 영원한 소년의식은 포기하지 못한 것이 틀림없다.

---

146 시집 『떠돌이의 시』, 『늙은 떠돌이의 시』, 『80소년 떠돌이의 시』가 그 예이다.

마무리글

이 연구의 목적은 서정주의 시작품에 등장하는 인물의 원형을 분석함으로써 창작 시기에 따라 다르게 전개되는 시인의 내면세계를 탐구하는 것이었다. 연구를 진행하기 위하여 시작품에 등장하는 인물의 원형을 '여성인물의 원형'과 '남성인물의 원형'으로 유형화하고, 각각의 원형들이 지니고 있는 특징과 의미가 시세계에 어떻게 영향을 미치고 있는가를 천착하였다.

1915년에 출생하여 2000년에 작고한 서정주는 20세기 근·현대의 한국사회를 살다 간 개인이다. 따라서 자연스럽게 근·현대 한국사회를 특징지은 가부장제사회문화의 정신과 삶을 내면화했을 것이고, 내면의 절실함이 표현되는 시작품 역시 가부장제사회와 문화의 간섭에서 자유로울 수 없었을 것이다. 이러한 전제 하에, 시작품의 인물이 구현하는 특징적인 양상을 진 시노다 볼린이 논의한 인물의 원형이론에 근거하여 고찰해보았다. 그녀가 의인화하고 있는 그리스 신화는 가부장권을 살아가는 인간의 본성을 적확하게 재현해주고 있기 때문이다. 시작품에 등장하는 인물들의 활동 배경과, 신화에 구현된 신들의 활동 배경이 유사한 사회문화체제를 갖추고 있다는 점은, 이 연구에 타당성을 부여해주는 근거가 된다.

시작품에 등장하는 인물원형의 특징과 그것이 지닌 의미를 함축하면 다음과 같다.

시창작의 초기에 서정주는 아프로디테 원형의 파괴적인 욕망과 관능적인 이미지를 형상화함으로써 인간 본능의 해방을 꾀하고, 헤파이스토스의 치열한 창조정신으로 일제강점기 망국민의 울분을 타개하고자 하였다.

일제의 압박이 본격화되던 1935년경, 서정주는 20대의 젊은 청년이었다. 자기 정체성이 확립되는 시기의 청년에게 일제강점기라는 상황은 고통스럽고 치욕스러웠을 것이다. 고통과 절망에서 벗어나기 위해 그는 관능적인 아프로디테 원형을 구현함으로써 문화의 고정관념을 깨고, 인간 본능의 해방을 꾀하였다. 또한 헤파이스토스 원형의 치열한 창조정신으로 열등의식과 울분의 감정을 타개하고자 하였다.

한편, 헤스티아 원형의 내성적인 원형을 선호하면서도 활동적인 아르테미스 원형을 구현함으로써, 여성의 자율성을 인정하는 동시에 그를 실현하고자 노력하였다. 헤스티아 원형을 시창작의 전 생애에 걸쳐 선호했음에도 불구하고, 아르테미스 원형의 자율적이고 활동적인 양상을 지지하며 여성의 자율의지를 실현하고자 했던 것이다.

그러나 서정주가 결혼을 하고 가부장제사회문화의 법과 제도를 긍정적으로 인식하기 시작하면서 제우스의 '권위적인 아버지' 원형과, 헤라의 '결혼의 정조를 신성시하는 여성'의 원형을 선호하기 시작한다. 제우스와 헤라 원형은 가부장제사회문화에서 '권위적인 아버지'와 '남편의 아내'로서 가정의 중심에 존재하는 원형이다. 서정주는 시창작 초기에 보여주었던 인간 해방 혹은 여성 해방 의지를 상실하고 가부장제사회문화에 부합하고 만 것이다.

당시 서정주는 남성 가장으로서 권위를 세우는 일이 무엇보다 중요하였다. 이 시기의 서정주는 자식에게 희생하는 데메테르 원형을 긍정적으로 구현함으로써 여성을 가족의 희생물로 상정하기도 하고, 아테나 원형의 용맹스러움을 거부한 채 지혜로운 측면만을 부각시킴으로써 여성의 활동영역을 소극적인 부분으로 한정하였다. 그러면서 가부장제사회문화에 온전히 수용되는 듯하지만, 내면에 잠재해 있던 디오니소스 원형이 활성화되기 시작하면서 내면의 지시에 순응하기에 이른다.

젊은 서정주는 문화의 고정관념이 요구하는 정신과 삶을 거부해보지만, 결국 자신이 속해 있는 사회문화에 순응할 수밖에 없었고, 나이 들면서 소외되어가는 남성 가장의 권위를 회복하고자 문화가 요구하는 원형을 더욱 선호했다고 할 수 있다. 그럼에도 불구하고 내면세계에 지속적으로 영향을 미친 것은 디오니소스의 유랑의식이었다.

말년의 서정주는 죽음과 화해할 수밖에 없었다. 나이든 시인은 내면에 풍부한 이미지를 지닌 하데스 원형의 세계로 지나온 삶을 환치·승화시키면서 영혼의 세계로 귀착하는 현상을 보여주고 있다. 하데스는 지하세계를 다스린 만큼, 그 원형은 영적이며 죽음과 관련이 있기 때문에, 나이 든 시인과 밀접할 수밖에 없다.

한편, 서정주의 후기 시작품에 제우스 원형과 디오니소스 원형이 공존하는 현상에 대해 의문을 제기하지 않을 수 없다. 제우스 원형은 가부장권이 선호하는 아비지 원형이며, 디오니소스 원형은 가부장권이 거부하는 대표적 원형이기 때문이다.

산문집[147]에서 서정주는 질마재 사람들의 유형을 '유자파'와 '자연파', '심미파'로 나눈 바 있다. 유자파는 속은 모르지만 겉으로는 사람들에게 존경받으며, 그들을 부리고 부를 축적한 제우스 원형의 사람들이다. 그들은 한결같이 자식에게 엄했으며, 한문을 어느 정도 독해할 줄 아는 지식인이었다. 심미파는 술 마시고 춤추기를 좋아하며, 동성애를 구가하기도 하는 사람들로서 디오니소스 원형과 비견할 수 있다. 그들은 멋 부리기를 좋아하고, 의젓하지 못하며, 법 때문에 마음대로 행동할 수 없는 안타까움을 춤과 노래로 표출하는 듯한 인상을 주는 사람들이었다.

---

147 서정주, 「질마재」, 앞의 책, 27~31쪽.

　서정주는 산문집에서 두 원형 모두를 호의적으로 기술하지 않았다. 그러나 아이러니하게도 시작품에는 제우스 원형과 디오니소스 원형이 다수 공존하고 있다. 그는 제우스 원형을 선호하지 않으면서도 사회문화에 부합하기 위해 그 원형의 양상을 내면화하고자 노력했던 듯하다. 또한 문화가 요구하는 고정관념에 부합하려고 디오니소스 원형을 억압했지만, 무의식에서 발현되는 그의 여러 양상들을 제어하지 못한 것으로 판단된다. 이와 같은 현상을 한 마디로 요약하면, 서정주의 삶은 디오니소스 원형과 제우스 원형이 갈등·길항·공존·대립해온 여정이었다고 할 수 있다. 그는 상반되는 두 원형과 화해하고 대립하며 독특한 정신세계를 구축해갔던 것이다.

참고문헌

• 기본자료

서정주,『미당 시전집』제1·2·3권, 민음사, 2005.

______,『80소년 떠돌이의 시』, 시와시학사, 1997.

______,『서정주문학전집』제2·3·4·5권, 일지사, 1972.

______,『미당수상록』, 민음사, 1976.

______,『서정주 세계민화집』제1·2·3·4·5권, 민음사, 1991.

______,『미당의 세계방랑기』제1·2·3권, 민예당, 1994.

______,『육자배기 가락에 타는 진달래』, 삶과 꿈, 2009.

• 단행본

강홍기,「우리 시의 율격」,『엄살의 시학』, 태학사, 2000.

권택영,『장자·라캉·태극기』, 민음사, 2003.

______,『잉여 쾌락의 시대』, 문예출판사, 2003.

김대행,『운율』, 문학과지성사, 1984.

______,『한국시가구조연구』, 삼영사, 1976.

김열규,『동북아시아 샤머니즘과 신화론』, 아카넷, 2004.

김영석,『한국 현대시의 논리』, 삼경문화사, 1999.

______,『새로운 도의 시학』, 국학자료원, 2006.

김용운,『원형의 유혹』, 한길사, 1995.

김용직,『현대시원론』, 학연사, 2003.

김욱동,『대화적 상상력』, 문학과지성사, 1988.

김준오,『한국 현대시와 패러디』, 현대미학사, 1996.

김홍경,『노자-삶의 기술, 늙은이의 노래』, 들녘, 2003.

김화영,『미당 서정주의 시에 대하여』, 민음사, 1984.

또 하나의 문화 편,『지배 문화 남성 문화』, 또 하나의 문화, 2000.

______________,『여성의 일찾기, 세상 바꾸기』, 또 하나의 문화, 2004.

박종성·강대진,『신화의 세계』, 한국방송통신대학교출판부, 2007.

박혜숙, 『소설의 등장인물』, 연세대학교 출판부, 2004.

서동욱, 『들뢰즈의 철학』, 민음사, 2007.

서정범, 『한국민속학』, 민속학회, 1974.

손종흠, 『다시 읽는 한국 신화』, Human & Books, 2006.

송기한, 『한국 현대시와 근대성 비판』, 제이앤씨, 2009.

송하선, 『미당평전-연꽃 만나고 가는 바람같이』, 푸른사상, 2008.

성기옥, 『한국시가율격의 이론』, 새문사, 1986.

신동욱 외, 『신화와 원형』, 고려원, 1992.

신익호, 『현대문학과 패러디』, 제이앤씨, 2008.

오태환, 『미당 시의 산경표 아래서 길을 찾다』, 황금알, 2007.

일연, 강무학 역, 『삼국유사』, 서음출판사, 1991.

임희섭, 『한국의 사회변동과 가치관』, 나남출판사, 2003.

정재서, 『이야기 동양신화』 제1·2권, 황금부엉이, 2004.

정현종·김주연·유평근, 『시의 이해』, 민음사, 1983.

정효구, 『상상력의 모험-80년대 시인들』, 민음사, 1992.

______, 『한국현대시와 자연탐구』, 새미, 1998.

조연현 외, 『서정주연구』, 동화출판공사, 1975.

최동호, 『한국 현대시와 물의 상상력』, 서정시학, 2010.

______, 『진흙 천국의 시적 주술』, 문학동네, 2006.

최치원, 『최문창후전집』, 성균관대 대동문화연구원 영인.

한상복·이문웅·김광억, 『문화인류학개론』, 서울대학교출판부, 2007.

황동규 편, 『엘리어트』, 문학과지성사, 1989.

황패강, 『한국 신화의 연구』, 새문사, 2006.

가브리엘 가르시아 마르케스, 이가형 옮김, 『백년 동안의 고독』, 하서, 1992.

가스통 바슐라르, 김현 옮김, 『몽상의 시학』, 기린원, 1989.

______________, 민희식 옮김, 『불의 정신분석·초의 정신분석·대지와 의지의
　　　몽상』, 삼성출판(주), 1983.

______________, 이가림 옮김, 『물과 꿈』, 문예출판(주), 1998.

______________, 곽광수 옮김, 『공간의 시학』, 동문선, 2003.

______________, 정영란 옮김, 『공기와 꿈』, 이학사, 2003.

기시다 슈, 우주형 옮김, 『게으름뱅이 정신분석』 제1·2권, 깊은샘, 2006.

노스럽 프라이, 이상우 옮김, 『문학의 구조와 상상력』, 집문당, 1992.

______________, 임철규 옮김, 『비평의 해부』, 도서출판 한길사, 2006.

__________, 문학과사회연구소 옮김, 『엘리어트론』, 청하, 1986.

롤랑 바르트, 정현 옮김, 『신화론』, 현대미학사, 1995.

__________, 이화여자대학교기호학연구소 옮김, 『현대의 신화』, 동문선, 1997

린다 허천, 김상구·윤여복 옮김, 『패로디 이론』, 문예출판사, 1992.

미하일 바흐친, 이득재 옮김, 『문예학의 형식적 방법』, 문예출판사, 1992.

사티스찬드라 찻테르지·디렌드라모한 닷타, 김형준 옮김, 『학파로 보는 인도
　　　　사상』, 예문서원, 2001.

스티븐 컨, 박성관 옮김, 『시간과 공간의 문화사』, 휴머니스트, 2006.

에드워드 윌슨, 이한음 옮김, 『인간본성에 대하여』, 사이언스 북스(주), 2004.

이-푸 투안, 구동회·심승희 옮김, 『공간과 장소』, 대윤출판사, 2007.

자크 아탈리, 이효숙 옮김, 『호모 노마드-유목하는 인간』, 웅진, 2005.

조셉 켐벨·빌 모이어스, 이윤기 옮김, 『신화의 힘』, 이끌리오, 2008.

조셉 켐벨, 이진구 옮김, 『신의 가면 Ⅰ-원시신화』, 까치글방, 2006.

________, __________, 『신의 가면 Ⅱ-동양신화』, 까치글방, 2005.

조셉 켐벨, 정영목 옮김, 『신의 가면 Ⅲ-서양신화』, 까치글방, 2006.

________, __________, 『신의 가면 Ⅳ-창작신화』, 까치글방, 2009.

조지 제임스 프레이저, 이용 내 옮김, 『황규가지』, 한겨레신문사, 2009.

존 C. H. 우, 김연수 옮김, 『선의 황금시대』, 한문화, 2006.

존 브리그스·데이비드 피트, 김광태·조혁 옮김, 『혼돈의 과학』, 범양사, 1990.

죠셉 플레처, 이희숙 옮김, 『새로운 도덕 상황윤리』, 종로서적, 1989.

진 시노다 볼린, 유승희 옮김, 『우리 속에 있는 남신들』, 또 하나의 문화, 1994.

__________, 조주현·조명덕 옮김, 『우리 속에 있는 여신들』, 또 하나의 문
　　　　화, 1994.

질 들뢰즈·펠릭스 가타리, 김재인 옮김, 『천 개의 고원』, 새물결, 2001.

칼빈·S. 홀, 이용호 옮김, 『융심리학입문』, 백조출판사, 1980.

토머스 머튼, 윤종석 옮김, 『묵상의 능력』, 두란노, 2008.

토머스 불핀치, 최혁순 옮김, 『그리스·로마 신화』, 범우사, 2004.

토머스 스턴스 엘리엇, 황동규 옮김, 『황무지』, 민음사, 2004.

하인리히 침머, 조셉 켐벨 엮음, 이숙종 옮김, 『인도의 신화와 예술』, 대원사,
　　　　1997.

한스·마이어홉, 김준오 옮김, 『문학과 시간현상학』, 심상사, 1979.

• 논문·평론·기타

고　은, 「미당 담론」, 『창작과비평』 여름호, 창작과비평사, 2001.

고형진, 「서정주의 「질마재 신화」의 이야기 시적 특성 연구」, 『예술논문집』, 예
　　　술원, 1994.

김경란, 「한국시에 나타난 여성상」, 『한국문학연구』 제22호, 동국대학교한국문
　　　학연구소, 2000.

김옥순, 「서정주 시에 나타난 우주적 신비체험-『화사집』과 『질마재 신화』의
　　　구조를 중심으로」, 『이화어문논집』 제12권, 1992.

김우창, 「한국시와 형이상」, 『궁핍한 시대의 시인』, 민음사, 1977.

김용희, 「서정주 시의 욕망구조와 그 은유의 정체 『서정주 시선』을 중심으로」,
　　　『이화어문논집』 제12권, 1992.

김유선, 「미당 시의 원형의식」, 『지역연구』 제9호, 장안대학지역연구소, 2000.

김재홍, 「서정주, 대가적 품격과 정진」, 『80소년 떠돌이의 시』, 시와시학사, 2001.

김종태, 「서정주 시에 나타난 여성성과 욕망의 관련 양상」, 『어문학』 제85호,
　　　한국어문학회, 2004.

김종호, 「화해와 생명력의 '영원' 상징체계-서정주 시의 '누님' 모티프를 중심으
　　　로」, 『비평문학』 제14호, 한국비평문학회, 2000.

김창근, 「한국현대시의 원형적 상상력에 관한 연구」, 부산대학교대학원 박사학
　　　위논문, 1992.

김창수, 「샤를르 보들레르의 『악의 꽃』에 대하여」, 『시를 사랑하는 사람들』 5·
　　　6월호, 한국문연, 2003.

김학동, 「신라의 영원주의」, 『어문학』, 1974.

나경수, 「신화의 개념에 대한 고」, 『한국민속학』 제26집, 1994.

문덕수, 「신라정신에 있어서의 영원성과 현실성」, 『현대문학』, 1963.

서대석, 「한국신화에 나타난 천신과 수신의 상관관계-천신과 수신의 갈등과 화
　　　해의 양상」, 『국사관논총』 제31집, 1992.

서재길, 「『화사집』에 나타난 시인의 초상」, 『관악어문연구』 제27집, 서울대학
　　　교 국어국문학과, 2002.

손진은, 「서정주 시의 시간성 연구」, 경북대학교대학원 박사학위논문, 1995.

송기한, 「육체의 피가 걸러져 형성된 영원성」, 『시를 사랑하는 사람들』 5·6월
　　　호, 한국문연, 2003.

＿＿＿, 「전후 한국시에 나타난 시간의식 연구」, 서울대학교대학원 박사학위논
　　　문, 1996.

엄경희, 「서정주 시에 나타난 성애의 희극적 형상화 방식과 시적 의도」, 『한국 언어문화』 제40집, 한국언어문화학회, 2009.

오세영, 「색계와 무색계를 넘어서」, 『80소년 떠돌이의 시』, 시와시학사, 2001.

오형엽, 「부성과 모성, 육체와 정신의 원형적 탐구-서정주의 「자화상」을 중심으로」, 『문학과 교육』 제15호, 문학과교육연구회, 2001.

원형갑, 「서정주론-속 서정주의 신화」, 『현대문학』 제11집, 1965.

유동식, 「한국무교의 종교적 특성」, 『한국무속의 종합적 고찰』, 고려대민족문화연구소, 1985.

육근웅, 「서정주 시의 자기원형상」, 『한국학논집』 제23호, 한양대학교한국학연구소, 1993.

이경재, 「서정주의 『질마재 신화』 고찰」, 『관악어문연구』 제26집, 서울대학교 국어국문학과, 2001.

이경희, 「서정주 시 「알묏집 개피떡」에 나타난 신비체험과 공간 : 달-바다(물)-여성 원형론」, 『이화어문논집』 제12권, 1992.

______, 「미당시의 문학적 원천 고찰」, 『고황논집』 제34집, 경희대학교대학원, 2004.

이명희, 「한국 현대시에 나타난 신화적 상상력 연구」, 건국대학교대학원 박사학위논문, 2001.

이수자, 「제주도 무속과 신화 연구」, 이화여자대학교대학원 박사학위논문, 1989.

이승원, 「서정주의 친일과 시정신 재론」, 『유심』 제49호, 2011.

정유화, 「서정주 시의 기호학적 연구-이항대립과 매개항을 중심으로」, 중앙대학교대학원 박사학위논문, 1996.

정현종, 「식민지 시대 젊음의 초상-서정주의 초기시 또는 여신으로서의 여자들」, 『작가세계』 제20호, 1994.

정효구, 「서정주의 시집 『화사집』에 나타난 육체성의 고찰」, 『어문논총』 제2호, 충북대학교어학연구소, 1993.

______, 「서정주 시의 거울 이미지 고찰」, 『인문학지』 제12호, 충북대학교인문과학연구소, 1994.

______, 「서정주 시에 나타난 여성 편향성 연구」, 『개신어문연구』 제10집, 개신어문연구회, 1994.

______, 「서정주 시의 신화성에 관한 연구」, 『개신어문연구』 제11집, 개신어문연구회, 1994.

______, 「서정주 시집 『화사집』-원색이 주는 쾌감과 해방감」, 『시인세계』, 2005

여름.

조현설, 「건국신화 형성과 재편에 관한 연구」, 동국대학교대학원 박사학위논문, 1997.

조화선, 「서정주의 시에 보이는 누님의 모습」, 『현대시학』 제273호, 현대시학사, 1991.

차호일, 「미당 시에 나타난 여인상 연구」, 경남대학교대학원 박사학위논문, 1999.

안현심

1957년 전북 진안에서 태어났다. 전주여자고등학교와 한국방송통신대학을 거쳐 충북대와 한남대 대학원에서 현대문학을 전공하였다. 2004년『불교문예』봄호에 나태주, 문정희 추천으로 시인이 되었고, 2010년『유심』1월호에 최동호 추천으로 문학평론가가 되었다. 『하늘사다리』외 세 권의 시집과 산문집『오월의 편지』, 연구서『서정주 후기시의 상상력』, 평론집『물푸레나무 주술을 듣다』를 출간하고, 대전시 한글선양유공자상(1998)과 한남대 일반대학원 우수논문상(2009), 진안문학상(2011), 한남문인상 젊은작가상(2012)을 수상하였다. 현재 한남대학교 교양융복합대학 초빙교수로 재직 중이다.

• e-mail: ansim99@hanmail.net

미당 시의 인물원형 계보

초판 인쇄 | 2013년 5월 3일
초판 발행 | 2013년 5월 10일

저   자   안현심

책임편집   윤예미

발 행 처   도서출판 지식과교양
등록번호   제 2010-19호
주   소   서울시 도봉구 창5동 262-3번지 3층
전   화   (02) 900-4520 (대표)/ 편집부 (02) 900-4521
팩   스   (02) 900-1541
전자우편   kncbook@hanmail.net

ISBN 978-89-6764-022-4   93810   정가 18,000원

이 도서의 국립중앙도서관 출판도서목록(CIP)은 e-CIP홈페이지(http://www.nl.go.kr/ecip)에서
이용하실 수 있습니다. (CIP제어번호: CIP2013005050)